U0651347

ZUI

Zestful Unique Ideal

最世文化
Shanghai ZUI co.,Ltd

谨以此书献给芭芭拉·瑟妮拉

UNWIND

明日分解

逃离收获营

［美］尼尔·舒斯特曼 ⊙ 著

郭静 ⊙ 译

湖南文艺出版社
HUNAN LITERATURE AND ART PUBLISHING HOUSE

博集天卷
CS-BOOKY

明 日 分 解

逃 离 收 获 营

目 录
Contents

"如果有更多的人愿意捐献器官，那么分解就不会发生。"

——海军上将

明 日 分 解

逃 离 收 获 营

《生命法案》

第二次内战，又称为"核心地之战"，是一场长久且血腥的冲突，而起因只为了一项议题。

　　为了结束战争，一套被称为《生命法案》的宪法修正案被通过。

　　它同时满足了"拥护生命"和"拥护选择"的对立双方。

　　《生命法案》规定，从受孕一刻起直至孩童十三岁为止，人类生命是不可侵犯的。

　　然而，在十三岁至十八岁期间，父母可选择"逆回性堕弃"小孩……

　　……只要从"严格意义上讲"，孩子的生命并没有结束即可。

　　这种既可终结孩子本体，但又能让其身体保持运作的过程，就叫作"分解"。

　　分解是当今社会极为普遍，且被广泛接受的做法。

明 日 分 解

逃 离 收 获 营

第 一 部 分

一式三份

"我本来也不会有什么作为，可现在，据数据统计，我身体的某部分有可能会在这世上有所作为。我宁愿有部分付出，也不愿完全无用。"

——**西蒙森·沃德**

1. 康纳

　　"你可以去很多地方,"阿瑞娜告诉他,"像你这样聪明的人,很有可能熬到十八岁的。"

　　康纳并不确定,但阿瑞娜的眼神打消了他的疑虑,虽然只有那么一小会儿。她的眼眸是漂亮的紫罗兰色,上面带有灰色的条纹。她总是这么追随时尚——无论哪种颜色开始流行,她总会第一个去注射。康纳对这些毫无兴趣。他永远保持着自己自然的眼眸颜色——棕色。他甚至连文身都没有,不像现今的小孩子们那样从小就会文身。他皮肤唯一的颜色就是夏天时晒出的古铜色,可现在已经是 11 月了,古铜色早已褪去。他努力不去想一个事实,那就是自己再也看不到下一个夏天。至少,再也不能以康纳·拉斯特的身份看到。他还是无法相信,在十六岁之际,自己的生命将要被偷走。

　　阿瑞娜的眼眶充满了泪水,在她眨眼的时候,泪水顺着脸颊滑落了下来,那双紫罗兰色的眼眸闪闪发着微光:"康纳,真的对不起。"她抱着他,有那么一瞬间,仿佛世间一切安好,仿佛这世上只有他们两个人。这一瞬间,康纳觉得自己无所畏惧、不可战胜……但她松开了手,这一瞬间就这样过去了,现实世界又将他包围了起来。又一次,他感受到身下高速路传来的隆隆声——那些完全不知道，也不关心他存在的来往车辆声。又一次，他变成了那个被烙上印记的孩子，还有不到一周时间就要被分解的孩子。

阿瑞娜所说的那些温柔、激励的话语现在已经帮不了他了。在来往车辆的噪声中，他甚至听不到她在说些什么。他们藏身的这个地方是世界上最危险的地方之一，大人们如果知道，一定会摇摇头，从心底里感激自己的孩子没有蠢到去高速公路高架桥的壁架上玩耍。对康纳来说，这并不关乎愚蠢，甚至也与叛逆无关——这只是为了感受生命。坐在壁架上，躲在出口标识牌的后面，他感到心情舒畅。当然，只要迈错了一脚，他就会惨死在公路上。可对康纳来说，处在边缘的生活才是归宿。

他从未带过其他女孩来这里，虽然他从没告诉过阿瑞娜这一点。他闭上双眼，感受着车辆来往的震动感，并让这种感觉穿过自己的脉搏，成为身体的一部分。每次为了躲避父母的争吵，或者怒火中烧的时候，他都会来到这里。可现在，康纳已经感觉不到愤怒——甚至对爸爸妈妈的争吵也无所谓了。现在已经没有可愤怒的事情了。他的父母已经签署了号令——一切已成定局。

"我们应该逃跑，"阿瑞娜说道，"我也受够这一切了，我的家庭、学校，乃至一切。我可以选择 AWOL，然后永不回头。"

康纳在思考着这个问题。AWOL 这个想法让他感到害怕。他可能会在外人面前假装坚强，他可能在学校里是个坏孩子——但私自逃跑？他甚至不确定自己有这个胆量。可如果和阿瑞娜一起，事情就不一样了，那就不是独自逃跑了。

"你是认真的吗？"

阿瑞娜用那双奇迹般的眼睛望着他："当然，我当然是认真的。我可以离开这里，如果你问我的话。"

康纳知道这是件大事。和一个分解人逃跑——**这绝对是不小的**

承诺。对康纳来说，只是她愿意这样做的想法已经让他感动不已。他亲吻了她，无论自己的人生经历过什么，康纳此刻觉得自己是世界上最幸运的人。他抱着她——可能抱得有些紧，因为她开始轻微扭动，可这只能让他更想抱紧她，不过他还是抑制住了冲动，松开了手。她冲他笑了一下。

"AWOL……"她说，"这个词到底是什么意思呢？"

"好像是古时候的军事用语，"康纳说，"表示擅自离职（Absent without leave）。"

阿瑞娜想了想，露出一个笑容："嗯，不如说更像是自由存活（Alive without lectures）。"

康纳握住她的手，尽量不让自己握得太紧。她说，如果他问她的话，她会和他一起走。而现在，他意识到自己还没有张口问。

"你愿意和我一起走吗，阿瑞娜？"

阿瑞娜微笑着点了点头："当然，我当然愿意。"

阿瑞娜的父母并不喜欢康纳。"我们知道他早晚会被分解，"康纳似乎都能想象到他们的话，"你要远离那个拉斯特男孩。"他们从不管他叫康纳，他从来只是个"拉斯特男孩"。因为他在学校不遵守纪律，他们就觉得自己可以评判他。

那天下午，他陪着她走回了家，然后待在她家门口，躲在一棵树后目送着她进了家门。在回家前，他知道躲藏是他们两个接下来不得不面对的生活方式了。

家。

康纳不知道自己住的这个地方如何能被称为家。他马上就要被驱逐了——不仅是从他安睡的这个地方，更是从那些本该爱他的人心里。

康纳走进家门时，他的父亲正坐在椅子上看新闻。

"嘿，爸爸。"

他的父亲指着电视上的大屠杀新闻说道："又是拍手族。"

"他们这次又袭击什么了？"

"他们炸毁了北亚克朗场的老海军。"

"嗯，"康纳说，"还以为他们档次会更高些。"

"一点都不好笑。"

康纳的父母并不知道康纳已经知道自己将被分解的事情。康纳本不应该知道的，但他总是有办法发掘一些秘密。三周前，康纳在爸爸家里的办公室找订书器，却发现了飞往巴哈马的机票。他们准备在感恩节期间去那里度假。不过，唯一的问题是：机票只有三张——他母亲、父亲和弟弟。没有他的机票。起初，他以为自己的票可能放到了别处，但越想，他越觉得不对劲。于是康纳趁父母外出的时候又搜索了一番，然后找到了——分解号令。是那种非常老式、一式三份的文件。白色的副本已经没有了——交给了权力机构。黄色的副本会交给康纳，陪伴他走到生命的尽头。粉色的副本则会被父母存留，作为日后的凭据。也许他们会把它裱起来，和他一年级时的照片挂在一起。

号令上的日期是巴哈马假期机票的前一天。他很快就要被分解，而他们准备去度假散散心。这种不公平的感觉让康纳想要摔东西，他想摔破很多东西——但他并没有。头一次，他控制住了自己的脾气。除了在学校里那几次并非他挑起的打架之外，他一直都在隐藏自己的感情。他把在自家所知的事情隐藏在心底。所有人都知道分解号令是不可取消的，所以尖叫和打斗并不能改变什么。此外，在知道父母的秘密后，他感觉自己有了某种力量。现在，他可以更加有效地对付他们。比如有一天，他给母亲带回了一束花，她整整哭了好几个小时。还有一次，他的科学课测验得了 B+，这可是他有史以来最好的成绩。他把成绩单递给父亲，父亲看了看，脸上变得有些没有血色："爸爸，你看，我的成绩变得越来越好了。等这个学期期末的时候，我的科学课能拿到 A。"一小时后，父亲坐在椅子上，手里还拿着那张成绩单，两眼空空地望着墙。

康纳的动机很简单：让他们受罪，让他们下半辈子都忘不了自己犯了个怎样的错误。

但这种报复并没让他尝到甜头，现在他已经折磨他们整整三周了，而他并没有觉得好受一些。甚至，他开始为父母难受起来，他讨厌自己这样子。

"我错过晚餐了吗？"

他的父亲并没将目光从电视移开："你妈妈给你留了些饭菜。"

康纳向厨房走去，但走到一半时，他听到："康纳？"

他转过身，看到父亲正看着自己。不是普通地看，而是盯着自己。**他现在该要告诉我了**，康纳想，**他要告诉我他们会分解我，然后大哭一番，不停说着对不起、对不起之类的话**。如果他真的这样做，康纳可能会接受他的道歉。康纳甚至可能会原谅他，然后告诉他等青年警官来这里抓人时，自己准备逃走。但最终，他父亲只是说："你刚才进屋的时候锁门了吗？"

"我现在去锁。"

康纳锁好了门，然后回到自己的房间，完全没胃口去吃他妈妈给他留下的饭菜了。

凌晨两点钟，康纳穿上黑色的衣服，将所有重要的东西放在一个背包里。背包里还有空间，足够放下三套换洗的衣服。他觉得很惊讶，在一番挑选后，真正值得拿走的东西居然这么少。大部分是回忆。那些东西能够让他记起自己和父母、和世界和睦相处的日子。

康纳偷偷看了一眼自己的弟弟，想着要不要把他弄醒道别，然后又觉得这并不是个好主意。他趁着夜色偷偷溜了出去。他不能骑自己的自行车，因为他在那上面安了防盗追踪设备。康纳从未想过自己可能会成为偷车的那个人。好在，阿瑞娜那里有他们两个人的自行车。

阿瑞娜的家离这里有二十分钟的行程，如果按照常规路线走的话。俄亥俄郊区的住宅街道总是七拐八弯的，于是康纳选择了更直接一些的路线。穿过树林，十分钟就可以走到她家。

阿瑞娜家的灯黑着，他并不感到意外，如果她整夜醒着，那才可疑。她最好是装睡，这样才不会引起别人怀疑。他远远望着她家。阿瑞娜家的花园和房前门廊安置了感应灯，只要有动静，那些灯就会闪亮。这灯是用来对付野外动物和盗贼的，阿瑞娜的父母认为这两者都符合对康纳的描述。

他拿出手机，拨出了那个熟悉的号码。他站在后花园边上的暗影中，甚至能听到她楼上卧室的手机声响。康纳很快就挂断了，然后又往阴影里退了几步，以防阿瑞娜父母从窗户向外探望。她在想什么呢？阿瑞娜本应该把手机调成振动模式的。

他顺着后花园的边缘绕行了半周，尽量不去惊扰那些感应灯。虽然在他迈向前门廊的时候，一盏灯亮了起来，但只有阿瑞娜的卧室能看到这个方向。过了一会儿，她来到门前，微微打开了一条门缝，这门缝既不够她走出来，也不够他走进去。

"嘿，你准备好了吗？"康纳问道，"你没有忘记吧？"显然，她并没有准备好，她还穿着绸缎睡衣和长袍。

"没……没有，我没有忘记……"

"那就快点！我们走得越早，等他们发现时我们就跑得越远。"

"康纳，"她说，"是这样的……"

真相就藏在她的声音里，那声音过于紧绷，甚至她都叫不出他的名字，颤抖的道歉像回音一般回荡在空中。在这之后，她已不必再说什么，因为他已经知道了，但他还是让她说了。因为他知道这对她很难，而他正想如此。他希望这是她这辈子做过最艰难的事情。

"康纳，我真的很想走，我真的……但这个时机实在不适合我。我的姐姐要结婚了，你知道她选了我做伴娘。还有学校的事。"

"你讨厌学校。你说等十六岁的时候，你就会辍学。"

"跳级，"她说，"和辍学是两回事。"

"所以你不和我走了？"

"我很想，真的，真的很想……但我不能。"

"所以，我们之前所说的一切都是谎话？"

"不是，"阿瑞娜说，"那是个梦想。现实阻挡了一切，就是这样。逃跑并不能解决任何事。"

"逃跑是唯一能够拯救我的命的办法。"康纳咬牙道，"我马上就要被分解了，如果你还记得的话。"

她轻柔地抚摸着他的脸庞。"我知道，"她说，"但我不一样。"

这时，楼梯上的灯亮了。阿瑞娜下意识地把门合上了几寸。

"阿瑞娜？"康纳听到她母亲说道，"怎么了？你在门口干什么？"

康纳退到了一旁，阿瑞娜转过身，抬头看着楼上："没什么，妈妈。我透过窗户看到了一只郊狼，所以下来看看猫咪们是不是出来了。"

"猫咪都在楼上，亲爱的。关上门，回去睡觉吧。"

"原来我是只郊狼。"康纳说。

"嘘。"阿瑞娜说着，又把门合上了几寸，只留下细微的一条缝。他只能看到她脸部的边缘和一只紫罗兰色的眼睛。"你能逃走的，我知道你能。等你到了安全的地方，给我打电话。"说着，她关上了门。

康纳站在原地，仿佛过了很久，直到感应灯全部灭了。独自一人行动并不在他的计划当中，但他意识到自己本该如此。从他父母签署号令的那一刻起，康纳就已经孤身一人了。

他不能坐火车，也不能坐巴士。当然，他有足够的钱，但这些车都要早上才运行，而到那时，人们早就会去那些明显的地方找他了。现如今，逃跑的分解人实在太常见了，甚至有一队名为青年警官的警察专门负责寻找他们。这些警官的寻人技巧早已驾轻就熟。

他知道自己能够消失在城市里，因为那里的面孔太多了，你永远不会见到同一张面孔两次。他知道他还能够消失在乡下，那里人烟稀疏，他可以在陈旧的谷仓里建起一栋新房子，不会有人去探察什么。但后来，康纳觉得警官们可能也想到了这一点。他们可能早已在那些老谷仓里设下了陷阱，专门逮捕像他这样的孩子。也有可能，这只是他自己在瞎想。不，康纳知道他一定要小心行动——不光是今晚，还有接下来的两年。一旦他活到了十八岁，他就能自由地回家了。当然，在那之后，他们会把他扔进监狱，会庭审他——但再也不能分解他。能否熬过这段时间，是最关键的。

州际之间有个卡车司机停在路边休憩的地方。康纳要去那里。他想着自己能不能溜到一辆牵引大卡车的后方，但很快，他发现这些卡车司机锁住了货箱。他咒骂着,恼火自己没有提前做好计划。提前做好计划从来都不是康纳的强项。如果学会这点,他也不会在过去几年里惹出各种各样的麻烦了。那些事情让他成为"惹麻烦"和"有风险"的,最终导致"被分解"的孩子。

这里大约有二十辆卡车,还有一家灯火通明的快餐厅,十几个卡车司机正在那里就餐。现在是凌晨三点半。显然,卡车司机们有着自己的生物钟。康纳观察着,等待着。大约差一刻四点的时候,一辆警察巡逻车安静地停在了卡车休憩区。没有警灯,也没有警笛。它缓缓地绕着圈,像一条鲨鱼一般。康纳本想躲藏起来,可他看见第二辆警车也来到这里。停车场的灯太多了,康纳没办法躲藏在阴影里。而在皎洁的月光下,他也没办法隐蔽地快速冲出去。那辆警车已经开到停车场的最远端,很快它的前灯就会照到康纳。情急之下,他钻到一辆卡车底部,祈祷着警官们不会看到他。

他看着警车的车轮缓缓滑转过去,而卡车的另一边,第二辆警车正向相反的方向行驶。**也许这只是个例行检查**,他想,**也许他们并不是来找我的**。越是这么想,他越觉得有道理。他们还不知道他逃走了呢。他父亲睡觉很沉,而母亲早已不在夜晚查看康纳了。

然而,那两辆警车还在转圈。

从卡车的底部,康纳看到另一辆大货车的驾驶门被打开了。不对——那不是驾驶门,而是通往驾驶室后方车厢的门。一位卡车司机出现了,伸了伸懒腰,然后径直向休憩区的卫生间走去,留下了敞开的门。

在这千钧一发之际,康纳做了个决定,他从自己隐藏的地方冲了出来,飞快地跑过停车场,向那辆卡车跑去。在他奔跑的时候，脚下的碎石不断被溅起。他已经不知道警车在哪里了，但也无所谓了。他现在正全神贯注地向卡车跑去。就在他跑到车门前时，他看到一束车前灯正拐过来，马上就要照向他。他一把拉开车门，钻了进去，然后迅速关上了门。

他坐在一张折叠床大小的床上，急促地呼吸着。下一步该怎么办？那个司机要回来了。如果幸运的话，康纳还有五分钟的时间，如果不幸运的话，他只有一分钟了。他朝床底下瞥了一眼，那里的空间足够他藏身，但两袋装满衣服的行李包挡在了中间。他可以把行李包拉出来，然后挤进去，然后再把行李包拉回到自己面前。这样卡车司机就不会知道他的存在了，但他还没来得及拉出行李包，车门就猛地被拉开了。康纳惊呆在原地，卡车司机正伸着胳膊找外衣，然后看到了他。

"噢！你是谁？你在我的车里干什么？"

一辆警车缓缓从他身后开了过去。

"求你了，"康纳说着，他的嗓音变得和变声前一般嘶哑，"求你不要告诉别人。我必须要逃离这个地方。"他把手伸进自己的背包，胡乱找了一番，然后从钱包里拿出了一些钱："你要钱吗？我有钱。你要什么我都能给你。"

"我不想要你的钱。"卡车司机说。

"那好吧，那要什么？"

即使在昏暗的灯光下，卡车司机也一定看到了康纳眼中的惊恐，但他什么都没说。

"求你了，"康纳又一次说道，"我可以做任何你要我做的事……"

卡车司机默默地看了他一会儿。"是这样吗？"他终于开口道，然后钻进了卡车，合上了车门。

康纳闭上了双眼，不敢去想自己现在所处的境地。

卡车司机坐在他身边："你叫什么名字？"

"康纳。"很快，他就意识到自己本应该说出一个假名字。

卡车司机挠了挠自己的胡楂，想了一刻钟："我给你看个东西，康纳。"他伸出手，从康纳身旁的一堆东西中翻找，最后从床边挂着的小袋里拿出一副牌。"你见过这个吗？"卡车司机用一只手拿着牌，然后单手洗了洗牌，"很棒吧？"

康纳不知道该说些什么，只点了点头。

"这个呢？"卡车司机拿出一张牌，用熟练的手法将牌变没了。然后他倾过身，从康纳的上衣口袋里拿出了那张牌，"你喜欢吗？"

康纳紧张地笑了一下。

"你刚才看到的这些花招，"卡车司机说，"不是我做的。"

"我……不太明白你的意思。"

卡车司机卷起衣袖，露出那只变戏法的胳膊。它是被移植在身上的。

"十年前，我躺在车轮旁边睡着了。"卡车司机告诉他，"很严重的事故。我失去了一只胳膊、一个肾脏，和其他一些东西。不过，我又得到了新的，所以熬了过来。"他看了看自己的手，康纳能看出那只变戏法的手和另一只略有不同。卡车司机的另一只手的手指头更粗，皮肤也更接近橄榄油的颜色一些。

"所以，"康纳说，"你得到了一只新胳膊。"

卡车司机笑了一声，然后安静了下来，盯着那只替换的手："这些手指头知道我所不知道的事情。他们管这个叫肌肉记忆。每一天，我都在好奇这个孩子的这只手还会有其他什么有趣的东西，在他被分解之前……无论他是谁。"

卡车司机站了起来。"你来到我这里，算你走运。"他说，"这里有的卡车司机会拿走你的所有东西，然后把你交出去。"

"你不是这样吗？"

"我不是。"他伸出手——他的另一只手——然后握了握康纳的手。"乔希亚斯·阿助德。"他说道，"我要去北方，你可以搭我的便车，一直到早上。"

康纳悬着的心一下子踏实下来，他甚至都忘了道谢。

"那张床算不上舒服，"阿助德说，"但也凑合能睡。你好好休息，我去上个厕所，然后我们就上路。"他关上门，康纳听着他走向洗手间的脚步声，终于卸下了自己的防备，开始感觉到了一丝疲倦。卡车司机并没有告诉他自己的目的地，只是一个方向，这也够了。东南西北——能离开这里，哪个方向都无所谓。至于下一步该怎么办，首先他要熬过目前这关，然后再去想下一步。

几分钟后，康纳已经打起瞌睡时，外面传来了叫喊声。

"我们知道你在里面！现在出来，我们不会伤害你！"

康纳的心一下子沉了下来。乔希亚斯·阿助德显然耍了一个花招。他叫来了警官。康纳在心里咒骂着。旅程还没有开始就已结束，康纳猛地打开了车门，看到三名青年警官正持枪瞄准。

但他们的枪并没有指着他。

实际上，他们正背对着他。

对面正是他几分钟前藏身的卡车，一个小孩从空荡的驾驶座后出现，高举着双手。康纳立刻认出了他。他是学校的同学——安迪·詹姆森。

我的天，难道安迪也要被分解了？

安迪的脸上露出恐惧的表情，但在那表情之后，藏匿着更糟的东西。那是完全被打败的神情。就在这时，康纳意识到自己的愚蠢。他完完全全被这突发的反转震惊到了，以至他仍然站在原地一动不动，暴露在亮光之下。警官们并没有看见他，但安迪看到了。他瞥见了康纳，盯着他的眼睛，虽然只有短短几秒……

……就在这短暂几秒的时间里，事情有了戏剧性的变化。

安迪收起了脸上的绝望神情，取而代之的是迈向胜利的坚毅神情。他很快把目光从康纳身上挪走，然后在警官抓住他之前又挪动了几步——离康纳又远了几步，这样警官依然背对着他。

安迪看到了他，而且并没有出卖他！如果安迪在今天被分解，至少他取得了这个小小的胜利。

康纳退回到卡车的阴影里，缓缓关上了门。车外，警官带走了安迪，康纳躺回到床上，泪水忽然像暴雨般涌了下来。他不知道自己为什么而哭——是为了安迪、自己，还是阿瑞娜——而这种感觉让他哭得更厉害了。他并没有擦干眼泪，而是任眼泪留在脸上，就像他小时候为一些莫名小事哭泣那样。

卡车司机再也没有回来查看他，康纳只听到引擎的发动声，然后卡车就开走了。路上微小的颠簸让他渐渐合上了眼。

康纳手机的铃声将他从深度睡眠中叫醒，他挣扎着醒来，很想回到刚才正做的梦中。梦里他去了一个曾经去过的地方，虽然他不太记得是哪里了。他和父母正在海滩的一栋小木屋里，弟弟还没有出生。康纳的双腿从门廊里一块破烂的木板穿过，掉在一张厚实如棉花一般的蜘蛛网上。他一直在不断叫喊，因为疼痛，也因为害怕巨大蜘蛛会吃掉他的腿。但依然，这是个好梦——好的回忆——因为他的父亲帮忙把他拉了出来，抱他进了屋。他们帮他包扎了腿，让他坐在炉火旁，并给他端来了一杯极其美味的水果酒，甚至现在想起来他都能闻到那个味道。他的父亲给他讲了个故事，但他怎么也记不起来了。不过这也没什么，那故事并不重要，重要的是他讲故事时的语气，那是一种温柔、低沉的声音，如岸边海浪一样平静。小康纳喝着水果酒，靠在母亲的身上，假装自己睡着了，但实际上，他只是融入这平静的一刻，希望这个时刻能持续到永远。在梦里，他确实融化了，他的整个身体流入水果酒杯里，他的父母为了保温，轻轻把杯子放在了桌子上靠近火源的地方。

愚蠢的梦。即使是好梦也是坏的，因为它更加提醒你现实的残忍。

他的手机又一次响起，把梦境彻底驱走了。康纳差一点就接起了电话。卡车的休息室太过黑暗，他甚至没有意识到自己并不在自己的床上。唯一提醒他的，是他并没有找到手机，所以他必须打开灯。当他看到本该是床头柜的地方竖着一面"墙"时，他意识到这里并不是自己的房间。手机又一次响起，他一下子回到了现实，想起了自己身在何处。康纳找到了背包里的手机，呼叫号码显示这通电话是他父亲打来的。

所以他的父母现在知道他离开了，他们真的觉得他会接电话吗？他等待着，直到来电转到了语音信箱，然后他关上了手机。手表显示现在是早上七点半。他揉了揉睡意蒙眬的双眼，努力计算着自己已经逃离了多远。现在卡车并没有在行驶，但在刚才睡觉时，他们肯定已经行进了至少两百英里[1]。这个开始还不错。

车门外传来敲门声："出来吧，孩子，你的免费搭车结束了。"

康纳并没有抱怨——卡车司机为他所做的已经够多了，康纳不想再求他做任何事了。他猛地打开车门，走出来要感谢司机，但门口站着的并不是乔希亚斯·阿助德。阿助德站在几码[2]外，双手被铐了起来。康纳面前是一位警官，一位青年警官，脸上挂着得

---

[1] 英里：英美制长度单位，1 英里等于 5280 英尺，合 1.6093 公里。

[2] 码：英美制长度单位，1 码等于 3 英尺，合 0.9144 米。

意的笑容。康纳的父亲站在十码之外，手里还握着刚才打电话的手机。

"已经结束了，儿子。"他父亲说道。

这让康纳感到十分愤怒。**我不是你的儿子！**他想要呐喊，**在你签署那份分解号令的时候，我就已经不再是你的儿子了！**但突如其来的震惊让他变得顿口无言。

康纳一直开着手机实在是太蠢了——他们就是这样找到他的——康纳很好奇，到底有多少其他孩子也是因为信任科技被抓到的。嗯，康纳并不想像安迪那样被抓走。他很快扫了一遍周遭。卡车停在了州际公路的路旁，车旁停着两辆高速巡警车和一辆青年警官车。高速路上的车辆正以每小时七十英里的速度从他们身旁驶过，显然并不知道这里发生了什么。康纳立刻做出了一个决定，他猛地把警官推到了卡车上，然后沿着高速路奔跑起来。他们会向一个手无寸铁的小孩子射击吗？他想着，还是说他们会射向他的双腿，避开那些关键的器官？他向州际公路猛地跑去，汽车从他身旁急速绕过，但他依然没有停下。

"康纳，停下！"他听见自己的父亲在喊，然后传来一声枪响。

他感受到枪击的震动，但枪并没有打在他身上。子弹打中了他的后背包。他并没有回头，而是跑到高速路中央的隔离带。又一声枪响传来，中央隔离带上出现了一个蓝色的小斑点。他们射击的是麻醉枪，他们并不想打死他，而是要抓住他——相比普通的子弹，他们更可以随意射击麻醉枪。

康纳爬上了中央隔离带，发现一辆凯迪拉克正急速驶来。那辆车急忙转向以避开他，幸好康纳离那辆车还有一段距离。车的后视镜重重地撞在了他的肋骨上，紧接着急停了下来。一股轮胎烧焦了的味道传了过来。他捂着受伤的地方，从后座打开的窗户里看到有人正盯着他。那是个小孩子，穿着全白的衣服，脸上露出恐惧的表情。

身后的警官已经追到了中央隔离带，康纳看着这个受惊小孩的眼睛，当下已经决定要怎么做了。现在是做出另一个瞬间决定的时刻。他把手伸进车窗，拉起了车锁，打开了车门。

2. 莉莎

莉莎在后台踱步，等着什么时候轮到自己弹琴。

她知道自己能在睡梦中弹奏鸣曲——实际上，她经常这样做。很多个夜晚，她会突然醒来，发现自己的手指头正在床单上弹琴。她会在脑中听到音乐声，在刚醒来后的几分钟里，音乐声还在她的脑海里持续。但很快，音乐声会渐渐消失在夜色中，留下的只有她的手指敲击床单的声音。

她**必须**要熟记奏鸣曲乐谱。奏鸣曲**必须**要像呼吸一样熟记于心。

"这不是比赛，"德金先生告诉她，"独奏会上没有输赢。"

嗯，莉莎心知肚明。

"莉莎·沃德，"舞台经理叫道，"轮到你了。"

她揉了揉肩膀，整理了一下棕色长发上的发卡，然后走上台去。观众席发出一片礼貌性的掌声，仅此而已。有些掌声是真心的，因为确实有一些她的朋友和希望她成功的老师坐在那里，但大部分只是观众想要欣赏出色表演的必要性掌声。

德金先生也在那里。他已经教莉莎弹琴五年了。对莉莎来说，他是最接近父母的一个角色。她很幸运,并不是每个俄亥俄州州立孤儿院23号的小孩都有这样的老师。大部分州立孤儿院的小孩都讨厌自己的老师,因为他们把那些人当作狱卒。

她没有理会身上僵硬的独奏会礼服,直接坐在了钢琴旁。这场施坦威钢琴演奏会如夜晚一样漆黑、漫长。

专注。

她紧紧盯着钢琴,努力让观众化为一片黑暗背景。观众并不重要,重要的只有钢琴,和她将要在这台钢琴上演奏出的美妙乐声。

她将手指摆在琴键上待了一会儿,然后以完美的热情开始演奏。她的手指在琴键上弹跳,轻松潇洒地演奏着曲谱,整个钢琴似乎开始欢唱……就在这时,她左手的无名指不小心碰到了降B调,然后又不自然地滑到了B平调。

一个错误。

一切发生得太快,甚至可能不会有人注意到——但莉莎注意到了。她的脑子里一直想着这个错误,即使在她继续弹奏的时候,那个音调还不断地在她脑海里回响,渐渐变强,偷走了她的注意力,然后,两分钟后,毁掉了整个演奏。眼泪充盈了她的双眼,她看不清了。

你不需要看清,她告诉自己,**你只需要感受音乐**。她还能挽救这场表演,不是吗?她的错误,虽然对她来说很差劲,但别人其实很难注意到。

"放松,"德金先生会这样说,"没有人对你指手画脚。"

也许他内心真的这么想——但话说回来,他也可以这样想。他又不是十五岁的孩子,他从未当过政府受监护人。

五个错误。

每个错误都很小、很细微，但错误就是错误。如果某个小孩子的表演不那么成功，但其他孩子的表演很完美，那么就不太好了。

表演结束后，德金先生依然满脸微笑。"你棒极了！"他说，"我为你骄傲。"

"我在台上搞砸了。"

"胡说，你选了一首肖邦最难的曲子。即使钢琴家也不可能不出一两个错误。你做得不错！"

"我需要比不错更好。"

德金先生叹了口气，但他并没有否定她的话："你做得很不错。我期待着你哪天在卡耐基音乐厅表演。"他的微笑温暖又真诚，来自其他女孩们的祝贺也很真诚。这些温暖足够让她在夜晚入睡，给她一线希望。也许，也许是她对自己要求太高，想得太多。她躺在床上，一边想着下一次弹奏哪首曲子，一边渐渐入睡。

一周后，她被叫到校长的办公室。

办公室里有三个人。审理法庭，莉莎想。三位成年人坐在评审席里，就像那三只猴子：非礼勿听，非礼勿视，非礼勿说。

"请坐下，莉莎。"校长说道。

她尽量让自己优雅地坐下来，但她的膝盖却不听使唤。她一屁股坐在了椅子上，姿势太过舒服，似乎并不适合被审问。

莉莎并不认识坐在校长身旁的另外两个人，但他们看起来很"官方"。他们的表情很放松，似乎这种事对他们来说已经驾轻就熟了。

坐在校长左边的一个女人介绍自己是负责莉莎"案件"的社会工作者。在这一刻前，莉莎都不知道自己还有个案件。她说了自己的名字，什么什么女士。莉莎一直都没记住这个名字。她随意地翻阅着莉莎过去十五年的档案，就好像在阅读一份报纸一样。

"我们看一看……你自从出生后，就一直是州立被监护人。似乎你的行为举止一直都挺好。你的分数还不错，但并不算优秀。"那位社会工作者抬起头，微笑道："我看了你那晚的演出，你表演得很不错。"

很不错，莉莎想，**但不是非常好**。

什么什么女士又翻阅了一会儿档案，但莉莎能看出她并没有真的在看。不管现在再发生什么，一切早已在莉莎进来之前做好决定了。

"我为什么在这里？"

什么什么女士合上了文件夹，瞥了一眼校长和身旁穿着昂贵西服的另一个男士。那个西服男点了点头，社会工作者转过头看着莉莎，脸上带着温暖的微笑："托马斯校长、保罗森先生和我达成了一致意见。"

莉莎瞥了一眼西服男："保罗森先生是谁？"

西服男清了清嗓子，用一种抱歉的语气说道："我是学校的法律顾问。"

"律师？为什么律师在这里？"

"只是流程需要。"托马斯校长告诉她。他用手指整理了一下自己的领带，仿佛那领带忽然变成了一根绳子一样："学校的条例规定，这类流程必须要有律师在场。"

"什么类的流程？"

那三个人相互看了看，没有一个人想带头说话。终于，什么什么女士开口道："你肯定知道，州立孤儿院现在的空间有限，由于预算削减，每一个州立孤儿院都受到了影响——包括我们。"

莉莎用冷漠的眼神盯着她："州立被监护人在州立孤儿院的位

置是有保障的。"

"没错……但保障只到十三岁。"

忽然间，所有人都开口了。

"钱财只有这么多。"校长说道。

"教育水准会被降低。"律师说道。

"我们只想让你得到最好的，其他在这里的小孩子也是。"社会工作者说。

他们之间的对话来来去去，像是三个人的乒乓球比赛。莉莎什么都没说，只是听着。

"你是很不错的音乐家，但是……"

"就像我说的，你已经完全发挥了自己的潜质。"

"已经到达极限了。"

"也许你选择一个更少竞争的学科会更好。"

"过去已经无法改变了。"

"我们也别无选择了。"

"每天都有意外的婴儿出生，但并不是每个人都会被父母抚养。"

"我们有义务接收那些被鹤送养的孩子。"

"我们必须为每一个新生州立被监护人腾出空间。"

"也就是说，要减少青春期少年人口的百分之五。"

"你能理解吧？"

莉莎再也没有听下去，于是她说出了那句他们没有勇气说出的话：

"我要被分解了？"

沉默。相当于回答了"是的"，这种沉默更能回答她的问题。

社会工作者伸出手要握住莉莎的手，但在此之前，莉莎就把手缩了回来："你可以感到害怕，改变总是比较吓人的。"

"改变？"莉莎喊道，"你说的'改变'是什么意思？死亡可不仅仅是'改变'。"

校长的领带似乎又变成了一根绳子，他的脸变得没有了血色。律师打开了公文包。"沃德小姐，这不是死亡，如果你能不说这些公然煽动性的话，在座的各位会更舒服一些。事实是，你还是会百分之百地活着，只不过是以不同部位的方式活着。"他把手伸进公文包里，递给她一本五颜六色的小手册，"这是双湖收获营的手册。"

"这个地方很不错，"校长说道，"这是我们为所有被分解的小孩选择的地方。实际上，我自己的外甥也会在那里被分解。"

"祝贺他。"

"改变。"社会工作者又一次重复道，"仅此而已。就像冰化成水，水变成云一样。**你还继续活着**，莉莎。只不过是以不同的形式而已。"

但莉莎已经听不进去了，恐慌已经开始在她身体里蔓延："我不是必须要成为音乐家，我还可以做些别的。"

托马斯校长悲伤地摇了摇头："恐怕现在已经晚了。"

"不，还不晚，我能锻炼，我能成为一名少年军官。军队总是需要少年军官的！"

律师有些恼怒地叹了口气，看了看手表。社会工作者稍微向前靠了靠。"莉莎，请别说了。"她说道，"只有特定身材的女孩子才能成为少年军官，而且要经过很多年的身体训练才行。"

"我已经没有选择了吗？"就在她回头看的时候，答案已经明朗。门口有两个门卫正等着，她已经别无选择了。他们带她走出去的时候，她想到了德金先生。莉莎苦涩地笑了一下，意识到她也许真的会实现他的想法。某一天，他也许真的能看到她的手在卡耐基音乐厅表演。不幸的是，莉莎身体的剩余部分就不会在那里了。

她被禁止回到宿舍。她什么都不能拿，因为她什么都不需要。分解人就是这样被对待的。只有她的几个朋友偷偷溜到学校的运送中心，悄无声息地和她拥抱，流下几滴眼泪，同时向她们的身后张望，生怕被逮到。

德金先生并没有来，这深深刺痛了莉莎。

她被安置在孤儿院欢迎中心的一间客房里，黄昏时候，她被送上一辆装满小孩、从州立孤儿院开往其他地方的巴士，她认出了一些面孔，但并不认识这些同行的伙伴。

过道对面，一个脸庞还算英俊，看起来像是少年军官的男孩冲她笑了一下。"嘿。"他用一种只有少年军官才有的语气调戏道。

"嘿。"莉莎回应道。

"我要被转送到州立海军学院。"他说，"你呢？"

"噢，我吗？"她快速地在脑子里想了想，"专为天赋小孩开设的玛波学院。"

"她在说谎，"坐在莉莎身旁的一个骨瘦如柴、脸色苍白的男孩说道，"她是分解人。"

那个军官小男孩突然向外靠了靠，就好像分解是会被传染的疾病一样。"噢！"他说，"那……那还真差劲，再会！"他离开了座位，和其他少年军官坐在了一起。

"谢谢你。"莉莎没好气地对那个瘦男孩说。

小男孩耸了耸肩："反正也无所谓。"他伸出一只手准备和她握手。"我叫山姆逊。"他说，"我也是分解人。"

莉莎差一点笑出声来。山姆逊。这样一个瘦小的男孩，却有这样一个强壮的名字。她并没有和他握手，依然对他刚才让她在帅气军官男孩面前出丑感到生气。

"所以，你做了什么要被分解？"莉莎问道。

"并不是我做了什么，而是我**没有**做什么。"

"你没有做什么？"

"什么都没有做。"山姆逊答道。

莉莎完全能理解。什么都没做，是被分解的最简单的理由。

"我本来也做不成什么大事情，"山姆逊说，"但现在，从研究数据来看，我身体的一部分可能会有更好的机会去为这个世界做些什么。我宁愿有部分的成功，也不想完全无用。"

他这个扭曲的逻辑居然听起来有些行得通，这让莉莎更加生气："希望你享受收获营，山姆逊。"说完，她便离开去找另一个座位了。

"请坐下！"坐在前排的看护人喊道，但没有人理会她。大巴上尽是随意变换座位的小孩，寻找同类或者远离同类伙伴。莉莎找到一个靠窗，旁边没有人的座位。

这趟大巴之旅只是她整个旅程的第一部分。他们向她详细解释说，所有搭乘这辆大巴的孩子都会先被运送到一个集中运输中心，在那里，来自几十家孤儿院的小孩们会被分配到不同的大巴，然后送他们到各自该去的地方。莉莎的下一辆巴士将会全部是"山姆逊"，真是好极了。她早已考虑过偷偷溜上另一辆大巴，但他们手腕上的扫描码意味着这是不可能的。一切都安排得很严谨，愚蠢的办法是行不通的。可不管怎样，莉莎的脑子里依然装满了可能逃走的各种情景。

就在这时，她看到了车窗外的混乱场面。在马路的另一边。高速路另一边的车排着队，大巴变换着车道，她看到两个身影：

两个小孩正飞奔跑过车辆。一个小孩抓着另一个小孩的衣领，拖着他在跑，两个人都跑在大巴前方。

大巴猛地向右拐去，以避开那两个小孩，莉莎的脑袋重重撞在车窗上。大巴上充斥着尖叫声，大巴又一个急刹车，莉莎一下子被甩到了通道上。她的屁股很疼，但还能忍受。只是个淤伤而已。她站起身，快速地扫视了一下现状。大巴停在路旁，挡风玻璃已经碎了，车上到处都是血，很多血。

她身旁的孩子们都在检查着自己的伤情。同她一样，没有人受重伤，虽然有的人要比其他人喊得更大声一些。看护人正在试图安慰一个歇斯底里的女孩子。

在一片混乱当中，莉莎忽然意识到了什么。

这可不是计划的一部分。

系统里可能有一万种州立被监护人耍花招的防备措施，但他们并没有处理突发事故的计划行动。接下来的几秒钟，一切既成事实。

莉莎的眼睛紧紧盯着大巴前门，她屏住呼吸，然后全速向车门冲去。

3. 莱夫

派对很盛大，派对很昂贵，派对已经被计划了多年。

国家俱乐部的大型舞会场里至少有两百人。莱夫要选择乐队，选择食物，他甚至还选择了自己的衣服——红白色——以示支持辛辛那提红人队。此外，他的名字莱夫·杰达玳雅·克德用烫金大字印在了丝绸餐巾上，以让人们带回家当纪念品。

这个派对就是为他而办的，整个派对都是**为了**他，他也决心要在此度过自己人生最棒的时光。

派对上的成年人是他的亲属、家里人的朋友、他父母的公务伙伴——但至少有八十位来客是莱夫的朋友。他们中有学校的同学、教堂的小伙伴，还有他曾经参加过的各种球队的队友。当然，他的有些朋友对来这个派对有些疑虑。

"我也说不清，莱夫。"他们说，"这感觉很奇怪。我的意思是，我该带些什么样的礼物去呢？"

"你不用带任何东西，"莱夫告诉他们，"十一奉献[1]派对不需要任何礼物，你们只要过来尽情玩就好。我知道我肯定会尽兴的。"

他确实玩得很开心。

他邀请每一个来派对的女孩同他一起跳舞，没有一个人拒绝他。他甚至还让朋友们把他举到椅子上，然后围着他跳舞，因为他曾经在某个犹太朋友的洗礼上看到过。没错，这是个非比寻常的派对，但这也是庆祝他终于成长到十三岁的派对，所以他想被举到椅子上也不过分，不是吗？

莱夫觉得晚饭上得太早了。他看了眼手表，发现派对已经过去了两小时。时间怎么会过得这么快？

很快，人们抓起麦克风，举起香槟，开始为莱夫祝酒。他的父母也祝了一杯酒，他的祖母也祝了一杯酒，一位他甚至都不认识的叔叔也祝了一杯酒。

---

[1] 十一奉献：源于《圣经·旧约》，其希伯来文原意是"十分之一"。意思是将所得的十分之一献给上帝。

"致莱夫，看到你成长得如此优秀，真令人喜悦。我知道，你将为这世上接触到的每一个人做出伟大的贡献。"

这么多人对他说这些善意的话语，他感到很奇妙，也很奇怪。一切似乎太多，但奇怪的是，这一切似乎又不够多，他还想要更多，更多食物、更多舞蹈、更多时间。他们已经拿出了生日蛋糕。每个人都知道，吃完蛋糕后，派对就结束了。他们为什么要拿出蛋糕呢？难道这个派对真的就只有三个小时吗？

接下来又是一轮祝酒。这次祝酒差一点毁了这个夜晚。

在莱夫众多的兄弟姐妹中，马科斯一整晚都沉默不语，这一点都不像他。莱夫早就该察觉到事情有些不对劲。十三岁的莱夫是家里十个孩子中最小的，二十八岁的马科斯是最年长的。他飞过大半个国家来到这里，参加莱夫的十一奉献派对，可他几乎没有跳舞、说话，几乎没有参加任何一个庆祝活动。他喝得大醉。莱夫从未见马科斯醉过。

一切都是在正式祝酒后开始的。莱夫的蛋糕已经被切好，分给了每个人。这席话并未以祝酒开始，而是以兄弟间的谈话开始。

"祝贺你，小弟。"马科斯说着，给了他一个有力的拥抱。莱夫能闻到马科斯满嘴的酒气，"今天，你就成为一个男人了……算是吧。"

他们的父亲正坐在离这儿不远的主桌旁，发出了紧张的笑声。

"谢谢……吧。"莱夫回应道。他瞥了一眼自己的父母，父亲正等着看接下来会怎样，母亲脸上的神情让莱夫有些紧张。

马科斯微笑着看着莱夫，但他的微笑并不是那种寻常的微笑。"你觉得今晚怎么样？"他问莱夫。

"棒极了。"

"当然！所有人都为你而来，今晚真是棒极了，棒极了！"

"是啊，"莱夫说，他不知道眼前是怎么回事，但他知道事情有些不对劲，"简直是人生中最棒的时光。"

"绝对没错！最棒的时光！要把所有的活动、所有的派对都融入到这一晚中——生日、婚礼、葬礼。"他转过身，面对父亲，"非常有效率，对吗，爸爸？"

"够了。"父亲安静地说道。

但马科斯的声音却变得更大："什么？我不能谈论这件事吗？噢，好吧，这是场庆典，我差点就忘了。"

莱夫想让马科斯闭嘴，但同时他又想让他说下去。

母亲站了起来，用一种比父亲更坚定的语气说："马科斯，坐下，你在出丑。"

现在，宴会厅里的每个人都停下了手中的事情，转身看向这场家庭戏剧。马科斯发现自己引起了全场的瞩目，便抓起某人喝了一半的香槟杯子，高高地举了起来。"为了我弟弟莱夫，"马科斯说，"也为了我们的父母！他们一直在做正确的事情、**合适**的事情。他们一直大方地为慈善捐献，一直将我们拥有的百分之十献给教堂。嘿，妈妈，幸好你有十个小孩，而不是五个，要不然我们还得把莱夫拦腰切成两半！"

众人发出一阵惊叹声，人们摇了摇头，长子的行为太令人失望了。

现在，父亲走了过来，紧紧抓住马科斯的胳膊。"你够了！"父亲说，"坐下。"

马科斯一下子甩开了父亲的手。"噢，我会做得更好。"马科斯眼含着泪水转向莱夫，"我爱你，弟弟……我知道今天是你最特别的一天，但我没办法做到。"他将香槟杯扔向墙面，杯子被摔得粉碎，水晶碎片溅到自助餐桌上。然后他转过身，迈着稳健、自信的步伐大步向外走去。莱夫这才意识到他其实并没有喝醉。

在马科斯甚至还没有完全离开大厅之前，莱夫的父亲就示意乐队继续演奏跳舞乐曲。人们开始渐渐走回到舞厅中央，尽自己最大努力赶走刚才那尴尬的一刻。

"刚才对不起，莱夫。"他的父亲告诉他，"你干吗……干吗不去跳舞呢？"

但莱夫发现自己已经不想再跳舞了，那种想要被众人瞩目的渴望已经随着他哥哥的离去而消失了："我想和牧师丹聊聊，如果可以的话。"

"当然可以。"

从莱夫出生时起，牧师丹就一直是这家人的朋友。如果要聊一些需要耐心和智慧的话题，牧师丹总是比他父母更合适。

宴会厅里人声嘈杂，于是他们走了出去，来到一个可以俯瞰国家俱乐部高尔夫球场的露台。

"你开始有些害怕了吗？"牧师丹问道。他总是能猜到莱夫在想什么。

莱夫点了点头："我以为自己准备好了，我以为自己做好了心理准备。"

"这很正常。不要担心。"

但这并不能赶走莱夫对自己的失望之情。他的一生都在为这一刻做准备——这应该足够了。从小，他就知道自己是十一奉献品。"你很特别，"他的父母总是这样告诉他，"你的生命会为上帝和人类而服务。"他已经记不清，自己是何时才真正明白这话的意思。

"学校的孩子们有为难你吗？"

"和平时一样。"莱夫告诉他。这话不假。一生中，他总是要对付那些憎恨他的小孩，因为大人们总是给予他特殊对待。有些小孩很友好，而有些小孩则很残忍。这就是生活。不过，在小孩们管他叫"肮脏的分解人"时，他心里总是很别扭。因为这样一来，他就和**其他**那些小孩，那些因父母签署号令而被处理掉的小孩一样了。但事实并非如此，莱夫是他家族的骄傲和欢乐。他成绩全优，小联赛里也是最有价值球员的获得者。他要被分解，并不意味着他是个分解人。

当然，他的学校里也有一些其他的十一奉献者，但他们都是来自其他宗教，所以莱夫对他们并没有那种惺惺相惜的情感。来到今晚派对的人数验证了莱夫到底有多少朋友——但他们和他并不**一样**：他们还会以完整的身体继续生活。他们的身体和未来属于他们自己。同他的朋友，甚至家人相比，莱夫总觉得自己离上帝更近一些。他经常好奇，被选中的人是否总是这样孤单，还是说他身上其实有什么错误？

"我总是有一些错误的想法。"莱夫告诉牧师丹。

"没有错误的想法，只有需要想清楚、想明白的想法。"

"嗯……我一直很嫉妒我的哥哥和姐姐们。我总是在想棒球队会不会怀念我？我知道作为十一奉献品是个荣耀，但我总是在想，为什么会是我？"

牧师丹，这个总是善于盯着别人眼睛的人，却扭开了头："这在你出生之前就已经决定了。这和你做过什么，或者没做过什么完全无关。"

"事实是，我认识无数有着大家庭的人……"

牧师丹点了点头："没错，现今很普遍。"

"但这些人很多都不再做十一奉献了——甚至我们教堂里的人，也没有人指责他们。"

"也有人会奉献出他们的长子、次子或第三个孩子。每个家庭都会做出自己的决定。你的父母在决定要生下你之前，也等待了很长时间。"

莱夫勉强地点了点头，知道他说的是真话。他是"真正的十一奉献品"。五位亲生兄弟姐妹，一位被领养的，还有三个"鹤送子"，莱夫正好是第十个孩子。他的父母总是告诉他，这让他十分特别。

"告诉你，莱夫。"牧师丹说着，终于望向了他的双眼。和马科斯一样，他的双眼很湿润，差一点就会流出眼泪了"我看着你的哥哥和姐姐们长大，虽然我不喜欢选什么最爱的人，但和他们所有人相比，你出色得多。我都不知道该从哪方面说起。这就是上帝想要的，不要最初的果实，而要最好的果实。"

"谢谢你，先生。"牧师丹总是知道怎样去抚慰莱夫，"我做好准备了。"说到此，莱夫忽然意识到，尽管自己有些害怕、担忧，但他确实已经做好准备了。他的一生就为了这一刻。即使如此，他觉得派对还是结束得太早了。

早上的时候，所有克德家人都要在餐厅用早餐。莱夫所有的哥哥姐姐都来了。虽然他们中只有几个人还住在家里，但今天他们都特意赶来吃早餐了。所有人，除了马科斯。

可是，对这样一个大家庭而言，今天的早餐显得格外安静。银器餐具与陶瓷发出的声响让沉默的餐桌显得更加寂静。

莱夫穿着丝绸制成的十一奉献白色服装，他小心翼翼地吃着，不让食物掉在自己的衣服上。早餐过后，告别显得很是漫长，众人相继拥抱、亲吻他。这是最难忍的环节。莱夫只希望他们能够让他走，不要再告别了。

牧师丹也来了——他是应莱夫要求而来的。在他到来之后，告别变得快了许多。没人愿意浪费牧师的宝贵时间。莱夫第一个走出去，钻进了他爸爸的凯迪拉克车里。在父亲启动汽车开走时，他还是忍不住回头，看着自己的家渐渐消失在身后。

我再也看不到这个家了，他想道，但他努力将这个想法赶出了脑海。这个想法没有任何用途，而且很自私。他看了看陪同他坐在后座的牧师丹，这位牧师微笑了一下。

"一切都没事的，莱夫。"他说道。听到他这么说，莱夫放心了一大半。

"收获营离这儿有多远？"莱夫不知向谁问道。

"大约一小时的车程。"他妈妈说。

"那么……他们会立刻开始吗？"

他的父母相互看了看对方。"到时候肯定会有讲解的。"父亲说。

这个短暂的回答让莱夫明白，他们对此也一无所知。

他们行驶在州际公路上，莱夫摇下车窗，让清风吹拂在自己脸上，然后闭上眼沉思。

这就是我出生的目的。这是我生存的目的。我是被选中、被保佑的那一个。我很高兴。

忽然间，他的父亲踩住了刹车。

莱夫闭着眼睛，所以并没有看到他们车前发生了什么紧急情况。他只是感到凯迪拉克车在紧急减速，他肩膀上的安全带紧紧拉着他。他睁开眼，看到车停在了州际公路上。警灯在闪烁。然后——他刚才听到的是枪声吗？

"怎么了？"

这时，车窗外出现了另一个小孩，看起来比莱夫大几岁的样子。他的表情有些害怕，他看起来很是危险。莱夫伸出手，想快点摇上车窗，但还未来得及这样做，那个小孩就把手伸了进来，拉起了车门上的锁，然后把门打开了。莱夫惊呆了，他不知道该怎么办。

"妈妈？爸爸？"他喊道。

那个目光凶狠的男孩拉着他白色的丝绸衬衫，想把他拖出车外，但车座上的安全带紧紧拉着他。

"你要干什么？放手！"

莱夫的母亲尖叫着让他父亲做些什么，但他的父亲正手忙脚乱地解着自己的安全带。

那个疯少年快速地伸出手，解开了莱夫的安全带。牧师丹一把抓住了他，但这位入侵者迅速有力地冲他打了一拳——正中牧师丹的下巴。突如其来的暴力一下子震慑住了莱夫。那个疯子又一次抓住他，这一回，莱夫被拖出了车，脑袋一下子撞在了马路边上。他抬起头，看到父亲终于走出了车，但那个疯少年用车门重重地撞了他一下，猛地把他撞飞了出去。

"爸爸！"他的父亲摔倒在一辆正在驶来的车前。那辆车急速转弯，感谢上帝，还好没有撞上他——但那辆车冲向了别的车并撞了上去。那辆车旋转着失去了控制，连环撞车的声音不停地响起。莱夫又一次被那个小孩拽了起来，他抓住莱夫的胳膊向前跑。和同龄人相比，莱夫算是身材矮小的。这个孩子比他年长几岁，身材也高大了不少。莱夫根本挣脱不开。

"住手！"莱夫喊道，"你想要什么都可以，拿走我的钱包。"他说着，虽然他根本没有什么钱包，"拿走那辆车，只要你别伤害任何人。"

那个小孩快速地打量了一下那辆车，但子弹正向他们飞来。北向南方向的公路上，警官们终于封锁了来往的车辆，他们已经追到了分开南北方向的马路的隔离带上。离得最近的警官又开了一枪。一颗麻醉子弹击中了凯迪拉克车，然后迸到了一旁。

疯少年拽着莱夫的衣领，将莱夫放在了他自己和警官之间。莱夫意识到他并不想要车，或钱财，他想要个人质。

"不要再抵抗了——我有枪！"莱夫感到那个小孩用什么东西在抵着他。莱夫知道那不是枪——他知道那只是疯少年的手指头。但这个人显然情绪很不稳定，莱夫可不想惹怒他。

"拿我做人质没用的。"莱夫说着，试图和他理论，"他们射击的是麻醉枪，警官并不在意是否会射到我，他们只会麻醉我而已。"

"射到你总比射到我好。"

他们穿梭于车辆之间，子弹从他们身旁飞过："求你了……你不明白……你现在不能带走我，我是十一奉献品，我会错过收获营的！你会毁了这一切！"

终于，那个疯子的眼神里露出一丝情感："**你是分解人？**"

世上有几百种令人愤怒的事情，当莱夫听到自己被这样称呼，不禁怒火中烧："我是十一奉献品！"

一声车鸣，莱夫转过头，发现一辆巴士正冲他们驶来。在他们还没来得及尖叫前，大巴为了躲避他们，一下子冲出马路，斜撞到一棵高大的橡木树上，猛地停了下来。

破碎的车窗上到处是血。那是大巴司机的血。他身体的一半穿过车窗，横在那里一动不动。

"该死！"疯少年说道，声音中带着让人不寒而栗的哀怨。

一个女孩从大巴里钻了出来，那个疯少年看着她。莱夫意识到，疯少年的注意力现在在别人的身上，这是他逃走的最后机会。这个少年就是只动物，莱夫唯一能对付他的方法就是把自己也变成动物。于是，莱夫抓住锁着他喉咙的那只手，用牙齿尽全力咬了下去，直到他尝到了鲜血。那个少年尖叫着松开了手，莱夫瞬间跑开，向他父亲的车跑了过去。

在他跑近的时候，车后门正敞开着。牧师丹打开了车门正迎接他，那个男人脸上充满了喜悦的神情。

因为刚才疯少年的一拳，他的脸已经肿了起来。牧师丹用一种奇怪又颤抖的声音小声道："快跑，莱夫！"

莱夫并没有预料到这个："什么？"

"快跑！跑得越远越好，快跑！"

莱夫虚弱无力地站在原地，无法理解眼前发生的一切。为什么牧师丹告诉他要逃跑？就在这时，他的肩膀突然一阵剧痛，整个世界开始旋转，直到黑暗渐渐吞噬了一切。

4. 康纳

康纳手臂上的疼痛有些难以容忍。那个小怪物居然咬了他——而且真的从他的前臂上咬下一块肉。另一辆车为了躲避他而紧急刹车，结果被追尾了。麻醉枪的子弹已经不再飞舞，但他知道那只是暂时的。公路上的事故暂时阻挡了青年警官的追捕，但他们很快就会再次追上来。

就在这时，他和刚从大巴上下来的女孩对视了一下。他本以为她会跌跌撞撞地走向公路上的人们以求帮助，但正相反，她转过身向树林里跑去。整个世界都变不正常了吗？

康纳抓着自己刺痛、流血的胳膊，也转身向树林跑去，但又停下了脚步。他转过身，看见那个穿白衣的小孩刚刚跑到自家的车旁。康纳并不知道青年警官在哪里，显然，他们肯定潜伏在众多车辆的某处。就在这时，康纳做出了瞬间的决定。他知道这个决定很愚蠢，但他还是忍不住。他只知道自己今天让不少人死了。那个大巴司机，可能还有更多人。即使冒着一切危险，他还是要做出一些补偿。他要做一些有用的事，一些能够补偿他为了AWOL而惹出麻烦的事。于是，尽管他本能地想尽快逃走，但他还是跑向了那个看起来似乎很开心自己就要被分解的白衣小孩。

就在康纳快要接近那个小孩时，他看到二十码外的警官举起武器，开了枪。他真不应该冒这个险！他本应该趁机逃走的。康纳等着麻醉子弹开始起效，但他什么感觉都没有。因为子弹发射的时候，那个穿白衣的男孩向后退了一步，结果子弹打到了他的肩膀。两秒钟后，他躺在了地上，一动不动。小孩已经完全失去了知觉，完全无意地帮康纳挡住了这颗子弹。

康纳一秒也没犹豫，他从地上拉起小孩，扛在了自己肩膀上。麻醉子弹还在耳边呼啸，但没有一颗射中。几秒钟后，康纳跑过那辆大巴，车上那群受惊的年轻人正拥挤着逃下车。他挤过人群，向树林跑去。

树林很繁茂，不光是乔木，还有高大的灌木，而刚刚从大巴上逃走的女孩已经踏出一条踩断树枝及分开灌木形成的小路。这条小路将成为警官追捕他们的指向标。他看到前方的女孩，大声喊道："等一等！"她转过身，但很快又继续向丛林中跑去。

康纳将白衣男孩轻轻放了下来，然后匆匆追了过去，他小心但坚决地抓住她的胳膊。"无论你在逃什么，你是没办法逃走的，除非我们一起合作。"他告诉她。他向后瞥了一眼，确信现在还没有警官追来："求你了，我们没有太多时间了。"

那个女孩停下了脚步，看着他。

"你有什么办法？"

5. 警官

J.T. 尼尔森警官已经做了十二年的青年警官。他深知，只要AWOL 分解人心里还有一丝意识，他们就不会放弃逃跑。这些人的身体里通常充满了肾上腺素，也充满了非法物质——尼古丁、咖啡因，甚至更糟糕的东西。他希望自己的子弹是真实的子弹。他希望自己能将这些浪费生命的家伙真正放倒，而不仅是麻醉而已。也许这样一来，他们就不会跑得这么快——即使跑了，也没什么太大的损失。

这位警官追随着 AWOL 分解人通过树林时留下的痕迹，直到眼前出现了——那个人质，被遗弃在小路中间。他白色的上衣有着被树叶沾上的绿色痕迹，还有棕色的泥土。**很好**，警官想。或许，这个男孩被子弹击中是件好事。昏迷可能救了这个小孩的命。因为没有人知道分解人可能会带他去哪里，或者对他做些什么。

"救救我！"前方传来一个声音，那是个女孩的声音。警官被吓了一跳。

"救救我，求你了，我受伤了！"

丛林深处，一个女孩子靠坐在一棵树前，她抓着自己的胳膊，表情很是痛苦。他并没有时间管这个，但"保护与服务"对他来说不仅仅是一句口号。有时候，他真希望自己没有这么多的道德心。

他向女孩走了过去："你在这里做什么？"

"我本来在一辆大巴车上，我逃了下来，因为我害怕车会爆炸。我的胳膊可能折了。"

他看了看女孩的胳膊，胳膊上连淤伤都没有。这本来应该让他有所警觉的，但他满脑子想的都是追捕。"待在这里，我很快回来。"他转过身，准备继续自己的追捕，但一个东西掉落在他眼前。那不是什么东西，而是一个人。正是那个 AWOL 分解人！警官一下子被打倒在地上。忽然间，袭击他的变成了两个人——那个分解人和那个女孩子。他们是一起的！他怎么这么笨？他伸手去摸麻醉枪，但枪不在了。很快，他感到自己的左大腿上一阵麻痹，他看到分解人那双深邃、邪恶的眼眸。

"晚安。"分解人说道。

警官腿上一阵刺痛，然后整个世界消失了。

6. 莱夫

莱夫醒了过来，肩膀一阵闷痛。他本以为是自己睡姿有问题，但很快，他就意识到这是外伤带来的疼痛。他的左肩膀中了一颗麻醉弹，虽然他现在还不知道自己中弹的事实。这十二小时内发生在他身上的事情，就像稀薄的浮云一样飘在他的脑海里。他唯一确定的，是自己当时正在去"十一奉献"的路上，然后被一个谋杀犯一样的少年绑架了，然后不知出于什么奇怪的原因，牧师丹的形象一直不断浮现在他眼前。

牧师丹告诉他快跑。

　　他肯定这是错误的记忆，因为他不能相信牧师丹会做出这样的事。

　　莱夫睁开双眼，一切都很模糊。他不知道自己身在何处，只知道天色已晚，他处在一个不该待的地方。那个绑架他的疯少年正坐在一团火苗旁，身边还有一个女孩子。

　　就在这时，他意识到自己被麻醉弹打中了。他的头很疼，感觉有些恶心，大脑也不是很清晰。他想站起身，却站不起来。起初，他以为那是麻醉枪的副作用，但后来，他发现自己被粗藤条绑在了一棵树上。

　　他想说话，但嘴里发出的却是轻声的胡言乱语。那个男孩和女孩看着他，他知道他们要杀了他。他们一直留着他，以等到他醒来时再杀了他。疯子一向喜欢这样。

　　"看看谁醒了。"那个眼神疯狂的男孩说道。只不过现在，他的眼神已经不再疯狂，只有他的头发——像是完全没有梳理一样竖立着。

　　尽管莱夫的舌头像是被胶粘上了一样，他还是努力挤出一个词："哪里……"

　　"不确定。"男孩说。

　　然后女孩补充了一句："但至少你现在是安全的。"

　　安全？莱夫想，**现在怎么可能会安全？**

　　"人……人……人质？"莱夫说。

　　男孩看了看女孩，然后看着莱夫："算是吧，我猜的。"那两个人的语气很是轻松，就好像他们是朋友一样。**他们想制造假象，让我以为自己很安全**，莱夫思考着，**他们想让我站到他们那一边，这样我就成为他们犯罪活动的一分子了。**有个词是专门描述这种现象的，不是吗？当人质成了绑架犯的帮凶？**什么什么综合征。**

那个疯狂少年看着一堆显然是从树林里摘来的野莓果和坚果："你饿吗？"

莱夫点了点头，但这让他头晕不已，他意识到不管自己有多饥饿，他最好还是不要吃东西，因为他会立刻吐出来。"不。"他说。

"你看起来有些困惑。"女孩子说，"不用担心，那只是麻醉枪。药效应该很快就会过去。"

斯德哥尔摩综合征！没错！嗯，莱夫是不会被这两个绑架者收买的。他绝不会和他们混为一伙。

牧师丹告诉我快跑。

他这话什么意思？是要我从绑架者那里逃跑吗？也许吧，但他似乎是指另一回事。莱夫闭上双眼，努力把这个想法赶出脑海。

"我的父母会来找我的。"莱夫说道，他的嘴终于能够说出一句整话了。

那两个少年并没有回答，因为他们很可能知道他说的并没错。

"赎金是多少？"莱夫问道。

"赎金？没有什么赎金。"疯少年说，"我带走你是为了解救你，笨蛋！"

解救他？莱夫半信半疑地盯着他："可……可我的十一奉献……"

疯少年看着他，摇了摇头："我从来没见过像你这么迫不及待要去被分解的小孩。"

跟这两个没有信仰的人解释十一奉献是没用的。奉献自己是最终极的保佑。他们是绝对不会理解，也不会在乎的。解救他？他们并没有解救他，他们毁了他。

然后莱夫意识到了一些事，他发现自己可以好好利用一下目前的情况。"我叫莱夫。"他尽量用平静的语气说道。

"很高兴认识你，莱夫。"女孩子说道，"我叫莉莎，这位是康纳。"

康纳不爽地看了女孩子一眼，显然不想让她说出他们的真实姓名。显然，这对绑架犯来说并不是什么好主意，但话说回来，大部分罪犯都这么笨。

"我不是故意让你中麻醉弹的，"康纳告诉他，"但警官们射得很不准。"

"不是你的错。"莱夫说着，虽然这一切都是康纳的错。莱夫想了想发生的一切，然后说道，"我自己绝不可能从十一奉献中逃跑。"莱夫深知，这话确实没错。

"还好我当时在。"康纳说。

"是啊，"莉莎说，"要不是因为康纳当时从高速公路上冲过去，我现在可能已经被分解了。"

一阵沉默，然后莱夫努力抑制着自己的愤怒说道："谢谢你，谢谢你救了我。"

"不客气。"康纳说。

很好，让他们以为自己很感激，让他们以为他们得到了他的信任。等他们一旦陷入了安全的假象，他再让他们得到应得的惩罚。

7. 康纳

康纳本应该留着青年警官的那把枪，但他当时并没有多想。他用警官的麻醉枪射击了警官，然后吓得扔了枪就逃走了——就像他在州际公路上扔了自己的背包，以及扛走莱夫一样。他装满钱的钱包也在那个背包里。现在，他除了口袋里的绒布，什么都没有了。

天色已经很晚了——或者更准确地说，已经很早了，黎明几乎快要到来。他和莉莎一整天都在树林里奔跑，康纳还一直背着一个失去意识的十一奉献品。夜色降临后，他和莉莎就轮流守夜，以让另一个得以休息。

康纳知道自己不能信任莱夫，所以他才把莱夫绑在树上——但同样，他也没有理由去相信那个从大巴里逃出来的女孩。把他们连接在一起的唯一共同点，就是想存活下去的意愿。

月亮已经离开了天空，而一丝淡淡的霞光意味着黎明即将到来。现在，他们的画像应该已经出现在各个地方。**你见到这些少年了吗？ 不要接近他们。 极度危险。 立刻联络警官。**康纳曾在学校里浪费了不少时间，让人们相信他是个危险人物，但等事情真的如此发生了，他又不相信自己真的有任何威胁。可能，他只是对自己有威胁而已。

莱夫一直在观察他。起初，那个男孩的双眼有些蒙眬，头也歪在一旁，但现在，他的眼神变得犀利起来。即使在即将熄灭的火光下，康纳也能够看到。冷酷的蓝色眼眸，不断计算着什么。这个小孩是个怪人。康纳并不太了解莱夫的世界里到底发生了什么，他也不确定自己是否想知道。

"如果不处理一下的话，你那个被咬的伤口会感染。"莱夫说。

康纳看着自己手臂上被莱夫咬到的地方，那里还红肿着。直到莱夫提醒他，他才又一次感觉到伤口的疼痛："我会处理的。"

莱夫继续研究着他："你为什么要被分解？"

康纳不喜欢这个问题，原因有很多："你的意思是，我为什么

曾经要被分解——因为，就像你看到的，我已经不会再被分解了。"

"如果他们抓到你的话，他们还是会分解你的。"

康纳真想冲那个自鸣得意的小孩脸上来一拳，但他克制住了自己。康纳救这个小孩，可不是为了去揍他。

"那么，那是一种什么感觉？"康纳问道，"从生下来就知道自己要被贡献出去？"他只是想反击一下而已，但莱夫却当了真。

"这总比漫无目的地活着要好。"

康纳并不确定莱夫是否故意要他难堪——因为他的生活似乎就没有目的。这让他觉得**自己**才是被绑在树上的人，而不是莱夫。"事情也可能会更糟。"康纳说，"我们本有可能像汉姆菲·邓飞那样。"

莱夫听到这个名字，似乎惊讶了一下："你知道那个故事？我以为只有我们家那里才讲那个故事。"

"不是，"康纳说，"小孩们都知道这个故事。"

"这个故事是编出来的。"莉莎说道，她刚刚醒过来。

"也许吧，"康纳说，"但有一次，我和一个朋友在学校的电脑上搜索这个故事。我们找到了一个关于它的网站，上面讲了汉姆菲·邓飞的父母如何成了神经病，然后电脑就死机了。后来，我们发现电脑被一个席卷整个地区服务器的病毒袭击了。是巧合吗？我可不这么觉得。"

莱夫有些震惊，但莉莎有些厌烦地说道："嗯，我是绝不会像汉姆菲·邓飞那样的，因为你首先得有父母变疯才行——而我并没有。"她站起身。康纳将目光从奄奄一息的火苗上移开，看着已经破晓的天空。

"如果我们想继续逃跑的话，我们应该改变方向。"莉莎说，"我们应该思考下变装。"

"怎么变？"康纳问道。

"我不知道。先换身衣服，也许剪个发型。他们在寻找两个男孩和一个女孩，也许我能变装成男孩。"

康纳端详了一遍她，然后露出一个微笑。莉莎很漂亮。并不是像阿瑞娜那样的漂亮，而是更漂亮。阿瑞娜的美貌更多是靠化妆与颜料注射之类的。莉莎则是自然美。想都没想，康纳伸出手摸了摸她的头发，然后轻轻说道："我觉得你永远都不会装成男——"

忽然，他的手被扳到背后，整个身体转了一圈。她狠狠地将他的胳膊扭到了身后。实在太疼了，他甚至都说不出"哎呀"，而是疼得大喊："哎！哎！"

"再动我，我就把你的胳膊扭断。"莉莎告诉他，"听到了吗？"

"好，好，知道了，放手，我听到了。"

不远处的橡树下，莱夫大笑起来，显然他很乐意看到康纳的痛苦。

她放开了他，但他的肩膀依然很疼。"你没必要那样，"康纳说着，努力不让自己看起来太狼狈，"我又不是要伤害你。"

"是啊，嗯，现在你肯定不会了。"莉莎说道，语气里似乎有一丝丝内疚，"别忘了我可是从州立孤儿院来的。"

康纳点了点头，他知道州立孤儿院的小孩。他们必须从小就学会照顾自己，要不然他们的生活会很不幸，他真应该早就想到和她保持距离。

"不好意思，"莱夫说，"但如果我一直被绑在树上，我们就哪儿也去不了。"

康纳依然不是很喜欢莱夫："我们怎么知道你不会逃跑？"

"你不知道，但在你给我解绑之前，我就是个人质。"莱夫说，

"一旦我被解绑了，我就是个逃犯，和你们一样。绑住我，我就是敌人。把我解开，我就是朋友。"

"如果你不逃跑的话。"康纳说。

莉莎开始不耐烦地解起藤条："除非我们想把他留在这里，不然我们就得冒这个险。"康纳跪下来开始帮她。很快，莱夫就被解绑了。他站起身，伸了伸腿脚，揉了揉肩膀被麻醉弹击中的地方。莱夫的眼眸依然是冰蓝色，让康纳难以捉摸，但他并没有逃跑。**也许，康纳想，他已经不再去想负十一奉献的"责任"了，也许他终于意识到活着的意义了。**

8. 莉莎

随着他们继续在树林里行走，莉莎看到一些破碎的食物包装盒塑料块，这让她很不安，因为有人居住的首要标志就是垃圾。有人就意味着可能会有人认出他们，如果他们的画像已经遍布新闻网络的话。

莉莎知道他们不可能完全阻断和人类的接触，她并没有一直不被人看见的侥幸心理。虽然他们需要尽量不被人看到，但他们也不能一直独自行动。他们需要别人的帮助。

"不，不行。"看到这些人烟痕迹后，康纳立刻争论起来。不光是垃圾，这里还有一面长满青苔、及膝高的石墙，还有锈迹斑斑、老旧的输电塔，那还是电力通过电线传输时代的电塔，"我们不需要任何人，我们只拿走自己需要的。"

莉莎叹了口气，努力收拾起已经失去的耐心："我相信你很会偷东西，但我不觉得这是个好主意。"

康纳显然被这番话惹恼了："你怎么想？人们会单纯地出于好心，给我们食物和其他需要的东西？"

"不，"莉莎说，"但如果我们聪明些，而不是盲目地去做，我们会有更好的机会。"

她的话，或者也有她故意屈尊俯就的语调，让康纳没了脾气。

莉莎注意到莱夫一直在远处看着他们争吵。**如果他要逃跑的话**，莉莎想，**现在正是最好的时机，因为康纳和自己正忙着吵架。**这时，她忽然想到这正是考验莱夫的好机会，看看他是否真的改变了心意，还是在等待逃跑的机会。

"你别想就这么走开！"她冲康纳吼道，尽量将吵架延续下去，与此同时也偷偷注意着莱夫的表现，"我还没和你说完呢！"

康纳转过身看着她："谁说我必须要听？"

"如果你有些脑子的话，你就会听，但显然你并没有脑子！"

康纳又向前靠了一步，进一步侵入到她的自我领地。"要不是我，你已经在去收获营的路上了！"他说道。莉莎伸手要推他，但他的手伸得更快，一把抓住了她的手腕。就在这一瞬间，莉莎意识到自己做得有些过了。她对这个男孩又有什么了解呢？他也是要被分解的人。也许他被分解是有理由的，也许理由很充分。

莉莎很小心，并没有挣扎，因为挣扎只会给对方带来好处。她用坚定有力地语调说："放开我。"

"为什么？你觉得我会对你做什么？"

"这是你第二次没有经过我同意就碰我。"莉莎说，可他并没有放手。不过，她确实注意到他握住她手腕的力量并不是那么有威胁。他抓得既不紧，也不松；既不疼，也不轻。她本可以一转手腕就挣脱开，但她为什么没有呢？

莉莎知道他这样做是为了表达什么，但他到底想表达什么，莉莎并不确定。他是想警告她，他有能力伤害她？还是说，他想传达的信息正如他的握力——他并不想伤害人。

嗯，无所谓了，莉莎想。轻柔的暴力也是暴力。

她看着他的膝盖。如果狠狠踢上一脚，他的膝盖骨就会被踢碎。

"我能很快把你制服。"她威胁道。

即使康纳有所害怕的话，他也并没有表现出来："我知道。"

不知为何，他也知道她并不会那样做——第一次只是条件反射。但如果她要二次伤害他的话，那就是有意的行为了，那就是她故意而为之。

"向后退。"她说，和几秒钟前相比，她的声音已经不再那么坚定了。

这一次，他听话地放开了手，并向后退了一定的距离。他们本可以相互伤害对方，但他们并没有。莉莎不太确定这意味着什么，她只知道自己生气是一系列混合原因造成的，她并不能解释清楚这些原因。

忽然，一个声音从他们的右方传来："虽然挺有意思的，但吵架并不能解决什么问题。"

是莱夫——莉莎意识到她的小诡计得到了事与愿违的结果。她本想以假装吵架来探测他，但吵架却变成了假戏真做，而在整个吵架过程中，她完全忘记了莱夫的存在。即使他偷偷跑掉，他们可能都不会意识到。

莉莎又一次瞪了一眼康纳，然后这三个人继续僵持着。十分钟后，莱夫去解决内急了，康纳才再一次开口。

"不错，"康纳说，"挺有效的。"

"什么？"

康纳靠近了一些，悄悄说道："吵架，你是为了观察莱夫会不会趁我们不注意时逃跑，对吗？"

莉莎尴尬了一下："你猜到了？"

康纳看着她，有些幸灾乐祸："嗯……是啊。"

如果说之前莉莎对他的感觉有些不确定，那么现在就更捉摸不定了。她完全不知道该怎么想："所以……刚才发生的一切都只是表演？"

现在，康纳反而变得有些不确定了："我猜是这样，大概吧，难道不是吗？"

莉莎努力把脸上的微笑憋了回去。忽然间，她感觉和康纳在一起变得踏实起来。她觉得很惊奇。如果他们的吵架是真实的，那么她会对他有所防备。如果这场吵架只是表演的话，那么她也该有所防备，因为如果他这么会撒谎，她就绝不能信任他。但现在的情况是两者相混合。那既是真实的，又有些表演成分，而这种混合反而让事情变得更好——让她觉得安全了一些，就好像在保护网上表演拼命的杂技演员一样。

她没有再继续深思这种突如其来的感觉，他们找到莱夫，然后一同向可怕的人烟方向走去。

明 日 分 解

逃 离 收 获 营

第 二 部 分

鹤送子

"要想改变法律，首先要改变人类本性。"

——**格蕾塔护士**

"要想改变人类本性，首先要改变法律。"

——**伊冯娜护士**

9. 母亲

这位母亲十九岁，但她并不觉得自己有这么老。她觉得自己像一个小女孩一样无知，不知道该如何处理现在这种情况。她是什么时候长大的？法律说是在她十八岁的时候，但法律并不了解她。

身体还在感受着生孩子的余痛，她紧紧抱着自己的新生儿。这是一个刚刚破晓的寒冷清晨，她走过后方走廊，四周一个人也没有。废料箱后映射着黑色的阴影，到处都是破碎的瓶罐。她知道，现在是这样做的最佳时机。郊狼和清扫工还没有出来。她不能想象小婴儿痛苦的模样。

一个巨大的绿色废料箱出现在她眼前，歪斜着竖立在崎岖不平的走廊过道上。她紧紧抱着婴儿，就好像废料箱可能会伸出手，把婴儿抓到自己肮脏的深处一样。她绕过废料箱，继续向走廊前方走去。

在《生命法案》通过后不久的一段时间里，这样的废料箱对她这样的女孩子很有吸引力。绝望的女孩们会将不想要的新生儿留在垃圾堆里。这种事情发生得太过平常，甚至已经不再是新闻了，而是成了普通生活的一部分。

可笑的是，《生命法案》本是为了保护神圣的生命。结果，它却让生命变得更加廉价。还好有了《送子倡议法》，这个法律让像她一样的女孩们有了更好的选择。

黎明的天色越来越亮，她离开走廊，来到一片居民区里。每走过一条街道，住宅区的房子就变得更高级一些。那些房子高大舒适，简直是鹤送子的绝佳地区。

她敏锐地挑选着这些房屋。最终选定了一栋既不是最大，也不是最小的房子。这栋房子离街道并不远，所以她可以快速离开，房子的四周都是茂盛的大树，所以房子内外也不会有人看到她在鹤送这个新生儿。

她小心翼翼地来到前门。房子里的灯都暗着，很好。车道上停着一辆车——但愿这意味着他们都在家。她蹑手蹑脚地走上门廊台阶，尽量不发出一丝声音，然后跪在了地上，将熟睡中的婴儿放在了门口的地毯上。婴儿的身上围着两层毛毯，头上还戴着一顶小羊毛帽。她用毛毯紧紧裹住婴儿，这是她作为母亲学会的唯一一件事。

她本想按下门铃，然后跑走，但意识到这并不是个好主意。如果他们逮到了她，她就不得不继续抚养这个婴儿——这也是《送子倡议法》中的一部分。但如果他们打开门发现了这个婴儿，那么法律规定"发现人则必须收养婴儿"。不管他们愿不愿意，这个婴儿从法律上讲就是他们的了。

自从得知自己怀孕后，她就知道她最终会送养这个孩子。她希望在最后时刻，当婴儿无助地看着她时，她可能会改变心意——但她何必这样欺骗自己呢？在人生的这个时刻，无论是从养孩子的技巧还是当母亲的渴望来讲，鹤送子都是她最好的选择。

她意识到自己在门口徘徊的时间有些长。楼上的灯已经亮了，于是她逼着自己不再去看那个熟睡的婴儿的脸庞，然后离开。现在，她已经没有了负担，她忽然又有了力量。她的生命又有了第二次机会，而这一次，她会活得更聪明一些——她很确定这一点。

她一边向街道走去，一边庆幸自己得到了重生的机会。能够这样轻易地抛弃自己的责任，是多么万幸的一件事。

10. 莉莎

在离这个鹤送子的绝佳地区不远的几条街外，在一片树林的边缘处，莉莎正站在一栋房子门口。她按响了门铃，一个女人穿着浴袍应了门。

莉莎向女人露出一个大大的微笑："嘿，我的名字叫迪迪，我是负责为学校收集免费衣服与食物的，我们……就是……把这些东西送给流浪汉。这算是个竞争性活动，谁收集得最多，就能赢得去佛罗里达的免费旅行。如果你能帮我的话，那真是太……太好了。"

那个睡意蒙眬的女人还没反应过来怎么回事。"迪迪？"这个女人插不进嘴，因为迪迪说话速度太快了。如果莉莎嘴里嚼着一块口香糖，她可能要吹个泡泡以让自己看起来更真实。

"求你……求你……真的求你了！我已经，现在已经到第二名了。"

门口的女人叹了口气，意识到这位"迪迪"是绝不会空手离开的，而对付这种女孩最好的办法就是给她些什么。"我很快回来。"女人说。

三分钟后，莉莎离开了这栋房子，手里拿着满满一袋衣服和罐头食物。

"真是厉害。"康纳说，他和莱夫一直在树林的边缘远望着。

"我能说什么呢？我是个艺术家。"她说道，"就好像弹钢琴一样，你必须得知道哪个键能击中人心。"

康纳微笑道："你说得没错，这样比偷好多了。"

"实际上，"莱夫说道，"骗取财物也是偷。"

莉莎对这样的想法有些不舒服，但她尽量没有表露出来。

"也许吧，"康纳说，"但至少是有风格地偷。"

树林的尽头是一片社区。修剪整齐的草坪同树叶一样开始变黄。秋天已经来了。这里的家家户户看起来很是相似，但又并非一模一样。这里的人们也很相似，但又有些差别。这是莉莎经常在杂志和电视上看到的世界。对她来说，郊外住宅区是神奇国度一样的存在。也许正是因为这样，莉莎才有勇气接近住房，假装自己是迪迪。这样的社区对她来说，就像俄亥俄州州立孤儿院 23号的工业烤箱里发出的新鲜面包味一样新奇。

回到树林的深处，他们仔细检查了一遍大包，就好像里面装满了万圣节的糖果一样。

包里有一条裤子和一件蓝色系扣衬衫，正适合康纳。一件夹克适合莱夫。但没有什么适合莉莎的衣服。这倒是没什么，她可以继续去其他房子扮演迪迪。

"我还是不觉得换衣服能改变什么。"康纳说。

"你不看电视的吗？"莉莎说，"警官在电视上总是说，他们会描述罪犯最后逃离时穿的衣服。"

"我们并不是罪犯，"康纳说，"我们是 AWOL。"

"我们是重罪犯。"莱夫说道，"因为你们现在犯下的……我是说，**我们**现在犯下的……可是联邦罪行。"

"什么，偷衣服？"康纳问道。

"不，偷走我们自己。一旦签署了分解号令，我们就是政府的财产了。AWOL 就让我们变成了联邦罪犯。"

这其实并不太符合莉莎的情况，甚或也不太符合康纳，但他们两个都没有多想。

这种拜访人口密集区域的行动虽然危险，但很有必要。也许再过一会儿，他们能找个图书馆，下载一些地图，然后找一个足够大的郊野，消失在里面。AWOL 分解人有不少藏匿的社区，也许他们能找到一个。

在他们小心翼翼地走过社区时，一个女人向他们走来——一个大概十九、二十岁左右的女孩。她步伐匆匆，但走路的样子很有趣，就好像受过伤，或是刚刚从受伤中恢复过来一样。莉莎知道她会看到并认出他们，但女孩只是匆匆从他们身边走过，连眼睛都没抬，就急忙消失在街角。

11. 康纳

暴露在光天化日之下，特别容易被认出来。康纳真希望他们能一直待在树林里，但树林里的野莓果和坚果只有那么多，不够他们吃。他们只得去城镇里寻找食物，以及信息。

"现在最不容易被发现。"康纳告诉其他人，"早上的时候，每个人都很匆忙，怕上班迟到或是别的什么。"

康纳在灌木丛中找到一张被送报男孩扔掉的报纸。"看看这个！"莱夫说，"一张报纸，多复古啊。"

"报纸上有报道我们吗？"莱夫问道，他的语调听起来有些高兴。这三个人浏览了一遍首页。澳大利亚战争、说谎的政治家……一如既往的老新闻。康纳笨手笨脚地翻了一页，这份报纸的页面又大又蠢，纸张很容易被撕坏，而且就像风筝一样轻飘飘的，很难阅读。

第二页、第三页也没有提到他们。

"也许这是旧报纸。"莉莎说。

康纳查看了一下顶端的日期。"不，是今天的。"他攥着被轻风吹拂的报纸，"啊……在这里。"

大标题写着：**州际公路连环事故**。这是一篇短小的新闻。大清早的交通事故，**哇啦哇啦**，交通堵塞了好几个小时，**哇啦哇啦**。文章提到了死去的大巴司机，还有道路被关闭了三小时，但一个字也没提他们。康纳从头到尾把文章读了一遍。

"警官在当地的行动可能影响到大巴司机，因而导致了事故的发生。"

他们一个个目瞪口呆。对康纳来说，他感到内心卸下了一个负担——一种逃脱了某件大事的轻松感。

"这肯定不对。"莱夫说，"我是被绑架的，或者……呃……只是他们会**认为**我被绑架了。这应该写在新闻上。"

"莱夫说得对，"莉莎说，"他们总是有报道关于分解人的新闻。如果我们没被报道，这里面肯定有缘由。"

康纳不敢相信这两个人居然对这份天上掉下来的大礼挑三拣四！他语调缓慢，像是对待白痴一样说道："没有新闻报道就意味着没有图片——而这就意味着人们不会认出我们。我不觉得这是什么坏事。"

莉莎双臂环在胸前："**为什么**会没有图片呢？"

"我也不知道……也许警官想低调行事，因为他们不想让人们知道自己把事搞砸了。"

莉莎摇了摇头："总觉得不对劲……"

"管他对不对劲！"

"小声点！"莉莎有些生气地小声道。康纳努力控制住自己的情绪，他不想再说下去了，因为他害怕自己会大声吼起来，然后引起别人的注意。他看到莉莎还在对这个事情困惑不解，而莱夫正看着他们两个。**莉莎并不笨**，康纳想，**她会想明白这是件好事的，她会想通自己其实是在瞎担心**。

但莉莎却说道："如果我们一直不上新闻，那么谁会知道我们到底是否还活着？你看——如果新闻上说他们在追踪我们，那么等他们找到我们时，他们就会用麻醉枪打倒我们，然后带我们去收获营，对吗？"

康纳不知道她为什么要说这些显而易见的事情："所以呢，你想说什么？"

"万一他们并不想再分解我们，万一他们想我们死呢？"

康纳本想告诉她这个想法很蠢，但他闭上了嘴。因为这个想法一点都不蠢。

"莱夫，"莉莎说，"你家里很有钱，对吗？"

莱夫耸了耸肩："大概吧。"

"万一他们收买了警官，让他们杀死绑架者以找回你……就这样悄无声息的，不就没有人知道了吗？"

康纳看着莱夫，希望这个小孩会对这种说法嗤之以鼻，然后告诉他们他的父母绝对不会做出这样可怕的事情。可是，莱夫却一声不吭地思考着这种可能性。

就在这时，发生了两件事。一辆警车忽然拐进了街道，而离他们不远的地方，传来一个婴儿的哭声。

快跑！

这是康纳脑子里的第一想法、本能反应，但莉莎却在看到警车的时候紧紧抓住了他的手臂，这让他犹豫了一下。康纳知道在这种生死攸关的时刻，犹豫一秒钟就会有完全不同的结局。但今天不是。今天，这几秒钟给了康纳足够的时间去做一些他平时不会做的事情。他摒弃了第一想法，继而深入地想到了**第二个想法**：

逃跑会引起注意。

他强迫自己的双脚站在原地，然后快速观察了一遍他们周遭的情况。警车刚刚来到车道，人们正陆续离开去上班。某个地方传来婴儿的哭声。高校学生们聚集在对街的角落里，聊着天，相互推搡着，大笑着。他看了一眼莉莎，明白他们正在想着同一件事，然后异口同声道："公交车站！"

巡逻的警车随意地在街上行驶。对没有什么要隐瞒的人来讲，这种随意没什么，但对康纳来说，这种慢速行驶很有威胁性。他完全看不出这些警官是在寻找他们，还是只是在例行巡逻。他又一次强迫自己不要逃跑。

他和莉莎转过身，背对着警车，准备低调地向公交车站走去，但莱夫似乎并没有跟上。他的脸正看向相反的方向，直勾勾地盯着一辆靠近的警车。

"怎么，你疯了吗？"康纳抓住他的肩膀，强迫他转过身，"乖乖做我们要做的事情，行动要自然。"

一辆校车从另一个方向开来。街角的学生们开始收拾自己的东西。终于，他们有了合适的逃跑机会。康纳开始向那里走去，然后转过身，带着有些抱怨的腔调对莉莎和莱夫喊道："快点，你们……要不然我们又要错过校车了！"

警车现在就停在他们身旁，康纳背对着车，并没有转身去看车里的警官是否在观察他们。如果他们在看，但愿他们能听到自己的对话，以为他们只是普通的学生，然后不再多想。莱夫的"行动自然"则是睁大双眼，手臂僵硬地过马路，好像自己在走雷区一样。行动还真是够自然的。"你一定要走得这么慢吗？"康纳喊道，"如果我再迟到一次，我就要被留校了。"

警车在他们身后缓缓开过。前方，校车正在车站停着。康纳、莉莎和莱夫快速穿过马路，向对面走去——还是一副装作去上学的模样，以防警官会在车的反光镜里观察他们。当然，康纳想，这样也可能适得其反，警官们也可能会以乱穿马路的理由而叫住他们。

"我们真的要上车吗？"莱夫问道。

"当然不。"莉莎说。

现在，康纳终于敢瞥一眼警车了。警车的灯光在闪，马上就要拐过转角了。只要它拐过去，他们就安全了……但就在这时，校车停了下来，一边闪着红灯一边开了门——只要坐过校车的人都知道，当校车的红灯闪亮时，所有周边的车辆都要等待，为校车让行。

警车在离拐角几码外的地方停了下来，等着学生们上校车。这就意味着，在校车开走时，这辆警车就正好停在那里。"我们完了。"康纳说，"现在我们**必须**得上校车了。"

他们眼前的房子门口站了一群人，这群人在走动。

康纳立刻明白了。他曾经见过这种场面。他在自家的门口就见过两次被送养的婴儿。虽然和自家门口的那个婴儿不是同一个婴儿，他也立刻明白了什么。

"快点，比利，你要错过校车了！"

"啊？"

是莉莎，她和莱夫就在他前方几码远的地方。她咬着牙对康纳说道："快点，'比利'，别犯傻了。"

学生们已经一个个上了校车，警车一动不动地停在闪烁的红灯后方。

康纳想挪动自己的脚步，但他没有。因为那个婴儿。因为婴儿的哭号。**这和我家门口的那个婴儿可不是同一个婴儿！**康纳告诉自己，**别傻了，现在不是时候！**

"康纳，"莉莎小声道，"你到底怎么了？"

房子的大门打开了，门口站着一个小胖子——大概六七岁的样子。他低头盯着那个婴儿，"噢，不会吧！"然后他转过身，走进屋喊道，"妈妈！我们又被鹳送子了！"

在紧急情况下，大部分人都有两种本能反应——斗争和逃跑。但康纳知道他有三种本能：斗争、逃跑和彻底搞砸。这是异常危险的大脑短路状态。上一次大脑短路时，他向带有武器的青年警官跑去，救出了莱夫。他能感觉到自己的大脑正在变得狂热。"我们又被鹳送子了。"那个小胖孩子又一次说道。他为什么要说"又"？要不是他说了个"又"字，康纳可能也没事。

不要这样！康纳告诉自己，**这和我家门口的那个婴儿可不是同一个婴儿！**

但内心深处，他脑子那块不理智的部分告诉他，他们都是同一个婴儿。

甩掉了一切与自我的对抗，康纳闪电般地向门廊跑去。他跑得太快，那个小孩子惊恐地望着，然后向他的母亲——一位刚刚来到门口、身材同样圆润的女人那里跑去。她盯着康纳，然后快速地瞥了一眼正在哭泣的婴儿，但并没有靠近。

"你是谁？"她问道，那个小男孩藏在她身后，像躲在母熊身后的小熊一样，"是你把这个放在这里的吗？回答我！"婴儿还在继续哭泣。

"不……不，我……"

"不要跟我说谎！"

他并不知道自己跑来这里到底是想做什么，这本来和他一点关系都没有，但现在，他已经把麻烦惹上身了。

在他身后，校车还在上人，那辆警车依然停在原地等待着。康纳跑来这里的举动可能会要了他的命。

就在这时，一个声音从他身后传来："不是他放的，是我。"

康纳转过身，看到莉莎。她一脸面无表情，甚至都没有看康纳。她只是盯着那个女人，而女人也将眼神从康纳身上转到了莉莎身上。

"你被当场发现了，亲爱的。"她说道，那个"亲爱的"听起来简直像是诅咒的词语，"法律也许让你可以鹤送子，但只有在你不被发现的前提下。所以，拿走你的小孩，趁我还没报警之前。"

康纳拼命地克制着自己的冲动："可是……可是……"

"闭上嘴！"莉莎说，她的语气充满了恶毒的指责。

门口的女人露出了微笑，但并不是什么善意的微笑。"这位爸爸把一切都毁了，不是吗？他没有逃走，而是跑了回来。"女人轻蔑地瞥了一眼康纳，"当妈妈的首要规则，亲爱的，男人都会坏事。现在学会这一点，你以后就会幸福许多。"

躺在地上的婴儿还在哭泣。这就像是一个偷培根的游戏，没有一个人想拿走培根。最终，莉莎弯下腰，从欢迎毯上抱起了婴儿。婴儿还在哭泣，但现在哭声已经柔和了许多。

"快点离开这里，"胖女人说道，"要不然你们就要和警官聊聊了。"

康纳转过身，看到警车被校车挡住了一半。莱夫正半进半出地站在校车门口，以防止车门关闭，他的脸上一副焦急的表情。不耐烦的校车司机正冲他嚷嚷着："快点，我可没时间等了！"

康纳和莉莎从女人家门口转过身，向校车跑去。

"莉莎，我——"

"别，"她嚷道，"我不想听。"

康纳觉得五味杂陈，就像他当初刚发现自己父母签署了分解他的号令一样。可那时候，他的愤怒冲淡了恐惧和震惊的感情。但现在他已经没有愤怒了，除了和自己生气。他觉得很是无助、没有希望。他的自信像一颗死去的星辰一般瞬间瓦解。三个逃犯在逃脱法律的追踪，而现在，因为他那短路的大脑，他们又多了一个小婴儿。

12. 莉莎

她一点也搞不清康纳到底在想什么。

现在，莉莎意识到他不仅会做出很糟糕的决定，也会做出很危险的决定。校车上只有几个学生，在他们上车后，司机气愤地关上了门，没有对婴儿的事情说什么。也许是因为这并不是车上唯一的一个小婴儿。莉莎挤到莱夫前面，带着他们向最后排走去。他们走过一个女孩，她怀里也抱着一个小可爱，看起来应该不到六个月的样子。这位年轻的母亲好奇地看着他们，莉莎努力不让自己和她有目光接触。

他们在后排坐了下来，离最近的同行者也有几排的距离。莱夫看着莉莎，显然不太敢问那个很明显的问题。终于，他开口道："呃……我们为什么有个婴儿？"

"**问他。**"莉莎说。

康纳面无表情地看着窗外："他们在寻找两个男孩和一个女孩。有了这个婴儿，他们就不会怀疑了。"

"好极了！"莉莎哼了一声，"不如我们把沿途的婴儿都捡走好了。"

康纳的脸一下子红了，他转向她，伸出了手。"我来抱。"他说，但莉莎并没有递给他。

"你会弄哭他。"

莉莎对婴儿并不陌生。在州立孤儿院的时候，她偶尔会做一些和婴儿有关的工作。这个婴儿很可能最终也会被送到州立孤儿院。她能看出，门口的那个女人根本就不想收养他。

她看着康纳。他依旧红着脸，有意地躲避着她的目光。康纳说的理由完全是借口。他跑到那个门口是另有原因的，但无论是出于什么原因，康纳并没有想说出来的意思。

大巴又开到一个车站，更多的学生走了上来。坐在前排抱着婴儿的那个女孩子来到了后面，坐在莉莎前面，然后回过头看着莉莎。

"嘿，你是新生吧！我叫艾丽克斯，这位是切斯。"她怀里的婴儿好奇地抬头看了莉莎一眼，然后痴迷地看着座位后方。艾丽克斯举起婴儿的手，像是摆弄玩具一样挥舞着那只小手，"说哈喽，切斯！"艾丽克斯看起来甚至比莉莎还年轻。

艾丽克斯凑了过去，看着熟睡婴儿的脸："是个新生儿！哇！你还真是勇敢，这么早就回学校了！"她转过身对康纳说："你是父亲？"

"我？"康纳一下子变得焦躁不安，不过很快他就理智起来并说道，"是啊，我是。"

"真是太太太棒了，你们还在一起。查兹——切斯的父亲——甚至已经不去我们学校上学了，他被送到了军事学院。他的父母知道我的事情之后特别生气，你懂的，'出了意外'，他害怕自己可能会被分解。你敢相信吗？"

要不是因为这个可怜的切斯会失去母亲，莉莎真想掐死这个女孩。

"所以，你们的是男孩还是女孩？"

等待回答之前的沉默很让人尴尬。莉莎在想有没有一种不被察觉的去查看性别的办法，但她意识到她别无他法。"女孩。"莉莎说，至少她有百分之五十的概率猜对。

"她叫什么名字？"

这一次，康纳来救了场。"迪迪，"他说，"她的名字叫迪迪。"这让莉莎的脸上露出一丝丝微笑，尽管她依然还在生他的气。

"是啊，"莉莎说，"和我的名字一样，家族传统。"

显然，康纳已经开始恢复理智了。他似乎变得放松、自然了一些，并努力扮演着自己的角色。他脸上的红晕开始消散，现在只有耳朵还是红通通的。

"嗯，你们会爱上中北高中的，"艾丽克斯说，"他们有个特别棒的幼儿中心，而且很照顾学生妈妈。有些老师甚至让我们在班上照顾小孩。"

康纳把手放在了莉莎的肩膀上："父亲可以照看吗？"

莉莎一下子甩开他的胳膊，然后默默地踩了一下他的脚。他疼了一下，但什么都没说。如果他以为自己没事了，那他可大错特错了。在她眼里，他的名字是死定了。

"看来你的弟弟已经交上朋友了。"艾丽克斯说。莉莎的目光朝莱夫那里看去，他换到了前一排的座位，正在和旁边的一个男孩子说话。她想听听他们到底在聊些什么，但除了艾丽克斯的蠢话，她几乎什么都听不见。

"还是说那是**你的**弟弟？"艾丽克斯问康纳。

"不，是我的。"莉莎说。

艾丽克斯笑着揉了揉肩膀："他还挺可爱的。"

莉莎觉得艾丽克斯已经不可能再讨厌了，但显然她错了。艾丽克斯一定是看到了莉莎的目光，因为她说道："嗯，我的意思是作为新生挺可爱的。"

"他十三岁，他跳了一级。"莉莎说着，用一种更加充满警告的目光盯着艾丽克斯，那目光就像在表达，**把你的爪子离我弟弟远一些**。现在轮到康纳踩她的脚了——他这样做完全没错。太多信息了。莱夫的真实年龄没必要告诉艾丽克斯。再说，树立敌人可不是他们的首要任务。

"对不起，"莉莎说着，收回了自己的目光，"昨晚因为婴儿没睡好，我情绪有些激动。"

"相信我，我绝对理解你。"

看来只要他们不到学校，艾丽克斯就会没完没了地一直问下去，但校车又来了一个突然停车，这让小切斯的下巴磕到了座椅上，然后哭了起来。艾丽克斯一下子进入母亲模式，结束了对话。

莉莎深深叹了口气，然后康纳说道："我真的很对不起。"虽然他的声音很真诚，但莉莎并没有接受道歉。

13. 莱夫

今天的行动和计划差远了。

本来的计划是一到有人烟的地方，他就立刻逃离。莱夫在他们离开树林的那一刻本可以逃跑。他本可以，但他并没有。**也许还会有更好的时机**，他想。如果他一直耐心地观察，那么完美的时机总会出现的。

假装成为他们中的一员——假装对他们有**好感**简直快要了莱夫的命。唯一支撑着他坚持下去的动力，是他知道很快一切就会回归正轨。

当警车拐到那条街道时，莱夫早已做好准备冲过去自首了，但有一件事一直在困扰他。

他们的照片并没有出现在报纸上。

相比那两个人来说，这让莱夫很是不解。他的家族很有影响力，他们绝不会轻易忽视这件事。他很确定，他的照片会出现在各大报刊的首页上。但当这一切并未发生时，他不知道到底是怎么回事。甚至莉莎所说的，他父母可能想杀掉她和康纳这个说法也变得不无道理。

如果他直接去警官那里，那他们会不会转过身直接用真枪射击莉莎和康纳呢？警官会这样做吗？他想让他们得到应有的惩罚，但不能接受让他们死亡的事实，所以他还是静静地等警车开走了。

现在，一切却变得更糟。现在多了个婴儿。他们偷了个鹤送子！这两个分解人已经完全失去了理智。他不再害怕他们会杀了他，但这并不意味着这两个人就不危险了。他们需要保护自己不被伤害。

他们需要……他们需要……他们需要被分解。没错。这是解决这两个人的最佳办法。照他们目前的状况来看，这两个人没有任何用处。分解也许对他们来说是种解脱，毕竟他们的内心已经变得支离破碎了。还不如将这种支离破碎以肢体形式表现出来。这样一来，他们的精神就会得以安息，因为他们的身体会扩散到世界各地，拯救别的生命，帮助完整其他人的生命。而他自己的精神，也会得以安息。

他坐在校车上仔细地思考了一番，努力抑制着自己混乱的情绪。

趁莉莎和康纳与那个滔滔不绝的烦人女孩聊天时，莱夫把自己的座位换到了前一排，和他们保持距离。一个男孩上了车，坐在了他身旁，他戴着耳机，哼着莱夫听不到的歌。那个男孩将自己的背包放在了他和莱夫之间，直接把莱夫挤到了一旁，然后又开始全神贯注地听音乐。

这时候，莱夫突然想到了一个主意。他向后瞥了一眼，看到康纳和莉莎还在和那个带婴儿的女孩说话。莱夫小心翼翼地把手伸进了旁边小孩的背包里，拿出了一本折角的笔记本。本子上用大黑字写着死亡代数，旁边还画着小骷髅头和交叉白骨。笔记本里面是乱七八糟的数学方程式和因为粗心而得分很低的家庭作业。莱夫默默地翻到一张空白页，然后又把手伸进了小孩的背包里，拿出了一支笔。在他做这一切的同时，那个小孩只专心沉浸在他的音乐里，什么都没注意到。莱夫开始写道：

救命！我被两个 AWOL 分解人

绑架做人质，

如果你明白就点头……

写完后，他拍了拍小男孩的肩膀。他拍了两下，才引起小男孩的注意。

"怎么？"

莱夫拿出笔记本，确保自己并没有引起别人的注意。男孩子看着他说："嘿，那是我的笔记本。"

莱夫做了个深呼吸，康纳现在正在看着他，他必须要小心行事。"我知道这是你的笔记本。"莱夫说，尽量用自己的眼神表达着意愿，"我只是……需要……一……张……"

他把笔记本抬得稍高了一些，以让这个小孩看到字，但小孩连看都没看："不行！你应该先问我才行。"然后他狠狠地撕下了那张纸，把它团成一团，在莱夫惊恐的目光下把纸团扔到了校车前方。那纸团砸到了另一个小孩子的头上，那个小孩并没有理会，任纸团掉在了地上。校车又停了下来，莱夫的希望同那个纸团一起，被另一双鞋子踩在了脚下。

14. 康纳

学校的门口停了好几辆校车，学生们围在每辆车前。康纳和莉莎、莱夫一起下车时，寻找了一圈周边能逃走的出口，但一个也没找到。学校四周，警卫和老师在巡逻。只要有人从学校向外走，就会引起所有人的注意。

"我们不能真的进去。"莉莎说。

"我觉得要进去。"莱夫说，他表现得比往常还要古怪。

一位老师已经注意到了他们，尽管这所学校为学生母亲设立了育儿中心，但这个婴儿依然很引人注目。

"我们走进去，"康纳说，"然后藏到没有监控摄像头的地方，男生卫生间。"

"女生卫生间，"莉莎说，"会更干净，而且也有更多隔间藏身。"

康纳思考了一下，觉得她说的两点都挺有道理："好吧，我们藏在里面，直到午餐时间，然后混在其他学生中间一起离开校园。"

"你的计划前提是这个小婴儿会合作，"莉莎说，"他总会有饿的时候——而我并没有他要的食物，如果你明白我的意思的话。如果他开始在卫生间里哭，估计整个学校都能听到回声。"

又是在指责他，康纳能从她的声音里听出来。那声音在说：**你知道你把我们的处境搞得多艰难吗？**

"那就盼望着他别哭吧，"康纳说，"如果他哭了，那么去收获营的路上你有的是时间埋怨我。"

康纳对藏在学校卫生间这件事一点都不陌生。当然，在今天之前，他躲藏只是为了逃课。而今天，他已经没有什么课要逃了，如果他被逮到的话，结局也会比普通逃课更严重一些。

他们趁第一堂课铃响的时候溜了进去，康纳教会他们在卫生间躲藏的最佳方式，如何辨别出学生或老师的脚步声，什么时候抬起脚以防别人看到你，以及什么时候告诉别人这个隔间被占用了。最后一点对于莉莎和莱夫还算适用，因为莱夫的声音还算比较尖，但康纳就不敢装成女孩子了。

他们藏在了一起，但每个人都独自占领了一个小隔间。还好，卫生间的门每次被打开时都会发出猪叫般的吱吱声，所以他们能够听到有人进来的动静。在打完第一堂课的铃声后，卫生间里还有一些女孩，但很快她们就陆续离开了，卫生间里只回荡着冲水龙头漏水的滴答声。

"我们不可能撑到午餐时间,"莉莎从康纳左边的隔间里说道,"即使婴儿一直睡觉。"

"你会惊奇自己能在卫生间里藏多久。"

"你是说,你以前经常这样做?"莱夫在他右边的隔间里问道。

康纳知道这正好向莱夫印证了他坏孩子的形象。好吧,随他怎么想。也许他是对的。

卫生间的门吱呀一声打开了,他们都闭上了嘴。沉闷、快速的脚步声——这是穿球鞋的学生的脚步声。莱夫和康纳举起了双脚,而莉莎则放下了双脚,正如他们计划那般。小婴儿发出了咯咯的声音,但莉莎清了清嗓子,完美地把声音盖了过去。那个女孩很快就走了出去,前后不到一分钟。

卫生间的门吱呀一声关上了,婴儿咳嗽了一下。康纳注意到那只是短暂的、清脆的一声咳嗽,听起来并不像生病,很好。

"话说回来,"莉莎说,"真的是女孩。"

康纳本想再一次自荐抱一会儿婴儿,但转念一想这可能会引起更多麻烦,他并不知道如何在不惹哭婴儿的前提下抱她。康纳决定告诉他们,他忽然发疯跑向婴儿的原因。他欠他们一个解释。

"是因为那个小孩说的话。"康纳轻声说道。

"什么?"

"之前在那栋房子前,那个站在门口的胖小孩。他说他们**又**被鹤送子了。"

"那又怎样?"莉莎说道,"很多人都遇到过不止一次这样的情况。"

然后,从另一个方向传来一个声音:"我的家里也遇到过这种事。我有两个哥哥和一个姐姐,都是在我出生前被鹤送来的。这从来都不是什么大问题。"

康纳怀疑莱夫是否真的以为这些婴儿是鹤送来的，还是说他只是用了这个形容而已。他决定还是不要问了："真是个厉害的家族。他们收养了鹤送子，然后把自己的亲生骨肉送走分解，噢，对不起，是**十一奉献**。"

莱夫有些恼怒，说道："十一奉献是《圣经》里的典故，你要付出一切东西的十分之一。鹤送子也是《圣经》里的。"

"不，并不是！"

"摩西[1]，"莱夫说，"摩西就是被装进篮子里，在尼罗河被法老的女儿发现。他是第一个鹤送子，你看看他最后变成了什么！"

"是啊，"康纳说，"但她后来在尼罗河里发现的第二个婴儿怎样了？"

"你们能不能小声一点？"莉莎说，"别人会在走廊里听到的，再说，你们可能会吵醒迪迪。"

康纳整理了一下自己的思绪，等他再次张口时，他压低了声音，但在一个瓷砖装饰的房间里，再低的声音也显得很响亮："我七岁的时候，家里被鹤送子了。"

"多大的事情。"莉莎说。

"不，这**确实**是件大事。有很多原因。你看，家里本来已经有两个自然养育的孩子了。我的父母并不打算再要更多。总之，这个婴儿出现在我们门口，我的父母一下子紧张起来……然后他们想出了一个主意。"

"你还要继续讲下去吗？"莉莎问。

"不应该继续讲。"但康纳并没有停下来的意思，他知道如果

---

[1] 摩西：犹太人先知。

现在不说，他可能永远都不会再提了，"那是一个清晨，我的父母觉得应该不会有人看到门口的婴儿。所以第二天，在我们都还没有起床的时候，我爸爸把婴儿放到了对门家的门口。"

"这可是犯法的，"莱夫宣布道，"一旦你被鹤送子了，那个婴儿就是你的。"

"没错，但我的父母想，又有谁会知道呢？我父母让我们发誓保密，然后我们就一直在等对门传来他们发现新婴儿的消息……但消息一直没有传来。他们从未提过被鹤送子的事情，我们也没办法问，因为如果问了，他们就会知道是我们扔下的婴儿。"

康纳说着的时候，感觉那个小隔间似乎变得越来越窄小。他知道另外两个人就在他的两旁，但他却忍不住地感到绝望和孤独。

"事情就这样，好像什么都没发生过一样。安静了两周后，有一天我打开门，在门口那张蠢透的欢迎毯上，又出现了一个装婴儿的篮子……我记得……我记得我差点笑了出来。你们相信吗？我当时觉得很好笑，于是转过身冲着我母亲说：'妈妈，我们又被鹤送子了。'就和今天早上那个小孩说的一样。我的妈妈绝望地把婴儿抱了进来……然后她意识到——"

"不会吧！"莉莎一下子就反应了过来。

"是同一个婴儿！"康纳努力回忆着婴儿的脸，却什么也记不起来。他的脑海里全是莉莎现在怀中抱着的那个小婴儿，"后来我们才发现，这个婴儿被整条街道的邻居互相传递了两周——每天早上，他都会被人放到别人的门口……只不过现在，他看起来不是很好了。"

洗手间的门吱呀一声响了，康纳闭上了嘴。一阵急促的脚步声，两个女孩子。她们聊了聊男孩、约会和趁父母不在时开派对。她们甚至都没有用洗手间。又是一阵脚步声，然后是门的吱呀声，洗手间里又只剩下他们。

"所以,那个婴儿后来怎样了?"莉莎问。

"等他又一次回到我们门口时,他看起来病恹恹的。像一只海象一样咳嗽,皮肤和眼睛发黄。"

"黄疸病,"莉莎轻轻说道,"很多被送到州立孤儿院的婴儿都是那个样子。"

"我的父母把他带到了医院,但医生却无能为力。他死的时候我就在那里,我**眼看**着他死了。"康纳闭上了双眼,紧咬着牙,不让泪水流下来。他知道其他人看不到他,但他还是不想流泪,"我记得我在想,如果婴儿这么不被人疼爱,上帝为何要把他带到这个世界呢?"

他很好奇莱夫会对这个问题怎样作答——毕竟,每次谈论到上帝的时候,莱夫总是有答案。但莱夫只说了句:"我不知道你还信仰上帝。"

康纳让自己的情绪稳定了一会儿,然后继续道:"后来,因为婴儿法律上是我们的,所以我们为他的葬礼付了钱。他甚至都没有一个名字,我的父母也不想给他命名。他只是'凌空而来的婴儿',虽然没有人想收养他,但举行葬礼的时候,整个街区的邻居都来参加了。人们哭得好像是自己的孩子死了一样……就在那时,我意识到哭泣的人们——也正是把他传来传去的人。他们都是一样的,同我的父母一样,每个人都参与了对他的谋杀。"

一片寂静。漏水的冲水龙头还在滴水。隔壁门,男生卫生间传来了厕所冲水声,那声音空荡荡地回响在他们耳边。

"人们不应该把留在他们门口的婴儿送走。"莱夫终于开口道。

"人们不应该送走他们的婴儿。"莉莎回应道。

"人们不应该做很多事情。"康纳说,他知道他们说得都对,但这并不能改变什么。在完美的世界里，母亲应该珍惜自己的孩子，陌生人会敞开自己的房门迎接那些不被爱的孩子。在完美的世界里，一切非黑即白，非错即对，人们应该能够区别对错。但这并不是个完美的世界，问题是有的人却认为这是个完美的世界。

"总之，我只想你们知道这件事。"

过了一会儿，铃声响了，走廊里一片骚动。卫生间的门吱呀一声打开了。女孩们在大笑，谈论着一切有的没的。

"下次穿件礼裙。"

"我能借用你的历史书吗？"

"那个测试真是太难了。"

门发出没完没了的吱呀声，不断有人敲着康纳隔间的小门。没有人的个头足够高到能从上面往里看，也没有人想从下面偷看。又一声铃响，最后一个女孩子跑回了教室。他们熬到了第二堂课。如果他们幸运的话，这所学校会有个晌午休息时间，也许他们能趁那时候溜出去。莉莎的隔间里，那个婴儿正发出醒过来的声音。算不上哭泣，只是咔嗒咔嗒的声音，像是那种饿得马上要哭出来的感觉。

"我们要不要换个隔间？如果有人来过几次，发现我的脚一直待在这个隔间里，会怀疑的。"

"好主意。"仔细确定走廊里没有脚步声后，康纳打开了自己隔间的门，与莉莎换了隔间。莱夫所在的隔间的门也开着，但他没有走出来。康纳推开了莱夫的门，他并不在里面。

"莱夫？"他看着莉莎，她也摇了摇头。他们查看了每一个隔间，然后又一次查看了莱夫的隔间。莱夫仿佛消失了一般——但他并没有，他只是离开了。婴儿终于也开始哀号般哭泣。

15. 莱夫

莱夫觉得自己的心脏快要爆炸了。

心脏就要爆炸了，他会死在这所学校的走廊里。当铃声响起的那一刻就立刻溜出卫生间是一个极其大胆的决定。十分钟前，他就已经打开了隔间的门锁，并把手放在门把手上，等待着电子铃声响起的那一刻。然后，他还要保证在不被别人听到他新球鞋摩擦地板的脚步声的前提下走到门口。（既然球鞋能发出这么大的声音，干吗还要叫它球鞋呢？）他不能就这样打开那个吱呀作响的门，然后独自走出去，那样简直太明显了。于是他一直等待着第一个走进卫生间的女孩出现。铃声刚刚响，他只需等待一小会儿就好。那个女孩拉开了门，他瞬间就从她身旁闪了出去，希望她不要说任何出卖他的话。如果她说了些关于男孩怎么在女生卫生间的话，那么康纳和莉莎就会知道了。

"下次穿件礼裙。"女孩在他走出去的时候说道，她的朋友大笑起来。这样会引起康纳和莉莎的注意吗？他并没有转过身回去查看，而是径直向前走去。

现在他迷失在这所庞大学校的走廊里，他的心脏似乎随时都能爆炸。一群学生挤着他，正向自己下节课的教室冲去。他们撞在他身上，使他更加晕头转向。这些学生大部分都比莱夫高大、威武、吓人。这和他想象中的高中一模一样——一个全是神秘、暴力学生的危险地方。他以前从未为此担心过，因为他知道他不会上高中。实际上，他只需上到八年级的一半就行了。

"不好意思，你能告诉我办公室在哪里吗？"他问一个行走缓慢的学生。

那个学生低头看着他，好像莱夫是从火星来的一样。"你怎么会不知道？"他说着，摇着头走开了。另一位善心的学生给他指了指方向。

莱夫知道一切必须要回到正轨。这里是这样做的最佳地点：学校。如果真的有什么秘密杀死康纳和莉莎的计划，那它绝不会在这个满是学生的地方被执行。如果他能及时补救这一切，那么悲剧也不会发生。如果他能及时补救这一切，那么他们三个都会安全地回到被分解的路上，正如最初计划的那般，正如**上天注定**的那般。他虽然对这个想法感到恐惧，但那种永远不知道下一个小时会发生什么的日子才真让他害怕。把他的梦想撕裂——是发生在莱夫身上最可怕的事情，但现在他明白了上帝为何会让此事发生。这是个教训，是为了让莱夫知道，那些逃脱命运的孩子身上到底会发生什么：他们会变得完全迷失。

他走进学校的办公室，然后站在桌子旁，等待有人和他说话，但学校秘书一直在忙着整理文件。

"不好意思……"

终于，她抬起了头："我能帮你吗，亲爱的？"

他清了清嗓子："我的名字叫莱夫·克德，我被两个在逃的分解人抓住做人质了。"

那个一直忙着自己事情的女人忽然将注意力转移了过来："你说什么？"

"我被绑架了，我们一直藏在卫生间里，但我逃出来了。他们还在那里，他们还抱着一个婴儿。"

女人站起身，叫了起来，她的嗓音在颤抖，就好像看到鬼了一样。她叫来了校长，然后校长叫来了保安。

一分钟后，莱夫坐在医务室，护士温柔地拍着他，就好像他发了高烧一样。

"不用担心，"她说，"无论发生了什么，现在都已经结束了。"

在医务室里，莱夫完全不知道外面的人是否已经抓到了康纳和莉莎。如果他们被抓到了，他希望他们不要被带到这里。想到要面对他们，他感到很羞耻。明明做正确的事情不应该让他感到羞耻才是。

"我们已经叫了警官，一切都已经安排好了。"护士告诉他，"你很快就会回家了。"

"我不会回家。"他告诉她。护士奇怪地看了他一眼，他决定还是不要多说什么，"算了，我能给我父母打电话吗？"

她有些不敢置信地看着他："你是说，还没有人帮你打电话吗？"她看着角落里的学校电话，但转而开始摸索自己口袋里的手机，"你打电话告诉他们你没事……想说多久都可以。"

她盯着他看了一会儿，然后决定给他留些私人空间，便走出了房间："如果你需要我，我就在这里。"

莱夫按下了号码，但又停下了。他并不想给他父母打电话。他删除了号码，然后又输入了另一个号码。他犹豫了一会儿，然后按下了拨出键。

电话铃响起第二声的时候就被接起了。

"你好？"

"牧师丹吗？"

仅仅一秒钟死寂般的沉默，然后牧师丹立刻认了出来："我的天，是莱夫？莱夫，是你吗？你在哪里？"

"我也不知道。某所学校。听着，你要让我的父母阻止那些警察！我不想他们被杀死。"

"莱夫，冷静一下，你还好吗？"

"他们绑架了我，但他们没有伤害我，我也不想伤害他们。告诉我父亲，取消警察的行动！"

"我不知道你在说些什么，我们一直没有报警。"

莱夫完全没有料到这个："你们完全没有……什么？"

"你的父母本来要报警，他们想把这件事搞大，但我说服了他们。我说服他们，你被绑架是上帝的旨意。"

莱夫开始摇头，仿佛要把这个想法从他脑海中摇出去一样："可是……可是你为什么要这样做？"

牧师丹的声音开始有些绝望："莱夫，听我说。你仔细地听我说。**没有人知道你离开了**。在其他人眼中，你已经被十一奉献了，人们不会询问被十一奉献的孩子。你明白我说的话吗？"

"可是……我想被十一奉献。我**需要**这样做。你得给我的父母打电话告诉他们，你得把我带到收获营。"

牧师丹听起来很是生气：**"不要逼我这样做！请你不要逼我这样做！"**他好像在吵架，但似乎又并不是在和莱夫吵。这和莱夫脑海中的牧师丹形象大相径庭，他无法相信这是他认识多年的那个人。这个人似乎在假冒牧师丹，虽然他有牧师丹的声音，但没有他的信仰。

"你还不明白吗，莱夫？你能拯救你自己。你现在可以变成任何一个人了。"

就在这一刻，莱夫了解了真相。那天，牧师丹并不是让他从绑架者手中逃跑，他是告诉莱夫，从**他**身边逃跑。从他父母那里逃跑。从他的十一奉献中逃跑。他和莱夫所讲的那些大道理，他那些年告诉莱夫的神圣职责，都是假话。莱夫生来就是为了做十一奉献品——而这个说服他相信自己光荣、神圣职责的男人，自己都不相信自己的话。

"莱夫？莱夫，你还在听吗？"

他在听，但他已经不想听了。他不想回答这个男人，这个带着他向悬崖走去，却在最后一分钟回头的男人。现在，莱夫的情感像命运车轮一样转动。前一刻，他还在愤怒，后一秒，他又放松下来。前一刻，他的内心充满了极端的恐惧，他甚至能在鼻腔里闻到类似硫酸的味道；后一秒，他的内心又充满了喜悦，就好像自己扔出了一颗球，甚至能听到棍子撞击球的声音。他现在就是那颗球，呼啸着飞跃着。他的人生就像一个球场，不是吗？所有的界限、构造、规则从来没有改变过。但现在，他被击出了场外，进入一个未知的地界。

"莱夫？"牧师丹说，"你吓到我了，快和我说话。"

莱夫缓缓地、深深地吸了一口气，然后说道："再见，先生。"然后便挂掉了电话。

莱夫看到警车已经来到了外面。康纳和莉莎很快就会被逮到了，如果他们还没被逮到的话。那名护士并没有站在门口——她正和校长抱怨着他处理这件事的方法："你为什么没有给那个可怜小孩的父母打电话呢？你为什么不封锁全校呢？"

莱夫知道自己要做什么。那是件错误的事情，是件坏事。但忽然间，他不在乎了。他从护士和校长的背后溜出了医务室，然后逃到了走廊。只需几秒钟，他就找到了自己要找的东西。他向墙上的小盒子伸出了手。

我已经完完全全地迷失了。

他抓着冰冷的铁盒子，拉响了火警铃。

16. 老师

火警打断了老师的备课，她默默地咒骂这火警响得不是时候。也许，她想到，她可以就这样待在空旷的教室里，直到假火警——火警铃每次都是假报——被解除。但转念一想，如果学生跑过去的时候看到她坐在那里，自己岂不是树立了一个负面的形象？

在她离开教室的时候，走廊里已经挤满了学生。老师们正努力组织着秩序，但这里可是高中，小学里那种组织有序的火警疏散早就没有了，取而代之的是一群嬉皮笑脸、充满荷尔蒙、身材高大的学生。

就在这时，她看到一件奇怪的事情，一件让她很在意的事情。

主办公室的前面站着两个警官，他们看起来似乎被这群从他们身边挤过，正往校外走的学生吓到了。为什么这里会有警官？为什么不是救火员？他们怎么会这么快来到这里？他们不会……不会在火警响起之前就来了吧？但这又是为什么呢？

上一次警官来学校的时候，是因为有人威胁说拍手族来了。整个学校被疏散，而且没有人知道是为什么。结果后来才发现，根本没有什么拍手族，学校也没有被炸飞的危险。只是某个学生开了个不该开的玩笑而已。不过，拍手族的威胁每次都会被当真处理，因为你不知道哪一次可能就成真了。

"拜托，不要推搡！"她对一个正用手肘挤她的学生说道，"我们大家都会出去的。"还好她没有拿着自己的咖啡。

"对不起，斯汀伯格女士。"

在她路过科学实验室的时候，她注意到门是半开着的。为了全面检查，她向里面看了看，确保没有被落下或者故意躲避人群的学生。石面的桌子上什么都没有，椅子也都摆在原地。这个时间，实验室里空无一人。出于习惯，她随手关上了门，但就在这时，她听到屋子里发出一个声音。

一个婴儿的哭声。

起初，她以为这可能是从育儿中心发出的声音，但育儿中心在走廊的尽头那里，这个哭声却绝对是从实验室里传来的。她又一次听到了哭声，只不过这一次，哭声听起来像是被捂住了，带着怒气。她知道这种声音，有人正捂着婴儿的嘴不让他哭泣。这些年轻的母亲在自己不该待的地方逗留时，总是会这样做。她们似乎从不会意识到，这样做反而会让婴儿哭得更大声。

"派对结束了。"她喊道，"快点，你和你的宝贝必须一起离开。"

但他们并没有出来。又是那种被捂住的哭声，紧接着是低沉的聊天声，她听得并不清楚。她生气地走进实验室，来到中间的过道，左顾右盼地寻找着，直到她看见他们蹲在某张实验桌子的后面。不光是女孩和那个婴儿，这里还有一个男孩。他们脸上的表情很绝望，那个男孩看起来像是要逃跑，但女孩用一只手紧紧地抓着他，让他不要动。婴儿在哀号。

老师可能并不知道学校里每个人的名字，但她很确定自己知道每个人的模样，她很确定自己知道每个学生母亲的样子。眼前的女孩并不是其中任何一个，这个男孩看起来也很陌生。

女孩子看着她，流露出渴求的眼神。她很恐惧，甚至说不出话，只是一直在摇头。男孩倒是开了口：

"如果你把我们交出去，我们就会死。"

听到这里，女孩把婴儿又抱紧了一些。婴儿的哭声稍微减弱了，但并没有完全停止。显然，警官在找的就是这两个人了，至于什么原因，她只能自己猜测。

"求你……"男孩说。

求我什么？老师想，**求我犯法？求我把自己和学校置于危险之地？**但并非如此。他想说的是：**求你发发人的善心。**在这样一个满是规则和严格管制的世界里，人们很容易忘记自己的本性。她知道——她**见过**——同情心只是权宜之计。

一个声音从她身后传来："汉娜？"

她转过身，看到另一个老师从门口伸进头来。他的衣服有些凌乱，看来是与冲向校外的学生背道而来的。显然，他也听到了婴儿的哭声——他怎么可能听不见呢？

"一切都好吗？"他问道。

"是的，"汉娜说道，声音比自己想象的要冷静得多，"我来处理就好。"

那个老师点了点头，离开了，可能在庆幸自己不用参与处理这个哭泣婴儿的事件。汉娜知道现在的情况——至少她自己猜出了八九。只有一种少年会有这种绝望的眼神，那就是他们要被分解了。

她伸出手，抓住那两个恐惧的孩子："跟我来。"他们犹豫了一下，于是她说道："如果他们在找你们，那么一旦学校里的人都跑光，他们就会找到你们。你们藏在这里是不行的，如果你们想逃出去，那就得和其他人一起。快点，我会帮你们的。"

终于，他们从实验桌的下面站了起来，她如释重负地叹了口气。她能看出，他们并不是很信任她——但话说回来，他们为什么会信任她呢？分解人一直生活在被背叛的阴影下。他们现在并不需要信任她，他们只需跟着她走就好。在当下的情况里，只要听话就可以，这样就够了。

"不要告诉我你们的名字,"她对他们说道,"不要告诉我任何事。这样一来,即使他们事后问我的话,我也不会说谎,因为我就是不知道。"

学生们依然推挤在走廊里,向最近的出口冲去。她走出实验室,确定这两个少年和婴儿就跟在她身后。她会帮助他们的。无论他们是谁,她会尽自己最大努力确保他们的安全。如果不这样做的话,自己岂不是树立了一个负面的形象?

17. 莉莎

警官就在走廊里!警官就在出口!莉莎知道这都是莱夫搞的鬼。他并没有直接逃走,而是背叛了他们。这个老师说她会帮助他们,但万一她不会呢?万一她只是带着他们去见警官呢?

现在不要再想了!注意你的婴儿。

警官会一眼看到恐慌的人,但如果她的双眼一直看着婴儿,那她的恐慌可能就会被解读为对婴儿的关爱。

"如果让我再见到莱夫,"康纳说,"我会亲手撕了他。"

"嘘。"那位老师说着,带着他们和大家一起向出口走去。

莉莎完全可以理解康纳的愤怒,她只怪自己没有看穿莱夫的伪装,她怎么会这么天真地相信他真的站到了他们这边?

"我们真应该让那个小崽子被分解。"康纳抱怨道。

"闭嘴!"莉莎说,"不要再说了。"

就在他们走近门口的时候,另一个警官出现在他们眼前,就站在门外。

"把婴儿给我。"那个老师要求到，莉莎听话地递给了她。她甚至都还没意识到她为什么要这样做，但无所谓了。能**有个人**带领他们，知道他们在做什么，这感觉真好。也许这女人并不是什么敌人，也许她真的想要帮他们渡过难关。

"让我先走过去，"老师说，"你们两个分开，然后和其他学生一起走出去。"

现在没有了婴儿，莉莎知道自己没法再掩藏眼神里的慌张了，但突然间她意识到这可能也无关紧要了——她现在明白那个女人为什么要拿走婴儿了。没错，莱夫出卖了他们。但如果他们足够幸运的话，这些当地警官可能只对他们的相貌有个大致的了解：一个头发凌乱的男孩，一个深色头发的女孩和一个婴儿。没有了婴儿，学校里大半学生都符合这种描述。

这位老师——汉娜——在他们前方从警官身边走了过去，警官只是瞥了她一眼。但很快，他的眼神就看向了莉莎，并锁定在她身上。莉莎知道眼神刚刚出卖了自己，她应该转身逃回学校里吗？康纳现在在哪里？他在她身后，还是前方？她简直一头雾水。她现在孤身一人。

就在这时，奇迹以最不可能的方式出现了。

"嘿，迪迪！"

是艾丽克斯，校车上那个热衷聊天的女孩！她出现在她身旁，切斯正趴在她的肩膀上。"总是有人拉火警，"她说，"不过，至少我不用上数学课了。"

忽然，警官的眼睛转向艾丽克斯。

"停一下，女士。"

艾丽克斯看起来很惊讶："谁，我？"

"请站到一旁，我们想问你几个问题。"

莉莎从他们身旁快步走了过去，她屏住了呼吸，生怕自己如释重负的叹气声引起警官的注意。莉莎已经不再符合他们寻找的人的模样了……但艾丽克斯符合！莉莎并没有回头，她继续走下台阶，来到了街上。

很快，康纳赶上了她："我看到刚才的事情了，你的朋友可能救了你的命。"

"我只能过后再感谢她了。"

前方，汉娜用空闲的手伸进了口袋，拿出车钥匙，然后向学校停车场走去。**一切都会没事的**，莉莎想，**她会帮我们逃出这里**。莉莎可能就要开始相信奇迹和天使了……就在这时，她听到一个熟悉的声音从背后传来。

"等一等！停下！"

她转过身，看到了莱夫——他发现了他们——虽然他离得还很远，但他正快步向他们走来。

"莉莎！康纳！等一下！"

出卖他们还不够，现在他还带着警官向他们跑来——他并不是唯一一个。艾丽克斯依然和警官一起站在学校出口那里。从她站着的地方，她能轻易地看到莉莎，而且她还给警官指了指莉莎。警官立刻拿出通话器，告知了其他警官。

"康纳，我们完了。"

"我知道，我也看见了。"

"等一下！"莱夫从远处尖叫道，他跑得越来越近。

莉莎寻找着汉娜的身影，但她已经消失在停车场的人群里。

康纳看着莉莎，眼神里的恐惧已经淹没了愤怒："快跑。"

这一次莉莎没有犹豫，她和他一起向大街上跑去，这时候一辆呼啸着警铃的救火车开进了学校。救火车停在了他们眼前的小路上。前方已经无路可逃。火警铃声在完美的时间拉响，这让他们有机会逃到现在，但学校里的混乱在渐渐平息。学生们停止了到处走动，警官们正从四面八方向他们走来。

他们现在需要重新引起一场混乱。一场比火警更糟糕的混乱。

莉莎还没来得及在脑海里得出一个想法，答案就出现了。她甚至都不知道自己要说什么，便开了口。

"开始拍手！"

"什么？"

"开始拍手，相信我！"

康纳点了一下头，表示自己明白了，然后开始拍手，一开始很缓慢，但之后变得越来越快。她也开始拍手，这两个人一起拍手，就好像他们在演唱会上为自己最喜爱的乐队欢呼一样。

在他们身旁，一个学生扔下了书包，用恐惧的眼神看着他们。

"拍手族！"他尖叫道。

一瞬间，这个词传了出来。

拍手族拍手族拍手族……

这个词回荡在学生中间，很快就传遍了整个校园。人群立刻惊恐至极。

"拍手族！"每个人都在尖叫，人群四散逃窜。学生们在飞奔，但没有人知道该跑向哪里。他们只知道，要尽快从学校里逃出去。

莉莎和康纳继续拍着手，他们的双手甚至因为用力拍击而变红。由于惊慌逃窜的人群，警官一时间没办法接近他们。莱夫消失在恐慌的人群里，救火车的铃声让一切显得更加混乱，它听起来简直就像末日来临的预警声。

他们停止了拍手，然后也加入人群中开始逃窜。

这时候，有人来到了他们身旁。是汉娜。她本来计划开车带着他们离开校园，但现在已经没希望了。于是她快速地将婴儿递给了莉莎。

"弗莱明街上有一家古董店，"她告诉他们，"找一个叫索尼娅的人，她会帮助你们。"

"我们不是拍手族。"莉莎只想到了这一点。

"我知道你们不是，祝你们好运。"

没有时间去感谢她了，一时间疯狂的人群把他们分散开了，把汉娜向另一个方向挤去。莉莎踉跄了一下，意识到他们正站在大街中间。来往的车辆被迫停了下来，成百上千的学生正疯狂地逃跑，以逃离恐怖分子。莉莎怀里的婴儿在号啕大哭，但早已淹没在人群的尖叫声里。很快，他们就跑到了马路对面，消失在人群里。

18. 莱夫

这简直就是孤身一人的真正意义：莱夫·克德躺在惊恐四散的人群脚下。

"莉莎！康纳！救命！"

他本不该叫出他们的名字，但现在为时已晚。在他叫喊的时候，他们就从他眼前逃走了。他们并没有等待，而是跑走了。他们恨他。他们知道他做了什么。现在，无数双脚从莱夫身上踏过，就好像他并不在那里一样。他的手被不断踩踏，一只穿着靴子的脚踩在他的胸脯上，一个学生用他当跳板，以跑得更快。

拍手族，他们都在尖叫"拍手族"，就因为他拉响了那个愚蠢的火警铃。

他一定要追上莉莎和康纳。他必须要向他们解释，告诉他们自己很抱歉，他不应该出卖他们，而他拉响火警是为了帮助他们逃跑。他必须要让他们明白，他们是他现在唯一的朋友了。他们曾经是，但再也不是了，他毁了一切。

终于，人群的脚步不再那么拥挤，莱夫有机会站了起来。他裤子的膝盖处破了个洞，嘴里还尝到了血的味道——他一定是咬到了自己的舌头。他努力判断着眼前的形势。人群大部分已经离开了校园，他们跑在大街上，消失在各个小道，剩下的只有一些落伍的人。

"不要站在原地。"一个匆匆跑过的学生说，"房顶上也有拍手族！"

"不，"另一个学生说，"我听说他们在咖啡馆。"

莱夫的四周围着不知所措的警官，他们的步伐似乎很坚定，就好像他们知道自己的目标在哪里一般。但很快，他们又转过身，向另一个方向大步走去。

康纳和莉莎离开了他。

他意识到，如果自己不和剩下的这些人一起离开，他就会引起警官的注意。

他跑走了，感觉自己就像被鹤送走的小婴儿一样无助。他不知道该去抱怨是谁的错：是因为牧师丹抛弃了他？是因为他自己背叛了唯一想帮助他的人？还是应该去抱怨上帝，因为他居然让自己的生活变成了这个样子？**你现在可以变成任何一个人了**，牧师丹是这样说的。但现在，莱夫觉得自己谁也不是。

这就是孤身一人的真正意义：莱夫·杰达玳雅·克德忽然意识到，他已不再存在。

19. 康纳

古董店坐落在城镇老旧的地带。树木笼罩在街旁，枝叶早已
被来往的卡车切成不自然的形状。大街上堆满了棕黄色的树叶，
但依旧有几片顽固的树叶挂在树枝上，形成一片零星的树荫。

婴儿哭得伤心欲绝，康纳真想向莉莎抱怨几句，但他知道自
己不能。要不是因为他，这个婴儿也不会出现在这里。

街上的人并不多，但也足够多了。大部分都是从学校逃出来
的学生，可能还在忙着传播拍手族的谣言。

"我听说他们是无政府主义者。"

"我听说那是个奇怪的宗教。"

"我听说他们这样做完全没有目的。"

拍手族的威胁十分奏效，因为没有人知道他们到底代表着
什么。

"刚才那招真是聪明。"康纳告诉莉莎，他们正向古董店走去，
"假装是拍手族，我是说，我绝不会想到这一点。"

"那天你用那个青年警官的麻醉枪对付他自己，也算聪明了。"

康纳微笑道："那是出于本能，你是用脑子想出来的。我想我
们这个组合还不错。"

"是啊，现在没有了莱夫，我们的行动也能更有效一些了。"

一提到莱夫，康纳就气不打一处来。他揉了揉胳膊上莱夫咬
过的伤口，但和莱夫今天所做的相比，这点伤痛并不算什么："忘
记他吧，他已经是历史了。我们逃走了，所以他的背叛已经对我
们没什么影响了。现在，正如他所愿，他会被分解，我们和他再

也没什么交集。"这样的想法让康纳还是感到一丝悔意。他冒着生命危险把莱夫救了出来，他试着去拯救他，但还是失败了。如果康纳能说会道一些，他就能说些真正赢得莱夫心意的话。但他又何必骗自己呢？莱夫从出生那一刻就注定是个十一奉献品。你没办法在短短两天内让一个被洗脑了十三年的少年回心转意。

古董店很老旧，前门上的白色油漆已经脱落。康纳推开了门，挂在门上方的小铃响了一下。低级的防备警铃。店里只有一个顾客：一个愁眉苦脸，穿着粗呢大衣的男人。他抬起头看着他们，一脸毫无兴趣的表情。他可能有些反感那个婴儿，因为他走到了店内的更里面以保持距离。

这家店里的东西可能覆盖整个美国的历史。一排祖父年代的iPod和其他小配件物品被摆在了古老、镶着金边的晚餐桌上。一台陈旧的等离子电视上正播放着一部老电影。电影里正显示着一个疯狂的未来世界，里面全是飞车和白头发的科学家。

"有什么需要吗？"

一个身形像是问号的老女人从收款台后走了出来。她拄着一根拐杖，但步伐十分坚定。

莉莎拍着婴儿，以让她安静下来："我们想找索尼娅。"

"你已经找到她了，你们想要什么？"

"我们……呃……我们需要一些帮助。"莉莎说。

"是的，"康纳插了进来，"有人让我们来这里。"

那位老女人有所怀疑地看着他们："这和那所高中刚刚发生的混乱有关吗？你们是拍手族吗？"

"我们看着像是拍手族吗？"康纳说。

女人眯起双眼看着他："没有人**看着**像拍手族。"

康纳也眯起了双眼，向一面墙走去。他举起手，用尽全力向墙上打了一拳，把手关节打得淤青。墙上挂着的一幅水果油画掉了下来，但康纳在它掉地之前就抓住了，并把画放在了柜台上。

"你看？"他说，"我的血液不会爆炸。如果我是拍手族，这家店早就炸没了。"

老女人盯着他，这眼神让康纳难以对视——那双疲惫的眼睛里似乎燃着一股火，但康纳并没有转过头。"看见我的驼背了吗？"她问道，"这是因为我总是向你这样的人伸出脖子。"

康纳的眼神依然无法从老妇人那里移开。"看来我们来错了地方。"他瞥了一眼莉莎，说道，"我们走吧。"

他转过身要离开，但老妇人快速地用拐杖打了他的小腿一下："不用这么快，刚刚汉娜打过电话了，所以我知道你们要来。"

莉莎一边轻拍着婴儿，一边叹了口气："你应该在我们来的时候就告诉我们。"

"那样又有什么意思？"

这时，那个愁眉苦脸的顾客又凑近了一些，他拿起一个又一个的物品，但脸上一直挂着否定一切的表情。

"我的后屋里有一些可爱的婴儿用品。"她用另一个顾客能听到的音量说道，"你们不如进去等我吧？"然后她小声说道："老天，赶快给这个孩子喂奶！"

通过走廊，后屋掩藏在一个老旧洗浴帘子的后面。如果说前面的屋子算是杂乱无章，那么这间屋子简直就是灾区。破碎的相框和发锈的鸟笼堆积得到处都是——所有残缺不全的物品都堆放在了这里。全是垃圾。

"你说这个老女人会帮助我们？"康纳说，"看起来她似乎连自己都帮不了！"

"汉娜说她可以，我相信她。"

"你在州立孤儿院里长大，怎么还会信任别人？"

莉莎瞪了他一眼，然后说道："拿好。"她把婴儿放进了康纳的怀里。这是她第一次把婴儿给他。婴儿比他想象中轻得多。一个能发出这么大声音，要求这么多的人应该更重才是。婴儿的哭声开始变小——她似乎已经累了。

他们已经和这个婴儿没有什么关系了。明天一早，他们就可以把她再次鹤送出去……但这个想法让康纳不太舒服。他们并不欠这个婴儿什么。她现在在这里，是因为他们的愚蠢，而不是什么血缘关系。他不想要她，但又忍受不了把这个婴儿送给另一个更不想要她的人。这种挫败感逐渐演变成愤怒。这种愤怒和他每次在家惹出麻烦时的感觉一样。这感觉会蒙蔽他的判断力，让他失去理智，卷入纷争，咒骂老师，或者踏上滑板疯狂地在交通繁忙的马路上穿行。"你为什么总是要打架？"他的父亲曾经愤怒地问他。康纳生气地回应道："也许我应该被分解才是。"那时候，他觉得他只是在说笑。

莉莎打开冰箱，那里面和这间屋子一样杂乱。她拿出一瓶牛奶，然后找到一个碗，把牛奶倒了进去。

"她可不是猫。"康纳说，"又不会从碗里舔奶。"

"我知道自己在做什么。"

康纳看着莉莎翻箱倒柜地从抽屉里找出一个干净的勺子。然后她从他怀里抱过婴儿，坐了下来。她抱婴儿的手法比康纳更娴熟一些，然后将勺子浸入牛奶，再把一勺子牛奶倒入婴儿的嘴里。那个婴儿的嘴里塞满了奶，开始呛声咳嗽，但莉莎把自己的食指放进了她嘴里。婴儿吸吮着她的手指，闭上了眼睛，一副满意的模样。很快，她稍稍弯了一下手指头，留出一丝空间以放进另一勺牛奶，然后又让婴儿吸吮自己的手指。

"哇，你还挺厉害。"康纳说。

"在州立孤儿院时，我有时要照看婴儿，能学到一些技巧。希望她别有乳糖不耐症。"

婴儿安静下来后，这一天的紧张感似乎突然都消失了。康纳的眼皮开始沉了下来，但他不允许自己昏睡过去。他们还没有完全安全，他们可能永远都不会完全安全，所以他不能让自己松懈下来。但他的大脑却开始飘散起来。他很好奇自己的父母是否还在找他，或者警官是否还在找他。他想到了阿瑞娜。如果她像之前承诺的那样和他一起离开，又会发生什么呢？他们可能在第一晚就被抓到了——这就是可能会发生的事。阿瑞娜并不像莉莎这样有生活经验，她也不怎么聪明。想到阿瑞娜，康纳感到有些伤心，但这种感觉并没有如他所想的那般强烈。大概多久后，她会忘记他呢？大概多久，所有人会忘记他呢？不会太长久。分解人的结局就是这样。在上学的时候，康纳知道在过去两年里消失了几个学生。某一天，他们就不再出现了。老师们会说他们"离开了"，或是"不再上学了"。这些都是暗语，所有人都知道这是什么意思。那些认识他们的学生会谈论这种事多么可怕，然后抱怨个一两天就不再提及了。分解人不会引起什么爆炸性新闻，人们甚至连呜咽都没有。他们只会默默地离开，手里拿着一根烛火。

那个客人终于离开了，索尼娅也来到了后屋："所以，你们是分解人，需要我的帮助，是这样吗？"

"也许给我们些食物，"康纳说，"让我们休息几小时，我们之后就会走。"

"我们不想惹什么麻烦。"莉莎说。

老女人笑了一下。"你们当然想了！你们想给每一个见到的人都惹麻烦。"她用拐杖指着莉莎，"这就是你们现在的处境，麻烦是注定逃不过了。"她放下了拐杖，声音变得柔和了一些："不过，这不是你们的错。你们并没有要求出生，也没有要求被分解。"她来回看着这两个人，然后毫不掩饰地对莉莎说道："如果你想活下去，亲爱的，让他再帮你怀一次孕。他们不会分解一个待产的母亲，所以这能让你再多活九个月。"

莉莎的下巴差点掉了下来，一时间不知该说些什么好。康纳的脸唰地红了："她……她没有怀过孕。这不是她的孩子，也不是我的。"

索尼娅思索了一下，然后仔细看了看婴儿："不是你们的，嗯？这倒是解释了你为什么没有用母乳喂她。"她忽然大笑起来，这让康纳和小婴儿都吓了一跳。

莉莎并没有被吓到，她只是觉得有些厌烦。她用一勺牛奶和食指让婴儿重新安静了下来："你到底要不要帮我们？"

索尼娅举起拐杖，敲了敲康纳的胳膊，然后指着一个贴满旅行贴纸的行李箱："你有劲把那个搬过来吗？"

康纳站起身，思考着这东西对他们能有什么用处。他一把抓起箱子，费力地把它推过褪色的波斯地毯。

"你的体力也不怎么样，不是吗？"

"我从来也没说过自己行。"

他一点点地将箱子推了过来，终于把它推到了老妇人面前。她并没有打开箱子，而是坐在了上面，开始揉搓自己的脚踝。

"这里面有什么？"康纳问道。

"一些信件。"她说，"不过这里面有什么并不重要，重要的是这下面有什么。"说着，她用拐杖将地上的地毯推开，露出一扇带有古铜拉环的暗门。

"下去吧。"索尼娅说着，又用自己的拐杖指了指。康纳叹了口气，抓起拉环，打开了暗门，里面露出石头台阶，一直通向暗处。莉莎放下了手中的碗，把婴儿靠在肩膀上，向暗门走去，跪在了康纳身旁。

"这栋房子很古老，"索尼娅告诉他们，"要追溯到 20 世纪初，第一次禁酒令时期，他们会把私饮藏在这下面。"

"私饮？"康纳问道。

"烈酒！你们这一代人都是一个模样。大写的无知！"

下楼的阶梯陡峭不平。起初，康纳认为索尼娅会让他们自己下来，但她坚持要在前面带路。她走得很慢，但似乎走台阶要比走平路更稳一些。康纳想抓住她的胳膊帮她一下，但她把他的手甩了开，然后瞪了他一眼："如果我需要你的帮助，我会说的，我看起来有那么柔弱吗？"

"说实话，是的。"

"外表很容易欺骗人，"她说，"毕竟，我刚刚见到你时，也觉得你看起来很聪明。"

"真好笑。"

走到下面后，索尼娅向墙面走去，打开了灯。

莉莎倒吸了一口气，康纳顺着她的眼神看去，终于看到了他们。三个人。一个女孩和两个男孩。

"你们这个小家庭又增加了成员。"索尼娅告诉他们。

小孩们都没有动。他们看起来和康纳与莉莎的年龄差不多。显然，这些也是分解人。他们看起来十分疲惫，康纳很好奇自己看起来是不是也是如此。

"我的天，不要再盯着了，"她对他们说，"你们看起来就像一群老鼠。"

索尼娅在布满灰尘的地窖里踱着步，给莉莎和康纳指了指。

"这些架子上的都是罐头食物，这里有个开罐器。想吃什么就吃，但不要剩下，要不然你就真的会看到老鼠了。浴室在后面，保持干净。我要出门一会儿，买一些婴儿食品和奶瓶。"她瞥了一眼康纳，"噢，这里面某个地方有个急救箱，你可以用来包扎胳膊上被咬的伤口，不管那是因为什么。"

康纳挤出一丝微笑，索尼娅的观察很仔细。

"还需要多久？"那三个地窖老鼠中最年长的一个问道。那个肌肉发达的男孩用不信任的眼光看着康纳，就好像康纳会威胁到他种群首领的地位似的。

"你又在意些什么？"索尼娅说，"你有紧急约会吗？"

那个孩子并没有回应。他只是瞥了一眼索尼娅，然后双臂环在胸前，露出前臂的鲨鱼文身。噢，康纳傻笑着想，**吓唬人**。**我还真是害怕呢**。

索尼娅叹了口气："还有四天，我就会让你们离开这里。"

"四天后会发生什么？"莉莎问道。

"冰激凌车会来。"说完，索尼娅用出乎康纳意料的速度爬了上去。暗门"咣"的一声合上了。

"亲爱的，龙夫人是不会告诉我们发生什么的。"第二个男孩说道。他身材瘦长，一头金发，脸上挂着似乎永不会消失的微笑。他的牙上绑着似乎并不需要的牙箍。从他的眼神看，他已经好几夜没有睡好了，但他的发型依旧完美。康纳能看出，虽然这个孩子穿得破破烂烂，但他的家里很有钱。

"我们会被送到收获营，然后他们会把我们分解。这就是接下来会发生的。"那个女孩子说道。她是个亚洲人，看起来和文身小孩一样态度强硬。她的头发被染成了深粉色，脖子上戴了一条尖刺皮革项圈。

鲨鱼男孩用尖锐的眼光看着她："你能不能闭上嘴，不要再说那些世界末日的屁话了？"康纳注意到，那个小孩脸上的一侧有四条平行的抓痕，像是手指甲抓出来的。女孩有一只乌青眼。

"这不是世界末日，"她抱怨道，"只是我们的末日而已。"

"你每次说这些虚无主义的话时，总是那么美丽。"微笑少年说。

"闭嘴。"

"你这样说是因为你不知道虚无主义是什么意思。"

莉莎和康纳交换了个眼神，他知道她在想些什么：**我们要和这些人一起熬过四天？**不过，她还是主动向他们介绍了自己。康纳也不情愿地介绍了自己。

这些少年同每一个分解人一样，都有着自己不为人知的历史故事。

那个微笑少年叫海登，同康纳设想的一样，他来自一个极其富有的家庭。在他父母离婚的时候，双方为了争夺他展开了一场拉锯战。两年零六天个法庭日过后，这场纠纷依旧没有和解。最后，他父母唯一达成的一致就是将海登分解，他们宁愿这样，也不想另一方拥有他。

"如果你能控制你父母的情绪，"海登告诉他们，"那你就能管理一座小城市。"

女孩子名叫梅。她的父母一直想要个男孩，最后终于生了一个——但在男孩出生前，他们已经有了四个女孩子。梅是第四个。

年纪最大的那个少年叫罗兰德。他一直梦想成为少年军官，但显然，他的雄性激素，或者说肾上腺素，实在太多了。这让他变得有些可怕，即使对军队来说也是如此。和康纳一样，罗兰德也经常在学校打架——不过康纳怀疑罗兰德打架更频繁，也更粗暴。不过，这并不是他被分解的原因。罗兰德因为继父暴打自己的母亲而打了继父，母亲却站在了她丈夫的一边，继父只得到了一个警告，而罗兰德将被送去分解。

"这一点都不公平。"莉莎说。

"说得好像你身上的事情就公平了？"康纳说。

罗兰德紧紧盯着康纳："如果你一直用那种语气和她说话，她可能就会找个新男友了。"

康纳用嘲讽的微笑看着他，然后瞥了一眼他手腕上的文身："我喜欢你的海豚。"

罗兰德可一点都没笑："那是虎头鲨，白痴。"

康纳暗自想道，**一定不要再理会罗兰德了**。

康纳曾读到过，鲨鱼有着致命的幽闭恐惧症。那不仅仅是对幽闭环境的恐惧，而是根本没有能力在这种环境里生存。没有人知道为什么。有人说可能是水族馆里的金属壁让它们失去了平衡感。但不管怎样，大鲨鱼无法在小空间里生存太久。

在索尼娅的地下室里待了一天后，康纳终于了解了鲨鱼的感受。莉莎有个婴儿忙着照看。这花费了她大部分的时间与精力。虽然她对额外的责任有些不满，但康纳能看出，她很庆幸自己能有事情做来消耗时间。地下室的后面有一间小屋子，罗兰德坚持让莉莎和婴儿独自待在那里。他表面上是为了显示自己的友好，但实际上是因为他无法忍受婴儿的啼哭声。

梅在读书。屋子的角落里有一堆布满灰尘的旧书，梅的手里总是拿着一本。罗兰德在把莉莎安置到后屋之后，在地下室里拉出一个隔板，给自己建立了一个私人小空间。他占领空间的方式就好像自己很有牢狱经验一样。有时候他会从自己的小空间里出来，重新安排地下室的食物。"我负责食物，"他说，"现在这里面有四个人，我会重新分好食物，然后决定什么时候给谁什么食物。"

"我能自己决定要什么，什么时候要。"康纳告诉他。

"这样可不行，"罗兰德说，"在你来之前，我就已经安排好一切了，所以我还是要继续这样做。"他递给了康纳一罐午餐肉，康纳有些恶心地看了一眼。"你想要更好的，"罗兰德说，"那你就听我的话行事。"

康纳努力抑制着自己想争夺的冲动——但在康纳生气的时候，他很少能抑制自己。海登趁事情升级之前插手进来。海登从康纳的手中拿走了罐头，然后打开。

"一不留神，错过良机。"他说着，开始用手指头拈着午餐肉吃了起来。"我在来这里之前从未吃过午餐肉，我还挺喜欢的。"他笑了一下，"上帝保佑我，我已经变成了一个住在拖车里的垃圾货。"

罗兰德看了一眼康纳，康纳回看了过去，然后他说了一句这种时时经常说的话：

"袜子真不错。"

罗兰德并没有立刻低头看，但这让他后退了一小步。他一直等到康纳不注意的时候才低头看了看自己的袜子。就在他看的时候，康纳大声嘲笑了一下，小小的胜利总比没有胜利好。

海登是个神秘的人物。康纳不确定他是真的对周遭发生的事情有兴趣，还是假装如此——为了保护自己不被现在的处境影响太深。通常，康纳不喜欢像海登这样富有、善良的孩子，但海登身上有一种魅力，让人不由自主地喜欢他。

康纳坐在海登身旁，他正看着罗兰德，确保他已经回到了自己的小空间里。

"我喜欢那个'袜子'诡计,"海登说,"你介意我以后用这招吗?"

"随你。"

海登拿出一块午餐肉递给康纳。虽然康纳并不想吃,但他还是拿了过去,因为他知道这与肉无关——正如他知道海登拿走这罐肉并不是因为他想要。

海登和康纳分享着这罐加工火腿肉,他们相处得似乎很融洽,而且还达成了相互理解。**我站在你这边**,那块午餐肉说,**我支持你**。

"你是特意想要那个婴儿的吗?"海登问道。

康纳琢磨着应该怎样回答这个问题。他决定说出真相,这是展开友谊的最佳方式:"那不是我的孩子。"

海登点了点头:"即使那不是你的孩子,你还选择和她在一起,真是挺酷的。"

"那也不是她的孩子。"

海登笑了一下。他并没有问那个婴儿到底是怎么来的,因为显然,他脑子里想到的可能性要比康纳所知的实情有趣得多。"不要告诉罗兰德,"他说,"他对你俩友好的唯一原因是他相信小家庭的神圣性。"康纳不知道海登是认真的还是在讽刺,他觉得自己可能永远都猜不出来。

海登吃下了最后一块午餐肉,看了看空罐子,然后叹了口气。"我的生活简直和莫洛克人[1]一样。"他说。

"我应该问下那是什么吗?"

"一群对光敏感,住在地下的蛙人,经常以绿色橡皮服的形

---

[1] 莫洛克人:漫威漫画中的地下族人。

象出现。可惜，我们已经渐渐变成了他们，除了绿色橡皮服那部分。"

康纳瞥了一眼食品架子。他仔细地听了一会儿，能听到一阵音乐声。这音乐声是从罗兰德那里的一个古老的 MP3 播放器里传来的，这一定是他刚来店里时从楼上偷来的。

"你认识罗兰德多久了？"

"比你多三天。"海登说，"给不明智之人——我怀疑你就是——一些建议，只要罗兰德认为自己是管事的负责人，他就不会惹麻烦。只要你让他这么想，我们就是一个欢乐的大家庭。"

"如果我不想让他这么想呢？"

海登将手里的午餐肉罐子扔进了不远的垃圾箱里："关于莫洛克人还有一点就是，他们是有名的食人族。"

康纳的第一晚并没有睡着。一方面是因为地下室的环境，另一方面是因为不信任罗兰德。他能做的就是偶尔打个瞌睡。他不能去莉莎待的小房间睡觉，因为那个地方太小了，他和莉莎必须要背靠背挤着才能睡。他告诉自己，其实真正的原因是他害怕会在半夜翻身时压到那个小婴儿。梅和海登也没有睡觉。梅看起来像是想睡过去，但她一直睁着眼，思绪却早已飞到九霄云外。

海登点燃了一根他在废品里找到的蜡烛，这让发着霉味的地下室充满了肉桂香味。海登用手在火苗上来回挥动。他移动得不至于慢到烫伤自己，但也足够能感受到热度。海登发现康纳在看着他。"火苗只有在你慢慢移过去手时才会烫伤你，很有意思。"海登说，"你可以尽情玩火，它也不会把你怎样，只要你够快。"

"你是火焰兵吗？"康纳问道。

"我只是无聊，并非对此着迷。"

不过，康纳能感觉到事情并非这么简单。

"我一直在想那些被分解的小孩。"海登说。

"你为什么要想那些？"康纳问。

"因为，"房间对面的梅说道，"他是怪人。"

"戴着狗领的人可不是我。"

梅对着海登伸出了个手指头，海登并没有理会："我一直在想，收获营就像一个黑洞，没有人知道里面是怎么回事。"

"所有人都知道里面是怎么回事。"康纳说。

"不，"海登说，"所有人都知道结局，但没人知道分解的过程。我想知道分解到底是怎么发生的？是立刻分解，还是让你等待？他们会友善地对你，还是冷漠？"

"嗯，"梅冷笑了一下，"如果幸运的话，也许你能得到第一手信息。"

"你知道吗？"康纳说，"你想得太多了。"

"这下面的人都没什么脑力，总得有人站出来思考。"

现在，康纳终于搞明白了。虽然海登刚刚放下了蜡烛，但这些关于分解人的谈话就好像把他的手穿过火苗一样。他喜欢徘徊在危险地域，危险思维的边缘。康纳想了想自己最爱的边缘，在高速路牌后面的那个地方。从这个角度来讲，他们很相似。

"好吧，"康纳告诉他，"一直想下去，直到你脑袋爆炸。但我唯一想的事情，就是熬到十八岁。"

"我觉得你的肤浅让我眼前一亮，但同时又让我失望。你觉得我是不是该去看看心理医生？"

"不，我觉得你父母为了抢夺你而把你分解这件事意味着你需要心理医生。"

"说得对。你对莫洛克族人有着很多见解。"海登安静了一小会儿，脸上的笑容也消失了，"如果我真的被分解了，我的父母可能反而会因此复合。"

康纳并不想打碎他的梦想，但梅却说："不，如果你被分解了，他们只会指责对方，然后更加憎恨对方。"

"可能吧，"海登说，"或者他们可能会见到光明，然后再次变成汉姆菲·邓飞。"

"谁？"梅问道。

他们同时看向她，海登露出一个大大的微笑："你是说，你从来没听说过汉姆菲·邓飞？"

梅有所怀疑地看了看他们："我该听说过吗？"

海登的脸上保持着微笑："梅，我真惊奇你不知道这个。这可是你最喜欢的**那类**故事。"他伸手拿过蜡烛，把蜡烛放在了他们三个人之间。"虽然不是篝火，"他说道，"但也只能这样凑合了。"海登盯着火苗看了一会儿，然后缓缓地把目光投向梅。

"很多年前，有一个小孩。他的名字并不叫汉姆菲——可能叫汉尔、汉立什么的——不过汉姆菲这个名字很搭。总之，有一天他的父母签署了号令，要让他被分解。"

"为什么？"梅问道。

"为什么父母要签署号令？他们就是签了，然后有一天早上，青年警官们就上门来带他走。他们抓住了他，把他押送走，一切结束了——他很顺利地就被分解了。"

"这就完了？"梅问道。

"没有……因为这一切并不是很顺利。"康纳接着海登的话说道，"你看，邓飞家庭并不是所谓的正常家庭。他们一开始就有些疯疯癫癫的，但在他们的孩子分解后，他们就完全变疯了。"

梅那假装坚强的外表已经完全不见了，她就好像一个睁大眼睛的好奇宝宝，认真地听着篝火晚会上的故事："他们做了什么？"

"他们后来又决定不想分解汉姆菲了。"海登说。

"等一下，"梅说，"你刚刚说他们已经把他分解了。"

海登的眼睛在烛火下显得有些恐怖："没错。"

梅打了个冷战。

"事情是这样的，"海登说，"就像我说的，收获营的一切都很神秘——即使是在分解后，哪个人收到了哪部分的记录也是如此。"

"是啊，所以呢？"

"所以邓飞家庭找到了记录。那位父亲，好像是为政府工作的，所以他能非法潜入到部门系统里。"

"什么？"

海登叹了口气："国家分解人数据库。"

"噢。"

"然后他得到了汉姆菲身体每个部分的收获人数据。然后邓飞夫妇飞往世界各地去找他们……这样一来，他们就可以杀死他们，拿走各个部分，然后再一点点把汉姆菲重组……"

"不可能。"

"所以人们才管他叫汉姆菲。"康纳补充道，"'因为所有国王的人马 [1]……都不能再将汉姆菲重组。'"

这让屋子里的气氛变得凝重起来，海登稍稍往蜡烛前凑了凑，然后突然把手伸向梅喊道："砰！"

---

[1] 此说法来自英文童谣《鹅妈妈》，原文为："Humpty Dumpty sat on a wall. Humpty Dumpty had a great fall. All the king's horses, and all the king's men, couldn't put Humpty Dumpty together again." 译为："矮胖子，坐墙头，栽了一个大跟头。国王呀，齐兵马，破镜难圆没办法。"汉姆菲的名字（Humphrey）和童谣中 Humpty 发音相近，因此而得名。

他们都向后退了一下，特别是梅。

康纳不得不笑起来："你看到了吗？她差点吓掉了皮！"

"最好不要，梅。"海登说，"你要是吓掉了皮，他们就会把你的皮给别人了。"

"你们两个都滚远一点。"梅想打海登一拳，但他轻易地就躲开了。这时候，罗兰德从自己的小空间里走了出来。

"你们在干什么？"

"没什么，"海登说，"就是讲讲鬼故事。"

罗兰德看着他们三个，显然对这个没有把自己包括进去的聚会很不满意："是吗，好吧，快睡觉吧，已经很晚了。"

罗兰德走回自己的小角落，但康纳知道他肯定在监听他们的对话，甚至可能在怀疑他们正密谋什么对付他的计划。

"这个汉姆菲·邓飞的故事，"梅说，"这只是个故事而已，对吗？"

康纳并没有说什么，但海登说道："我认识一个小孩，他总是和别人说自己有汉姆菲的肝脏。有一天，他就消失了，再也没有出现。人们说他被分解了，但……也许是邓飞夫妇抓到了他。"海登说完便吹灭了蜡烛，留下一片漆黑。

康纳和莉莎待在地下室已经三天了。索尼娅把他们每个人都叫到楼上去过——但每一次都只能上去一个人，而且是按他们来到这里的先后顺序上去的。

"第一个是小偷牛。"她说着，指了指楼下的罗兰德。显然，她早就知道了被盗的 MP3 这件事。

"你们觉得龙夫人想要做什么？"海登在暗门关上后问道。

"喝你的血，"梅说，"用她的拐杖打你，诸如此类的。"

"你能不能不要再管她叫龙夫人了，"莉莎说，"她救了你的命，你至少应该对她尊敬一些。"她转向康纳："你想抱会儿迪迪吗？我的胳膊有些酸了。"康纳抱过婴儿，手法比以前要熟练了许多。梅饶有兴趣地看着他，他不知海登是否告诉过她，他们并不是婴儿的父母。

罗兰德和索尼娅待了半小时后回到了地下室，什么都没说。梅回来的时候也没说什么。海登花费的时间最长，等他回来时，他也只字未提——这可不是他的一贯风格。这让人有些不安。

康纳是下一个。等他上楼的时候，天已经黑了。他不知道现在是什么时间。索尼娅和他一起走到后面那间小屋子里，然后让他坐在一张很不舒服的椅子里，每次他动一动，椅子就摇晃几下。

"你明天就会离开这里。"她告诉他。

"去哪里？"

她没有理会这个问题，而是把手伸进一个老旧书桌的抽屉里："我希望你至少会读几个字。"

"为什么？你想让我读什么？"

"你不用读什么，"她抽出几张白纸，"我想让你写些什么。"

"什么，我的遗嘱和契约吗？是吗？"

"遗嘱是指你有东西要传给别人——而你什么都没有。我只想让你写封信。"她递给他一些纸、一支笔和一个信封，"给你爱的人写封信。想写多长都可以，或者多短都可以。我不管。把你想说的，但从没有机会说的都写下来。你明白吗？"

"如果我没有什么爱的人呢？"

她噘起嘴，缓缓地摇了摇头："你们这些分解人都一样。你以为没有人爱你，你也不再爱任何人了。好吧，如果你没有爱的人，那就选一个你想把话都告诉他的人。把你的心里话都说出来，不要隐藏什么。等你写完的时候，把信放进信封里封好。我不会读的，所以不用担心。"

"那有什么意义？你要把它寄出去吗？"

"按我说的做，不要再问问题。"她说完，拿出一个陶瓷饭铃，然后把铃放在了桌子上，挨着笔和纸，"想写多久都行，等你写完了，摇下铃。"

说完，她就离开了屋子。

这是个奇怪的要求，康纳觉得自己有些害怕。内心有一些地方他完全不想触及。他觉得自己可以写给阿瑞娜，这样会简单一些。他曾经关心过她，和其他女孩相比，他和她的关系最密切。其他女孩，除了莉莎——但话说回来，莉莎并不能算数。他和莉莎并没有恋爱关系，他们只是相互扶持、不愿倒下的两个人。大概写了三行后，康纳把纸张攥成了一团。给阿瑞娜写信没有意义。无论他内心怎么抗拒，他还是知道自己到底应该写给谁。

他重新摆好一张纸，用笔写下了："**亲爱的妈妈和爸爸……**"

五分钟后，他才想好下一行要写些什么。可刚一落笔，他似乎就刹不住闸了——而且他的想法也变得越来越远。起初是气愤，他知道自己会这样。"**你们怎么可以这样？你们为什么要这样？什么样的人会对自己的孩子做这种事情？**"等写到第三页的时候，这种气愤消失了，取而代之的是他们在一起生活时的美好回忆。一开始，他这样写只是为了伤害他们，提醒他们在签署分解号令后到底失去了什么。但后来，这渐渐演变成了回忆——或者说，帮助他们去回忆，这样一来，等他离开后……或者说**如果**他离开了，这封信就变成了所有他活着的时候的值得回忆的记录。等他开始后，他已经知道这封信该如何结束："**我恨你们所做的一切。我永远都不会原谅你们。**"但等他写到第十页的时候，他发现自己写的竟是：

"我爱你们。你们曾经的儿子，康纳。"

在他签下自己名字之前，他感觉到泪水已经充满了内心。泪水似乎并没有从他的眼中涌出，而是在内心深处流淌。这种感觉太过沉重，甚至让他觉得自己的胃和肺都疼了起来。他的双眼充满了泪水，这种内心深处的疼痛太重，甚至让他觉得自己随时会死去。但他并没有死去，内心的暴风雨过去后，他只觉得浑身每个关节和每块肌肉都在疼痛。他觉得自己需要索尼娅的拐杖才能再次行走。

他的泪水滴在了信纸上，在纸上砸出了一个小坑，但并没有模糊墨迹。他把纸叠了起来，然后装进信封，封好后写上了地址。他又花费了几分钟，确保泪水的暴风雨不会再回来，然后摇响了铃。

过了一会儿，索尼娅走了进来。她一定是在帘子后的另一处等了许久。康纳知道她肯定听到了他的哭声，但她什么都没说。她看了看他的信，用手掂了掂重量，然后惊奇地扬起眉毛："你真是有不少要说的，不是吗？"

康纳耸了耸肩，她把信封面朝下地放在桌子上："现在，我想让你在背面写一个日期。写下你十八岁生日的日期。"

康纳没有再问她任何问题，而是乖乖照做了。等他写完后，她把信封拿开。"我会帮你保存这封信。"她告诉他，"如果你活到了十八岁，你一定要答应我回到这里，拿走这封信。你能向我保证吗？"

康纳点了点头："我保证。"

她冲他摇了摇那封信："我会一直保存这封信，直到两年后你十八岁的生日。如果你没有回来，我会假设你没有熬到那时候，你被分解了。那样的话，我就亲自把信寄出去。"

她把信递回给康纳，然后站起身，向盖着暗门的老旧箱子走去。她打开了箱盖，里面露出一堆信封——成千上万封信，几乎堆满了这个箱子。

"放在里面就好，"她说，"不用担心。如果我在你回来之前死了，汉娜答应我会保管这个箱子。"

康纳想到索尼娅一定是帮了无数个小孩，所以箱子里才会有这么多封信件。这让他的心头又涌上一股情感。虽然泪水并没有涌上来，但他觉得自己心软了许多，甚至说道："你真是做了件了不起的事。"

索尼娅摆了摆手，丝毫没有在意："你觉得这就让我变成了圣人？告诉你，我已经生活了不少年头，我也做过不少烂事。"

"我不在乎。不管你用那根拐杖打过我多少次，我都觉得你是好人。"

"也许吧，也许不是。等你活到我这个岁数后，你就会知道——人不会完全是好人，也不会完全是坏人。我们有时会在黑暗中，有时会在光明中行走。现在，我很高兴自己活在光明里。"

在康纳走下楼的时候，她又用自己的拐杖狠狠打了一下他的屁股，但这让康纳笑了起来。

他并没有告诉莉莎楼上发生了什么，告诉她就好像从她身边偷走了什么东西。他决定把这一刻留给她、索尼娅、笔和纸之间，正如他刚刚所经历的那样。

她把婴儿留给了他，然后上楼去见那个老妇人了。婴儿现在正在睡觉。此时此刻，抱着这个婴儿让他觉得很舒服，他很感激自己救了她。康纳觉得如果自己真的有灵魂的话，这应该就是了。一个婴儿沉睡在他的怀里。

20. 莉莎

索尼娅再一次打开暗门的时候，莉莎知道事情又有了变化。该是她离开索尼娅安全地下室的时候了。

索尼娅叫他们都上去，莉莎排在了第一位。罗兰德本想站到最前面，但康纳伸出一只胳膊挡住了他，以让莉莎先上台阶。

她的右臂抱着沉睡的婴儿，左手扶着发锈的扶手。莉莎慢慢爬上了石头台阶。她以为楼上已经天亮了，但外面仍是夜色。店里的灯都灭了——只有一些夜灯还亮着，小心翼翼地帮他们照明，以避免他们踩到周围到处乱放的古董。

索尼娅带着他们走向后门，敞开的后门通向一条小道。小道外，一辆卡车正等着他们，那是一辆送货的卡车。车外面画着一个圆筒冰激凌。

索尼娅没有说谎，这确实是冰激凌车。

司机正站在敞开的后车门旁。这个男人看起来很邋遢，更像是运送非法药品的那种人。罗兰德、海登和梅向卡车走去，但索尼娅拦住了莉莎和康纳。

"你们两个先等一下。"

莉莎注意到暗处站着一个人。她脖子后面的汗毛一下子立了起来。但等那个人走出来后，莉莎一下子认出了她。是汉娜，那个在学校救了他们的人。

"亲爱的，你们不能带走这个婴儿。"汉娜说。

莉莎本能地要把婴儿递过去，她甚至都没有犹豫。自从抱走了这个婴儿后，莉莎就一直想把她送出去。

"没事的，"汉娜说，"我和我的丈夫聊过了。我们就说她是被鹤送养的孩子。一切都会没事的。"

莉莎看着汉娜的双眼。在昏暗的灯光里，她看得并不清楚，但她知道这个女人是认真的。

康纳却插到了她们之间："你**想**要这个婴儿吗？"

"她说她要，"莉莎说，"这就足够了。"

"但她是不是真想要呢？"

"**你**想要吗？"

这让康纳一时无法回答。莉莎知道他并不想要这个孩子，但如果她只会在一个悲惨家庭里得到一个悲剧生活的话，他宁愿抱走她。汉娜现在愿意抱走她，就好像把她从一个不确定的未来救出一样。终于，康纳说："这不是**他**，而是**她**。"说完，便向卡车走了去。

"我们会给她一个好家庭。"汉娜说着，向前走了一步，莉莎把婴儿递给了她。

婴儿离开怀抱的一瞬间，莉莎觉得心中一块大石头放了下去，但与此同时，她也感受到一阵空虚。这种感觉不至于让她流泪，但也足够让她的心有些疼痛，就像是截肢患者失去了一条腿的那种感觉。当然，是在安装新肢之前的感觉。

"你们好好保重。"索尼娅说着，给了莉莎一个尴尬的拥抱，"旅途会很漫长，但我知道你们可以熬过去的。"

"去向哪里的旅途？"

索尼娅没有回答。

"嘿，"司机叫道，"我可等不了一整晚。"

莉莎和索尼娅说了再见，向汉娜点了点头，然后转身向康纳走去，康纳正在卡车后等着她。在莉莎离开的时候，婴儿开始大哭，但她并没有回头。

看到卡车里还有十几个少年时，莉莎有些惊讶，他们看起来都有些害怕。罗兰德依然是体形最大的，他一屁股坐了过去，逼着另一个小孩向旁边挪了挪，虽然车里还有足够的空间。

送货卡车的车厢是个冰冷、坚硬的金属厢。车厢里曾有个装冰柜的地方，以冷藏冰激凌，但冰柜和冰激凌早就不见了踪影。可车厢里冰冷依旧，而且闻起来有种过期奶制品的味道。司机关上并锁好了后门，把婴儿的哭啼声隔绝在外，但莉莎依然能隐约听到哭声。即使在门关上之后，她觉得自己还是可以听到，虽然这极有可能只是她的幻听而已。

冰激凌卡车在崎岖不平的街道上晃悠着。由于卡车不断地摇摆，他们的后背也不断地撞在身后的"墙"上。

莉莎闭上了眼，对婴儿的思念让她有些恼怒，这个婴儿出现在她人生中最不该出现的时候——她为什么会后悔离开她呢？她回忆着核心地之战前的那些日子，那时候人们不想要的婴儿如果只是胎儿，很快就能被处理掉。那些做出这种选择的女人会和她有同样的感受吗？没有了负担和不公平责任的轻松……但又隐约有些后悔的感觉？

在州立孤儿院的时候，每次在执行照看婴儿的任务时，她都会思考这些事情。婴儿区占据了很大的空间，而且装满了一模一样的婴儿床，每张床里都躺着一个没人想要的婴儿。那些政府受监护人完全没能力喂养他们，更别提养育他们。

"不先改变人类的本性，就没办法改变法律。"一位护士一边看着号哭的婴儿们一边说道。她的名字叫格蕾塔。每次她说这种话的时候，身边总是会有一位被系统同化的护士争辩道："你改变不了人类的本性，除非你先改变法律。"格蕾塔护士不想争论，她只会低声咕哝着走开。

哪个更糟糕呢？莉莎总是在思考——是生下来成千上万个无人想要的婴儿，还是默默地在他们出生之前就把他们解决掉？每一天，莉莎都会有不同的答案。

格蕾塔护士年纪足够大，大到能够回忆起战争前的那些日子，但她很少会提及那些日子。她将自己所有的精力都放在了工作上。她的工作很艰辛，因为每个护士平均要照顾五十个婴儿。"在这样的地方，你必须练习治疗类选法。"她告诉莉莎，治疗类选法是指在急救过程中，护士必须选择哪些病人需要优先得到治疗。"爱那些你能爱的人，"格蕾塔护士告诉她，"然后剩下的交给祈祷。"莉莎一直将这条建议记在心里，然后选择一些自己最喜欢的孩子去给予关注。莉莎给一些婴儿起了名字，并不是那些电脑随机生成的名字。毕竟，她的名字也不是很大众。"莉莎是桑莉莎的缩写。"一个拉丁裔小孩曾和她这样讲过，"这个词在西班牙语里是'微笑'的意思。"莉莎并不知道自己是否有拉丁裔的血统，但她宁愿相信自己有。这样一来，她就能和自己的名字联系起来了。

"你在想些什么？"康纳问道，将她一下子从回忆中拉到了让人不舒服的现实。

"和你无关。"

康纳并没有看她——他似乎全神贯注地盯着"墙"上的一大块锈迹思考着什么。"你对那个婴儿的事还好吗？"他问道。

"当然。"她的语气里有些恼怒，就好像这个问题冒犯了她似的。

"汉娜会给她一个好家庭的。"康纳说，"肯定比跟在我们身边好多了，也比鹤送到那个贼眉鼠眼的奶牛家里好。"他犹豫了一刻，然后说道，"拿走那个婴儿是我干的一件大烂事，我知道……但最终的结局还不错，不是吗？而且这对婴儿来说也算是好结局了。"

"不要再犯这样的错误了。"莉莎简单回应道。

罗兰德坐在前方，靠近司机问道："我们要去哪里？"

"你问错人了，"司机回答道，"他们只给了我一个地址。我开到那里，然后就离开，拿到佣金。"

"这就是他们办事的方式，"另一个早已在车上的少年说道，"我们被送到各处，在每一个安全的地方待上几天，然后转移到另一个地方，然后再转移。每一个地方都离我们最终的目的地近一些。"

"那最终的目的地是？"罗兰德问道。

那个少年看了看四周，希望有人能替他回答这个问题，但没有人替他开口。于是他说道："嗯，我也只是听说而已，但他们说我们最后会去一个叫作……'墓场'的地方。"

车里没有人说话，只能听到卡车的咣当声。

墓场。这个词让莉莎觉得浑身一冷。虽然她双腿蜷缩到胸前，双臂像紧身大衣一样紧紧环抱着自己，但她还是觉得冰冷。康纳一定是听到了她牙齿打战的声音，因为他用胳膊抱住了她。

"我也很冷，"他说，"体温保暖，对吗？"

虽然她本能地想把他推开，但她却不由自主地向康纳靠了过去，直到自己能听见他的心跳声。

明 日 分 解

逃 离 收 获 营

第 三 部 分

转移

2003 年：乌克兰 6 号妇产医院

BBC 采访了来自哈尔科夫[1]的母亲们，她们称自己生下了健康的婴儿，却被妇产医院的工作人员夺走。2003 年，在当局政府允许下，6 号妇产医院使用的墓地里挖掘出了三十具尸体。一位抗议者被允许进入验尸房以采集视频证据。她把视频传给了 BBC 及欧洲协会。

在这份报告中，协会描述了贩卖新生婴儿的普遍现象，并表示医院工作人员的默许更加注定了这些婴儿的悲剧命运。视频中的画面显示，很多人体器官——包括大脑——均被偷窃，有些尸体已被分解。一位来自英国的高级法医病理学家称，他对视频中这些分成碎块的尸体感到非常担忧，这已经超过了正常的验尸程度。这有可能是从骨髓中收获干细胞的结果。

6 号医院否认了这项指控。

马修·希尔报道，BBC 健康专栏记者

BBC 新闻：浏览 BBC.com

http://news.bbc.co.uk/go/pr/fr/-/2/hi/europe/6171083.stm

发布于：伦敦时间 2006/12/12 09：34：50 © BBC MMVI

---

[1] 哈尔科夫：乌克兰东北部城市。

21. 莱夫

"没有人会告诉你,你心里到底在想什么。"他告诉莱夫,"你得自己去寻找。"

莱夫和他新结识的旅行伙伴一起沿火车轨道走着,周围满是茂密的灌木丛。

"你内心深处想逃离分解,但没人会告诉你这样做是错的,即使是违反了法律。如果这样做不对,那么尊敬的上帝就不会把这个想法放进你的内心。你在听我说吗,喽啰?我现在说的可是智言,是能让你带进坟墓,在你需要慰藉的时候不断回想的智言。慰藉的意思是'安慰'。"

"我知道慰藉是什么意思。"听到"尊敬的上帝"这几个字,莱夫有些气恼地说道。除了让事情变得迷惑,这位上帝最近并没能帮莱夫做什么。

这个少年十五岁,他的名字叫赛若斯·芬奇——虽然他并不管自己叫这个名字。"没人管我叫赛若斯,"他在遇到莱夫后告诉他,"大家都管我叫赛芬。"

赛芬对起昵称情有独钟,他管莱夫叫"喽啰"——是"小喽啰"的简称,因为"喽啰"和"莱夫"一样只有两个字,所以他觉得这样比较合适。莱夫并不想让他失望,所以没有告诉他其实自己的正式全名叫莱夫维。

赛芬喜欢听自己讲话。

"我在铺垫自己的人生道路。"他告诉莱夫，"这也是我们沿着轨道行走，而非沿着某些乡村老道走的原因。"

赛芬的皮肤是棕红色的。"他们以前管我们叫黑人——你能想象吗？然后出现了一个什么艺术家，他是混血人，这个那个的血统各有一些。他因为绘画南部腹地那些非洲祖先而出了名。他用的颜料大部分是棕红色。人们更喜欢这样的颜色，所以就传了下来。你肯定不知道这个词是从哪儿来的，对吗，喽啰？沿着这个传统，他们开始管所谓的黑人叫'赭色'，也是根据另一种颜料命名的更好的词。这种词没有任何偏见在里面。当然，不是说种族歧视就完全没有了，但就像我爸爸们经常说的那样，文明的外表给自己披上了第二件外衣。你喜欢这个说法吗，喽啰？'文明的外表'？"他一边说着，一边缓缓地用手在空气中比画着，就好像在抚摸一面精美镶漆的桌面一样，"我的爸爸们经常会说这样的话。"

赛芬也是个逃亡者，虽然他声称自己并不是。"我不是逃亡者，我是趋向者。"他在第一次见到莱夫时就这样说，虽然他并没有告诉莱夫自己到底要趋向哪里。莱夫问的时候，赛芬摇了摇头说道："我只会在必要的时候给予一定信息。"

嗯，他可以保密，因为莱夫并不在意他要去哪里。对莱夫来说，只知道他有自己的目的地就足够了，这就比莱夫强多了。目的地意味着有未来。如果这个棕红色男孩能给莱夫带来这些，那么和他一起旅行就值得。

他们是在一家商场里遇到的，饥饿把莱夫带到了那里。在与康纳和莉莎分开之后，他在黑暗、孤独的地方隐藏了将近两天。由于以前从来没有在街上流浪过，他很快就饿了——但很快，饥饿让一个人变成了生存大师。

商场是流浪新手的圣地，食物广场挤满了浪费食物的人。莱夫学到了一招，那就是找到那些买了过多食物的人，然后等他们吃完。有一半的时候，他们都会把剩下的食物留在桌子上。那些就是莱夫的目标——他虽然会饿到去吃桌子上的剩饭，但还是放不下尊严去翻找垃圾。等莱夫刚刚吃完一些啦啦队员吃剩下的比萨时，他听到耳边传来一个声音：

"你可不能再吃其他人的垃圾了，笨蛋！"

莱夫吓得呆住了，他以为那是保安准备要赶他走，但发现说话的是一个高个子、棕红色皮肤、脸上挂着坏笑的少年。少年一副不屑一顾的神情。"我来教教你该怎么办。"说完，他向一个中餐炒菜小铺子里的一个漂亮女孩走去，和她调情打趣了几分钟，然后空着双手回来了。没有食物，没有饮料，什么都没有。

"我还是吃剩饭吧。"莱夫告诉他说。

"要有耐心，兄弟。你看，这个地方很快就要关门了。依照法律，所有这些店铺都要处理掉今天做的食物。他们不能留着明天再卖，所以你觉得这些食物会去哪里？我告诉你它们去哪里，它们会被值最后一班的人带回家。但那些在店铺工作的人并不想再吃那些东西，他们早就厌烦了同样的食物。看到我刚才聊天的那个女孩子了吗？她喜欢我。我告诉她我在楼下的卖衣铺工作，也许能送她一些积压货。"

"你**真的**在那里工作？"

"当然不是！你到底有没有在听我说？总之，在关门前一刻，我会再去拜访一下那个中餐铺子。我会给她个大大的微笑，然后就说：'嘿，那些剩饭菜你准备怎么着？'她就会说：'你想怎么着？'五分钟后，我就会带着一大袋酸甜鸡肉回来，这些菜都足够养一班士兵了。"

显然，事情果然如他所说的那样发展。莱夫感到很惊讶。

"和我在一起。"赛芬说着，把拳头举到空中，"上帝做证，你再也不会挨饿。"然后他补充道，"这是《乱世佳人》里的名言。"

"我知道。"莱夫说，但其实，他并不知道。

莱夫同意和他一起旅行，因为他知道两个人能够各自满足对方的需求。赛芬就像一个没有听众的传道者，没有了听众他就没有存在感，而莱夫则需要有人给他输入一些想法，来替换他之前的人生所接受的想法。

一天后，莱夫的鞋被磨破了，全身肌肉酸痛。关于莉莎和康纳的回忆仍像是新伤口一般不愿愈合。他们可能已经被抓住了，他们可能已经被分解了，都是因为他。这样一来，他是不是就成了一个杀人犯？

这又怎么可能，毕竟分解人实际上并没有死。

他不知道自己脑海里的声音到底属于谁。他父亲？牧师丹？这让他很愤怒。他宁愿听到赛芬的说话声，也不愿再听到自己脑子里的声音。

自从离开城镇后，四周的灌木丛并没有什么太大的变化——主要是齐眼高的灌木和些许小树。有些树木绿油油的，而另一些则有些发黄，开始变成棕色。野草在轨道间生长，但并没有长得太高。

"长得太高的杂草可不会活不下去，但下一次有火车经过的时候就会把它们斩首。斩首——意思就是'把头砍掉'。"

"我知道斩首是什么意思，你不要再像这样讲话了，双重否定什么的。"

赛芬停在轨道的正中间紧紧盯着莱夫，就像是要用眼神把他融化一样。

"你对我的说话方式有意见？你对旧时代棕红人种的土话有意见？"

"我对不正宗的土话有意见。"

"你在说啥嘞，笨人！"

"很显然。我猜那些人从未说过什么'笨人'这样的话，除了战前的一些愚蠢电视节目上会有。你是故意把话说错的。"

"说错？我怎么说错了？这些土话很经典，就像那些电视节目一样，我可不喜欢你不尊重我的土话。土话的意思是——"

"我知道土话是什么意思。"莱夫虽然有些不确定，但还是坚持道，"我可不笨！"

赛芬像律师一样伸出一根纠正的手指头："啊哈！你说了'可不'，现在谁说错了？"

"这不算数！我这样说是因为我总是听你这么说话！过一阵子，我就听起来和你一样了！"

听了这话，赛芬坏笑道："没错。"他说，"可不就是这样嘛。旧时代棕红人种是会传染的，是**支配一切的**，这样说话并不让人显笨。我告诉你，我在学校的时候，阅读和写作可是最高分，喽啰。但我必须得尊重自己的祖先啥的，因为他们经历的，我才能有今天。当然，我可以和你正经说话，但我并不**愿意**。这就像是艺术，懂吗？毕加索得向世界证明自己会正经地画画，之后才能把两只眼睛放到脸的一边，然后把鼻子画在膝盖外面什么的。你看，如果你这样画是因为你只会这么画，那你就成了傻瓜。但如果你这样做是因为你想这么做呢？那你就成了一名艺术家。"他冲莱夫微笑着，"我又给了你一些赛芬智言，喽啰。你能把这些话带进坟墓，在需要的时候重新回味！"

赛芬转过身，吐出一块口香糖。口香糖飞到了火车轨道上并粘在了地上。他把另一块口香糖塞进了嘴里："总之，我的爸爸们对此可没什么意见，他们和你一样都是白人。"

"他们？"赛芬之前也说过"爸爸们"，但莱夫以为那只是旧时代棕红人种的俚语。

"是啊，"赛芬说着，耸了耸肩，"我有两个，这没啥。"

莱夫努力让自己接受这个信息。他当然听说过两个男性的双亲——或者说像如今所说的"阴之家"——但在他被保护的一生里，这些事情似乎像另一个星球那样遥远。

然而赛芬并没有注意到莱夫的惊讶，他仍然在滔滔不绝地说着。

"没错，我自己的智商有155。你知道吗，喽啰？当然不——你怎么可能知道？"他犹豫了一下，"不过，由于一次事故，我的智商下降了几个点。我当时在骑车，然后被某个蠢蛋开着奔驰撞到了。"他指着自己脑袋上的伤疤。"真是一团糟。四分五裂——你懂吗？我差点就被车撞死了。我大脑的右颞叶差点成了果酱。"他想到这里，浑身打了个冷战，然后耸了耸肩，"但大脑受伤已经不像以前那样是个大问题了。他们会植入新的大脑组织，然后你就跟新生了一样。我的爸爸们甚至收买了手术医生，这样我就能得到一个分解人的——无意冒犯——完整的脑颞叶，而不仅仅是人们**本该**得到的那样——零散的各部分。"

莱夫对此并不怀疑。他的姐姐卡拉有癫痫症，所以他们用上百个不同大脑的零星部分替代了她大脑的一小部分。这解决了她的问题，她似乎并没有再继续恶化。只是莱夫以前从未想过这些零散的大脑组织到底是从哪里来的。

"你看，大脑组织也能工作，但它们的工作不会太出色。"赛芬解释道，"这就好像把水泥填料填到墙洞上。不管你做得有多好，这面墙再也不会像以前一样了。所以我爸爸们一定要让我得到一个捐献者的完整脑颞叶，但那个小孩并没我那么聪明。他也不算笨，但他的智商可没有 155。最后一次脑部扫描显示我的智商是130。这还是全世界人口的前百分之五，也还算是天才。只不过不算是大天才了。你的智商是多少？"他问莱夫，"你是憋坏的灯泡，还是高电压亮灯泡？"

莱夫叹了一口气："我也不知道。我的父母不相信智商扫描。可能是宗教信仰的原因吧，在上帝眼中，每个人都是平等的。"

"噢——你是从**那种**家庭里来的。"赛芬上下打量了他一番，"如果他们这么正直崇高，为什么要分解你？"

虽然莱夫不想谈及这些，但他认为赛芬是自己现在唯一的朋友了，倒不如就告诉他真相："我是十一奉献品。"

赛芬睁大了双眼看着他，就好像莱夫刚刚告诉他自己就是上帝一样。

"我的天！所以你是神明圣洁什么的？"

"现在不是了。"

赛芬点了点头，噘起了嘴，什么都没说。他们沿着轨道继续前进。铁路轨枕从木头变成了石头，轨道旁边的沙砾看起来更整洁了一些。

"我们刚刚跨过了州界线。"赛芬说。

莱夫本想问他们刚刚走进了哪个州，但他不想让自己看起来太笨。

每当多条轨道合并或分离的时候，路边总会有一间两层小窝棚像灯塔一样竖立着。那是铁轨转线棚，这条铁路的沿线有不少这样的小棚子，莱夫和赛芬晚上就在这些小棚子里过夜。

"你不会害怕有人从铁轨上走过来发现我们吗？"在他们向一间破陋的小棚子走去的时候，莱夫这样问道。

"不，这些小棚子已经被废弃了。"赛芬告诉他，"整个铁轨系统是自动控制的，而且已经实行了好几年了。但如果把这些小屋子全部拆掉又要花费不少钱。他们大概就这样任凭大自然免费帮他们拆卸了。"

转线棚的门上了挂锁，但挂锁和那扇门一样破烂——整扇门已经被白蚁蛀蚀了。只需踢上一脚，挂锁就吱呀一声掉下来，门也应声向里飞去，扬起一阵灰尘，还带下不少死蜘蛛。

楼上是一个六十四平方米的房间，四周都有窗户，屋里很冷。赛芬的身上穿着一件看起来很贵的冬衣，可以在夜间保暖。莱夫却只有一件肥大的纤维棉夹克，那是他有一天从商场的椅子上偷来的。

那天在准备离开商场前，赛芬看到莱夫偷走那件夹克，很是不屑。"偷窃可是低等人干的事情，"赛芬说，"如果你有些尊严，你就不会去偷东西，而是想办法让别人免费、主动地送给你，就像我在中餐铺子干的那样。主要靠智慧与技巧，你要好好学。"

莱夫偷的夹克是白色的，他很讨厌这个颜色。从出生以来，他就一直在穿白色——这个象征未受污染的颜色决定了他的基调——但现在穿着白色的衣服，他感到很不舒服。

他们那晚吃得很不错——多亏莱夫充分运用了生存的技巧。晚饭还包括铁轨上被火车轧死的小动物。

"我可不吃什么被火车轧死的东西！"在莱夫提出这个建议时，赛芬坚持道，"那些东西可能已经在那里躺了好几周，都腐烂了也说不定。"

"不，"莱夫告诉他，"我们这样办：我们顺着铁轨向前走几英里，用小棍子标记出每只死动物。然后，等下一辆火车经过后，我们再重新检查一遍。如果找到没有标记的动物，那就是刚刚被轧死的。"这个主意表面上听起来有些恶心，但其实这和打猎也没什么区别——只不过你的武器是个柴油发动机罢了。

他们在小棚子旁边生起了一小团火，烤起了野兔子和犰狳——这些动物尝起来倒没有莱夫想象中那么差。说到底，肉就是肉而已，烧烤犰狳和烧烤牛排终归没有太大的区别。

"大杂烩！"赛芬一边吃，一边给这次的打猎起了名字，"这就是我说的创新解决问题法。也许你其实是个天才，喽啰。"

听到赛芬的赞赏，莱夫感觉还不错。

"嘿，今天是周四吗？"莱夫忽然意识到什么，"今天应该是感恩节！"

"嗯，喽啰，我们还活着。这就足够感恩的了。"

那天晚上，在小棚子的小房间里，赛芬终于问了一个严肃的问题："你的父母为什么要'十一奉献'你，喽啰？"

赛芬的优点之一就是他会谈论很多关于自己的事情，这让莱夫不用去想自己的人生。当然，除非赛芬问起。莱夫起初想用沉默回答他，假装自己已经睡着了——如果说赛芬有什么不能忍受的事情，那就是关于沉默，他总会主动打破沉默。

"你是被鹤送养的孩子吗？是这样吗？他们本来就不想要你，所以才迫不及待地要处理掉你？"

莱夫紧紧闭着眼，一动不动。

"我**就是**被鹤送养的。"赛芬说，"我的爸爸们在夏日的第一天发现了在台阶上的我。没什么大不了的——他们本来就想组个家庭。实际上，他们其实非常高兴，这样一来，他们终于能名正言顺地男婚了。"

莱夫睁开眼，好奇心终于让他结束了沉默："可是……在核心地之战后，不是规定男人之间不能结婚吗？"

"他们不能结婚，但是可以**男婚**。"

"这有什么区别？"

赛芬像看白痴一样看着他："多了个男字。总之，如果你好奇的话，我和我爸爸们不一样——我的指南针是指向女孩子的，如果你明白我的意思。"

"是是，我也是。"不过，他并没有告诉赛芬，自己并没有和女孩子约会或者亲吻过，最近一次也只是在十一奉献派对上和女孩跳舞而已。

想起派对，莱夫的内心忽然涌起一阵焦虑感，这让他想要尖叫。于是他使劲闭上双眼，努力把这种感觉赶走。莱夫原来的生活变成了他脑中时刻会爆炸的炸弹。**忘记那个生活**，他告诉自己，**你已经不再是原来那个男孩子了**。

"你的父母是什么样的人？"赛芬问道。

"我讨厌他们。"莱夫说完后，惊讶自己居然说出了口，也惊讶自己并没有撒谎。

"我问的不是这个。"

这一次，赛芬再也不接受沉默这个答案了，于是莱夫只能尽可能地回答他。"我的父母，"他说道，"做着一切他们该做的事情。他们按时交税，去教堂，如朋友所期望的那样投票，想一些该想的想法，然后把我们送到那些会把我们培养得和他们一样的学校。"

"听起来不算太可怕。"

"不算可怕，"莱夫说，他心中的不适感开始加强，"但比起爱我，他们更爱上帝，我很恨他们这一点，所以我猜自己可能会去地狱吧。"

"嗯，告诉你，等你到了那里后，别忘了给我留个地方，好吗？"

"为什么？你为什么会觉得自己要下地狱？"

"我不觉得，但以防万一。你得做好防范意外的计划，不是吗？"

　　两天后，他们发现自己来到了印第安纳州的斯科茨堡。至少莱夫终于知道他们在哪个州了。他很好奇这是不是赛芬的目的地，但赛芬什么都没说。他们离开了铁轨，赛芬告诉莱夫他们必须沿着乡村小路向南走，直到找到朝向那个方向的轨道。

　　赛芬的行为有些异常。

　　那是从前一晚开始的。他的声音有些变化，眼神也是。起初，莱夫以为这是他自己的瞎想，但现在，在这样一个秋天的光天化日之下，他很明显能看出赛芬已经不是原来的赛芬了。他走在莱夫的后方，而不是在前面带路。和之前趾高气扬的大步行走相比，他现在简直是在曳踵而行。这让莱夫感到出奇地紧张。

　　"你到底要不要告诉我，我们要去哪里？"莱夫问道，心下琢磨着可能他们已经接近目的地了，也许这是赛芬行为异常的原因。

　　赛芬犹豫了一下，思量着自己要不要张口。终于，他开口道："我们去乔普林市，在密苏里州的西南部，所以我们还要走很远。"

　　心底里，莱夫发现赛芬已经完全改变了说土话俚语的风格。现在，他听起来更像是原来家乡里的那些小孩，但他的嗓音也变得更加低沉黑暗，略微带一些恐吓的感觉，就好像狼人在变身前的那种声音。

"乔普林那里有什么?"莱夫问道。

"不用你去担心。"

但莱夫已经开始担心了,因为等赛芬到达自己要去的地方后,莱夫就又变成孤身一人了。在知道目的地之后,这趟旅行变得沉重起来。

在他们行走的时候,莱夫能看出赛芬一直在思考什么。也许是乔普林市里有什么,那里会有什么呢?也许是他的女朋友搬到了那里,也许他找到了自己的生母。莱夫想出了赛芬这趟旅行的几十种原因,而还有几十种原因是他还没想到的。

斯科茨堡有一条主街,这条街本想装饰得古色古香,但这反倒让它看起来很是破破烂烂。现在是临近中午的时间,他们穿过城区,餐厅里全是吃午餐的人。

"所以,你要去靠魅力给我们找些免费午餐吗?还是这回轮到我了?"莱夫问道。他转过身,却没有看到赛芬。他迅速扫视了一遍身后的商铺,发现一扇门刚刚关上。那是个圣诞饰品商店,窗户上贴满了红绿色的装饰、塑料驯鹿和棉花做的雪花。莱夫完全想不到赛芬会去那里面,但从窗户向里面瞥时,莱夫发现他就在里面正像顾客一样四周环顾。由于赛芬的行为变得怪异,莱夫也没有别的选择,只能跟着走了进去。

店里面很暖和,闻起来有一股人工松木的味道。这种香味就像是纸箱上的空气清洁剂的味道。店里到处都是修剪整齐的塑料圣诞树,挂着各种节日装饰品,每棵树都有不同的装饰主题。如果换另一个时间,莱夫兴许还会喜欢逛逛这种店。

一位销售服务员有些怀疑地在柜台后看着他们。莱夫抓住赛芬的肩膀:"行了,我们出去吧。"但赛芬把他的手甩开了,然后向一棵金光闪闪的圣诞树走去。他似乎被那些装饰灯和金箔品迷惑住了，左眼下方微微地抽搐了一下。

"赛芬，"莱夫悄声说，"快点，我们得去乔普林不是吗？乔普林。"

赛芬还是一动不动。那位销售员走了过来。她穿着一件节日毛衣，脸上挂着节日般的微笑："需要我帮你们找些什么吗？"

"不用，"莱夫说，"我们这就离开。"

"胡桃夹子，"赛芬说，"我想给我妈妈买一个胡桃夹子。"

"噢，它们在后面的墙上。"女人转过身，向商店的另一边望去。就在这时，赛芬从金光闪闪的树上摘下一个摇晃的小金饰品，塞进了自己的大衣兜里。

莱夫站在原地，惊呆了。

赛芬甚至都没有看莱夫一眼，就跟着女人向后墙那里走去，聊起了胡桃夹子。

一股恐慌感在莱夫的心里慢慢升起，正缓缓地涌上心头。赛芬和那个女人又聊了几分钟，然后向她道了谢，回到了商店的前面。"我得从家里再拿些钱来。"他用自己赛芬（非赛芬）的语气说道，"我想妈妈会喜欢那个蓝色的。"

你根本没有妈妈，莱夫想，但他并没有张口，他现在只想快点离开商店。

"好吧。"销售员说道，"祝你一天都有好心情！"

赛芬离开了商店，莱夫紧紧跟在他身后，以防赛芬又忽然兴起，回到商店里再拿些什么。

商店的门刚刚在他们身后关上，赛芬就飞奔起来。他不光是在奔跑，而且是像要冲破自己的极限一样飞奔。他飞快地跑过街区，然后钻进一条街，然后再跑出来。汽车在鸣笛，一辆卡车差点就撞到了他。他随意地向一个方向冲去，就像是撒了气蹿出去的气球。最后，他消失在街道远处的一条小巷子里。

这绝对不是因为那个金色圣诞球。不可能。这是一种发泄，一种莱夫根本无法理解的行为。**我应该就这样让他离开**，莱夫想，**让他离开**。然后向相反的方向跑走，再也不回头。莱夫现在可以自己生存下去了，他已经学会了不少流浪街头的技巧，他已经不再需要赛芬了。

但在赛芬跑走之前，他的脸上露出了一个表情，绝望的表情。那就像康纳把莱夫从他爸爸舒适的车上抓下来时的表情。莱夫背叛了康纳，他不会再背叛赛芬。

莱夫迈着稳健的步伐，走过马路，向那条小巷子走去。

"赛芬！"他喊道，声音足够让赛芬听见，但又不至于引起太多人的注意。"赛芬！"他向垃圾箱和门口望去，"赛芬，你在哪里？"他走向了小巷子的尽头，左右环顾着。没有赛芬。然后，就在他已经失去希望的时候，他听到："喽啰？"

他转过头，竖起了耳朵。

"喽啰，在这里。"

这一次他终于分辨出声音的来源，来自右边的一个儿童游乐区——绿色塑料玩具和油漆成蓝色的钢杆。场地里并没有小孩在玩耍——唯一的动静就是赛芬用鞋子脚尖蹭出来的声音。莱夫走过一个围栏，走下台阶，向沙土围绕的游乐区走去，他绕过一个个玩乐器械，直到终于看见了赛芬。

莱夫看到眼前的一幕，差点向后退了一步。

赛芬蜷缩着，膝盖顶在胸前，像个婴儿一样。他左边的脸在抽搐，左手颤抖得像块凝胶。他脸上的表情很痛苦。

"怎么了？怎么回事？告诉我，也许我能帮你。"

"没什么，"赛芬小声道，"我很快就会没事了。"

但对莱夫说，他看起来像是要死了一样。

赛芬颤抖的左手正紧握着刚刚偷来的那个装饰品。"我没有偷这个。"他说。

"赛……"

"我说，我没有偷这个！"他用右手重重拍了一下脑袋的右边，"那不是我！"

"好……你说什么都对。"莱夫看了看四周，以确保他们没有引起注意。

赛芬安静了一些。"赛若斯·芬奇是不会偷东西的。从来没有过，以后也绝不会。这不是我的风格。"他说着，虽然眼睛正盯着手中的赃物。但很快，赃物就不见了。赛芬举起右拳向左手掌狠狠击了过去，把装饰灯泡砸得粉碎。金色的玻璃碴撒在地上，血从他的左手掌和右指关节里涌出。

"赛芬，你的手……"

"别担心，"他说，"我想让你帮我做些事，喽啰。趁我还没改变主意之前。"

莱夫点了点头。

"看到我那边的外衣了吗？我想让你帮我查看一下口袋。"

赛芬沉重的外衣就挂在几步之外的秋千椅上。莱夫走过去，把外衣拿了起来。他伸向大衣的里兜，然后在众多物件中找到一个金色的打火机，他把它拿了出来。

"是这个吗，赛芬？你想抽烟？"如果香烟能让赛芬感觉好一些的话，莱夫愿意马上给他点上火。至少，香烟并不是最不合法的东西。

"查看一下其他口袋。"

莱夫搜了搜其他口袋寻找香烟，却没有找到。不过，他找到一堆小珍宝：珍珠耳环、手表、一条金项链、一条钻石手链——这些东西在白天的日光下更加闪闪发光。

"赛芬，你做了什么……？"

"我已经告诉你了，那不是我干的！现在把这些东西都处理掉。把它们都扔掉，也不要让我看到你扔到哪里。"说完，他像玩捉迷藏游戏一般捂住了眼睛，"快去——趁他改变我的想法之前！"

莱夫把所有东西从口袋里拿了出来，抱在怀里向游乐场的远处跑去。他在冰冷的沙地里挖了个洞，把所有物件全部扔了进去，然后又用沙土盖好。做完这一切，他用鞋子压了压沙土，然后又在上面盖了几片叶子。他走回到赛芬身边，赛芬依然一动不动地坐在原地，双手捂着脸。

"做完了，"莱夫说，"你现在可以看了。"赛芬把手拿开，脸上蹭满了双手伤口的血迹。赛芬盯着自己的双手，然后无助地看着莱夫，就像……嗯，就像在游乐场里受伤的小孩子一样，莱夫甚至觉得他会哭出来。

"你在这里等着，"莱夫说，"我去找些绷带。"他知道他必须要偷了。他很好奇，如果牧师丹知道自己最近在偷东西，他会说些什么。

"谢谢你，喽啰。"赛芬说，"你做得很好，我是不会忘记的。"他的声音又回到了原来的音调，抽搐也停止了。

"没什么。"莱夫说着，脸上露出安慰式的笑容，然后走开去寻找药房了。

赛芬并不知道的是，莱夫留下了一条钻石手链，并藏在了自己那件并不是很白的夹克内兜里。

莱夫为他们找了个夜间歇息的地方。这是目前为止他们找到的最好的地方——汽车旅馆。找到这个房间并不是那么难——他先是找到一个破旧，前面没停太多汽车的汽车旅馆。剩下的就是找到一个没有上锁的浴室窗户，从而进入一个没有人住的房间。只要他们拉上窗帘，不开灯，就不会有人知道他们在这里。

"我的智慧在一点点地传给你。"赛芬说。赛芬又回到了以前那副模样，好像之前那件事从未发生一样。只不过，那件事确实发生了，他们两个心里都清楚。

旅馆外，一辆汽车的门开了。一旦有人用钥匙开了这个房间，莱夫和赛芬就立刻准备逃跑。但隔着几个房间他们听到另一扇房门被打开了。赛芬放松了警惕，但莱夫并没有，还不到时候。

"我想知道今天是怎么回事。"莱夫说。这并不是一个问题，而是一个要求。

赛芬一副无所谓的模样。"老问题了，"他说，"不要管过去的事情，只活在当下。这可是你能带进坟墓的忠告，在你需要的时候随时可用！"

"如果我现在就需要呢？"莱夫稍微等待了一会儿，然后把手伸进口袋，拿出了钻石手链。他把手链摆在他面前，街上的灯光从窗帘缝中钻了进来，照在闪闪发光的钻石上。

"你从哪里拿到的这个？"赛芬的声音已经没有了一分钟前的轻松。

"我没有扔掉，"莱夫平静地说道，"我想这东西可能会派上用场。"

"我让你把它们都扔了。"

"这本来也不是你的东西。毕竟你自己说过——不是**你**偷的。"莱夫转了一下手链，钻石发出的光芒闪到了赛芬的眼睛。房间里没有开灯，所以莱夫看得并不是很清楚，但他发誓，他看到赛芬的面颊又开始抽搐。

赛芬站起身，向莱夫走了过来。莱夫也站了起来，不过比赛芬矮了一头。"你把这东西拿出我的视线，"赛芬说，"不然我发誓，我会把你打成肉糜。"

莱夫也觉得他可能真的会这样做。赛芬紧握着拳头，绑着绷带的手让他看起来像个拳击手，那拳头就像戴上拳击手套前的模样。不过，莱夫还是没有退缩。他用手指头把玩着手链，手链发出的星星亮光闪耀着整个房间，就好像迪斯科舞厅一样："如果你告诉我这条手链和其他那些东西为什么会在你口袋里，我就把它扔掉。"

"你先把它收起来，我就告诉你。"

"好吧。"莱夫把手链放回到口袋里，然后等待着，但赛芬并没有开口，于是莱夫给了他一个开口的机会。"他叫什么名字？"莱夫问道，"还是说那是个她？"

赛芬的身体进入了防御状态，他重重坐在了椅子里。一片漆黑中，莱夫完全看不到他的脸，于是只得仔细聆听着他的声音。只要他听起来还是赛芬的声音，他就知道赛芬还没事。莱夫坐在离赛芬不远处的床边，仔细听着。

"他是个男孩。"赛芬说，"我不知道他的名字。他一定是把名字藏到了脑子的另一部分。我只得到了他大脑的右颞叶。那只是大脑皮质的八分之一，所以我的大脑有八分之七是我，八分之一是他。"

"我猜也是这样。"莱夫在去药房偷绷带之前其实就意识到了。赛芬也给了他一些线索。**趁他改变我的想法之前，**赛芬那时曾那样说道。

"所以……他是个小偷？"

"他有……一些问题。我猜正是因为这些问题，他的父母才决定把他分解。而现在，他的问题成了我的问题。"

"噢，那可真是够呛。"

赛芬苦笑了一下："是啊，喽啰，确实是。"

"这有点像我哥哥雷遇到的情况，"莱夫说，"他去参加一个什么政府拍卖会——几乎没花什么钱就拍到了一片十英亩的湖。然后他发现那块地里有一个土坑，里面全是有毒化学物品，并且渗到了地下。现在他是那块地的主人，所以这成了他要负责的问题。为了清理那些化学品，他花了比买地贵十倍的钱。"

"真够呛。"赛芬说。

"是啊，可是话说回来，那些化学品并没有进入他的大脑。"

赛芬低头看了一会儿。"他不是坏小孩。他只是受伤害了，受了很重的伤害。"赛芬说话的样子就像那个小孩子正在那里，正和他们一起待在这个房间里一样，"他总是有那种拿走东西的冲动——就好像是上了瘾，你懂吗？特别是闪亮发光的东西。倒不是说他真的想要它们，而是他需要拿走这些玩意儿。我猜他可能是有偷窃癖。也就是说……唉，管他呢，你也知道那意味着什么。"

"那他会和你说话吗？"

"不，那倒不会。我没有得到他使用语言的那部分大脑。我得到的大部分是感情，有时候有些画面，但一般只有感情冲动。每次我觉得冲动，又不知道为何，那就是从他那里传来的。比如我在大街上看到一只爱尔兰猎犬，我就想走过去抚摸它。可我本人并不怎么喜欢狗，但突然间，我就想摸摸那只小狗。"

现在赛芬开了口，他就停不下来了。他的话就像开了闸的水一样倾泻而出："摸摸狗倒是没什么，但偷东西就不是一回事了。偷东西让我发疯。我是说，我这么一个遵守法律的好公民，一辈子从未拿过任何不属于我的东西，可现在却变成了这样。有些人——比如圣诞店铺里的那位女士——他们看到我这样深色皮肤的小孩，自然而然地就认为我不是什么好孩子。而现在，我脑子里这个小孩帮助他们证明了他们的想法。你知道有趣的是什么吗？这个小孩和你一样，皮肤是像百合花一样的颜色，金发碧眼。"

听到这话，莱夫有些惊讶。倒不是因为赛芬的描述，而是赛芬能够描述他的长相这一事实："你知道他的模样？"

赛芬点了点头："我有时候能看到他。虽然有些难，但有时候是可以的。我闭上眼睛，想象自己看着一面镜子。通常我只会看到自己的影像，但偶尔我会看到他。只是短短一瞬间，有点像在你看到闪光后立刻去捕捉闪电的时候。但其他人——他们并不会看到**他**在偷东西。他们看到的是我。**我的**双手在偷。"

"那些对你重要的人知道不是你就够了。你的爸爸们——"

"他们甚至都不知道这件事！"赛芬说，"他们以为给我安了一整块脑袋就帮了我大忙。如果我告诉他们这件事，他们会一直内疚下去，所以我不能告诉他们。"

莱夫不知道该说些什么，他真希望自己没有提起这个话题，他真希望自己没有强问下去。但最重要的是，他真希望赛芬没有这个问题，他是个好人，他本应该有更好的命运。

"这个小孩——他都不知道他是我大脑的一部分。"赛芬说，"就好像那些不知道自己已经死去的鬼魂一样。他一直想做回自己，但不明白为什么身体剩余的部分并不在。"

莱夫忽然意识到了什么："他住在乔普林，对不对？"

赛芬沉默了很久没有回答，莱夫知道这意味着他说对了。终于，赛芬开口道："我的脑子里还有一些他的事情，我没太搞明白。我只知道他要去乔普林，所以我也得去那里。等我们到了那儿以后，也许他就不再烦我了。"

赛芬动了动肩膀——他并没有耸肩膀，而是像后背痒痒，或者忽然抖动一样："我不想再聊他了。每次他的大脑灰质控制我的时候，他那八分之一感觉可不止有八分之一。"

莱夫想像哥哥安慰弟弟那样搂住赛芬的肩膀，但他发觉自己做不到。于是，他从床上撤下一张毯子，然后包裹住坐在椅子上的赛芬。

"这是什么意思？"

"只是想让你们两个暖和些。"他说道，"别担心，都交给我吧。"

赛芬笑了起来："你？你连自己都照顾不好，现在你还想照顾我？要不是有我，你现在可能还在商场里吃别人剩下的垃圾呢。"

"没错，你帮了我。现在轮到我帮你了，我会把你带到乔普林的。"

22. 莉莎

莉莎·沃德小心仔细地观察着她身边的情况。她在州立孤儿院经历了很多，所以知道观察是生存的根本技能。

三周以来，她、康纳，还有一帮分解人一直在各种安全地下房之间不断转移。这让人有些发疯，因为这种没完没了的地下难民转移行动似乎没有尽头。

被转移的少年一共有十多个，但同时待在同一个庇护所里的孩子不超过五六个，而且莉莎几乎不会见到同一个人两次。她和康纳总是被安排在一起的唯一原因是他们看起来像一对情侣。这样比较实用，也同时满足了他们的需求。那句话怎么说来着？有所了解的坏人总比陌生的坏人要好。

终于，他们被扔到机场附近一间空旷、巨大的库房里。这是个隐藏被抛弃的少年的好地方。这间仓库是个斯巴达式建筑，屋顶由波形的钢板做成，每次有飞机飞过的时候，房顶就会摇晃得很厉害，莉莎甚至觉得它可能会掉下来。

他们到达的时候，这里差不多有三十个孩子，而其中大部分人，莉莎和康纳都在之前的几周里遇见过。莉莎意识到这里就是个聚集区，所有的孩子都会被安置在这里，以等待最后的行程。大门上安了铁链子，以防止不速之客进来，也为了防止太过叛逆的人出去。仓库里虽然有暖气，但所有的暖气都直接跑到了仓库的屋顶上。仓库里只有一个门锁已经坏掉的洗手间，和其他庇护所不同的是，这里没有洗浴的地方，所以在他们来到这里之后，个人卫生的问题就无法解决了。所有这些再加上一群害怕、愤怒的少年，这里简直就像是蓄势待发的火药桶。也许这就是看护人员带枪的原因。

负责看管的有四个男人和三个女人，他们所有人都像是索尼娅的武装版本，看守着这个庇护所。大家都管他们叫"士兵杂役"——不仅仅是因为他们总是穿着卡其色的军装，也是因为他们看起来总是很劳累的样子。即使如此，莉莎还是很崇拜他们身上那股高度紧张的决绝感。

每天都有一组新人到达这里。莉莎饶有兴致地观察着到来的每一组人，并且注意到康纳也是如此，她知道这其中的原因。

"你也在找莱夫，不是吗？"她终于问他说。

他耸了耸肩："也许我只是和其他人一样，在寻找那个阿克伦城的 AWOL。"

这逗得莉莎咯咯笑了一下。即使在庇护所里，他们也听说了那个关于阿克伦城的 AWOL 的传言。传说那个少年用青年警官的麻醉枪指着对方从而逃脱。**"也许他正在来这里的路上！"**少年们在仓库里这样小声传，就好像在谈论什么名人。莉莎也不知道这个传言是怎么传起来的，毕竟这件事从未上过新闻。而且，她对这个传言中没有自己的一部分感到有些恼火。这本应该像《邦妮和克莱德》[1]那类的传说一样，但这个传言显然是有些性别歧视。

"那你准备告诉他们，你其实就是那位阿克伦城的 AWOL 吗？"她悄悄问康纳。

"我可不想引起注意。再说，他们也不会相信我。他们说阿克伦城的 AWOL 是一个身材高大的少年军官，我可不想让他们失望。"

莱夫并没有出现在任何一组新来的小孩当中，他们唯一带来的只是越来越强的紧张感。在第一周结束后，这里一共聚集了四十三名少年，而这里只有一个洗手间，且没有洗浴设备，也没人回答他们要在这里待多久。空气中焦躁不安的气氛和体味一样浓重。

士兵杂役们尽力让所有人都吃饱、有事干，以减少摩擦。这里有一些游戏，几副不全的纸牌，还有被折损得不像样的书籍。这里没有电源，没有皮球——没有任何能够创造或引起噪声的设施。

"如果外面的人听见你们，那你们就完了。"士兵杂役们总是这样提醒他们。莉莎很是好奇，除了拯救这些分解人，这些士兵杂役是否还有别的生活，还是说他们一辈子都在做这份杂役。

---

[1] 邦妮和克莱德：美国历史上有名的鸳鸯大盗。

"你为什么要为我们做这些?"在来到这里第二周后,莉莎这样问其中一个人。

那个士兵杂役的回答几乎和教科书无异——听起来就像在对记者背诵早已写好的原稿。"救你们是良心的行动,"女人说道,"这样做本身就是嘉赏。"

所有的士兵杂役都这样说话。莉莎管这个叫大局话语。总是看到大局,而不是小细节。不光是他们说的话,这点也体现在他们的眼神中。他们似乎把这些分解人当作一种概念,而不是一群焦虑的孩子,所以他们都没有注意到这些孩子中微妙的社会震荡,这种震荡和飞过的飞机一样,带有能够掀翻房顶的力量。

等第二周快结束时,莉莎已经完全搞清楚麻烦是从哪里来的了。这都源于那个她希望自己再也不要见到的少年,可他正是在莉莎和康纳到达后很快出现的——

罗兰德。

在这里的所有孩子中,他是最具危险性的一个。更麻烦的是过去一周里,康纳的情绪也不是十分稳定。

躲在庇护所的这些日子里,他的情绪还算稳定,他不会做太过冲动或不理智的事情。但是在这里,和这么多孩子在一起,他还是有些不同。他总是情绪焦躁,很有戒心。一点小事就能让他生气,他已经卷入了好几场打架中。她知道这肯定就是他父母选择分解他的原因——火急火燎的脾气有时候会逼得父母做出绝望的选择。

常识告诉莉莎应该和他保持一定距离。他们曾经的合作是出于必要的选择,但现在她已经不再需要和他一起了。可是,日子一天天地过去,她却发现自己总是待在他身边……而且总是为他担心。

一天早饭后，她找到康纳，决心让他看清眼前的危险形势。他正独自一人坐在那里，用一根生锈的钉子在水泥地上刻画着一个人像。莉莎真心想夸夸他的画，但康纳并没有什么艺术细胞。这让她有些失望，因为她渴望能从他身上找到些什么优点。如果他有艺术才华的话，那么他们就能从这一点入手建立起关系。她可以和他聊聊自己对音乐的热爱，而他也会理解。但现在，她甚至都不确定他是否知道或者在乎她弹钢琴这件事。

"你在画谁？"她问道。

"我以前认识的一个女生。"他说。

莉莎的心头瞬间闪过一丝嫉妒，但她默默地把这个感觉压制了下去："是你曾经关爱的人？"

"算是吧。"

莉莎又仔细地看了看他的画："相对她的脸来说，她的眼睛太大了。"

"可能是因为她的眼睛是我印象最深的地方。"

"她的前额太低了，按照你的画法，她都没地方装大脑了。"

"是啊，反正她也没那么聪明。"

莉莎笑了一下，这让康纳也微笑起来。他笑的时候，莉莎很难去想象他就是那个经常卷入打架的男孩，她不知道他到底会不会听进去她要说的话。

他把目光从她脸上移开了："你有什么事吗，还是说你只是来批判艺术而已？"

"我……在想你为什么要自己坐在这里。"

"噢，原来你还是我的心理医生。"

"别人都以为我们是一对，如果不想戳穿这个形象的话，你最好不要这么不合群。"

康纳望向远处那些忙着早间活动的少年，莉莎随着他的目光望了过去。那里有一群憎恨世界的孩子，他们成天到晚只会说一些恶毒的话语。那里还有一个张着嘴呼吸，每天都在重复阅读同一本漫画书的小孩。梅和一个看起来很忧郁，梳着尖刺头的男孩混在一起，他叫文森特，总是穿着皮衣，身上打了很多洞孔。他一定是她的灵魂伴侣，因为他们每天都在亲热，引得其他一群小孩驻足围观。

"我不想合群，"康纳说，"我不喜欢这里的孩子。"

"为什么？"莉莎问道，"他们和你太像了？"

"他们是废物。"

"没错，我就是这个意思。"

他无精打采地瞪了她一眼，然后低下头看着自己的画作，但她能看出他并没有在想那个女孩——他的脑子在想些别的。"如果就剩下我自己，我就不会打架了。"他放下那根钉子，不再继续画了，"我不知道自己到底怎么回事，也许是那些声音，也许是那些在我身旁走来走去的身影。这让我觉得自己的脑子里有好多蚂蚁在爬，我只想尖叫出来。我只能忍受一段时间，然后就要爆炸了。以前在家里的时候也是这样，所有人都在饭桌上同时说话。有一次，一家人来我家做客，他们的说话声让我觉得要发疯，于是我把一个盘子扔向了瓷器柜子。玻璃碎得满地都是，那顿饭也被毁了。我爸妈问我到底是怎么回事，但我说不出来。"

康纳愿意把这件事与她分享，这让莉莎感觉很好，她觉得他们的关系更亲近了一些。既然他开始敞开了心扉，也许他就能够听进她接下来要说的话。

"有些事，我想和你谈谈。"

"是吗？"

莉莎坐在了他身旁，继续低声说："我想你去观察一下其他孩子。他们都去哪里，和谁说话。"

"所有人？"

"是，但每次只观察一个人。过一段时间，你就会注意到一些事情。"

"比如什么？"

"比如那些先吃饭的人也是经常和罗兰德混在一起的人——但他从不会独自一人去前面排队。比如和罗兰德关系很近的那些朋友会渐渐打入其他团体，然后在里面怂恿别人吵架。比如罗兰德会对那些大家都怜悯的孩子格外好——但一旦大家不再对他们感到怜悯后，他就会开始利用他们。"

"听起来，你好像在对他做项目研究。"

"我是认真的。我以前见过这种现象。他渴望权力，非常残忍，而且特别，特别聪明。"

康纳对此嗤之以鼻："罗兰德？他简直笨到家了。"

"没错，但他能找到每个人的缺点，然后从那里下手。"显然，这让康纳陷入了思考。**很好**，莉莎想，**他需要思考，他需要一些策略**。

"你为什么要告诉我这些？"

"因为你是他最大的威胁。"

"我？"

"你是个斗士——所有人都知道这一点。他们也知道你不会任人摆布。你听到有人嘀咕该给罗兰德一些教训吗？"

"是的。"

"他们只在你离得很近的时候才这么说，他们希望**你**对他做些什么——而罗兰德知道这一点。"

康纳本想转过身，但莉莎直接走到了他面前。

"听我的，因为我知道我在说些什么。在州立孤儿院的时候，总有一些具有威胁性的孩子靠欺负别人来获得权力。他们能这样做是因为他们知道该打倒谁，什么时候去打倒。而他们最难搞定的人，正是有能力把**他们**打倒的人。"

她看到康纳的右手慢慢握成了拳头；她知道他并没有理解自己的意思，而是想到了别处。

"如果他想打架，那就直接来。"

"不！你不能中了他的圈套！这正是他想要的！他会尽其所能把你拉进打斗里，但你不能这样做。"

康纳表情坚毅道："你觉得我打不过他？"

莉莎抓住他的手腕，紧紧地握住："罗兰德那样的孩子并不想和你打架，他是想杀了你。"

23. 康纳

虽然康纳并不想承认，但莉莎说的很多事情都是对的。她理智的思维多次拯救了他们，而现在他也清楚，莉莎对罗兰德秘密力量的见解也一语中的。罗兰德非常会利用周围的人和物，为自己创造便利。而让他成功的诀窍并不在于公开欺凌他人，而是巧妙地控制他人。欺凌只是在掩饰他真正的行动而已。只要人们把他视作一个又蠢又壮的家伙，他们就不会注意到他所做的其他更聪明的事情……比如他总是和其中一个士兵杂役很亲近，而且巧合地在那个士兵杂役能看到的时候把自己的食物送给另一个年纪更小的孩子。罗兰德就像一位大师级棋手，每走一步都在他的计划当中，即使他的目的还暂时不为人所知。

莉莎不光看清了罗兰德，她对莱夫的看法也是对的——或者至少看出了康纳对那个孩子的感觉。康纳一直不能忘记莱夫，很长一段时间，他一直安慰自己这只是因为他想报复罢了，好像他已等不及要向莱夫报复。但每一次有新人来到这里，而莱夫并不在他们中间的时候，康纳的心里总会升起一丝绝望的感觉。这种感觉让康纳很生气，他怀疑正是这种愤怒感让他不断地卷入打架中去。

事实上，莱夫不仅举报了他们，他也举报了自己。这就意味着莱夫可能已经不在了。被完全分解了——他的骨头、血肉、思想，全部都被分成一块块，然后被重新利用了。而这才是康纳最不能接受的部分。康纳冒着生命危险救了莱夫，就像他拯救了门口的那个小婴儿一样。嗯，那个婴儿被救了，但莱夫并没有。虽然他知道自己并不用对莱夫的分解负责，但他总觉得这是他的错。于是他站在那里，对每一组新来的人都抱有悄然的希望，希望那个不太可能实现的愿望能够实现——那个自以为是、妄自尊大、让人头疼的莱夫依然活着。

24. 莉莎

士兵杂役们带着圣诞晚餐晚到了一小时。饭菜还是那些剩菜残渣，但士兵杂役们戴了圣诞老人的帽子。今晚的气氛很是焦躁不安。所有人都饥肠辘辘，他们大声地喧哗，就好像难民在抢食

148

一样。更差劲的是，今晚负责分饭的杂役只有两个人，而不是平时的四个。

"排成一队！排成一队！"士兵杂役们喊道，"所有人都有份，嚯嚯嚯[1]。"但现在的问题并不是有没有足够的食物，而是能不能**现在**就得到食物。

莉莎和其他人一样饥饿，但她也知道用餐时间是去洗手间的最佳时机。这个时候不会有人突然打开没有锁的门，也不会有人不断地敲门，大声叫你快点出来。今晚，所有人都在喧闹着要吃节日大餐，所以洗手间里一个人都没有。于是，她忍着饥饿离开了众人，向洗手间的方向走去。

走进去后，她把那个临时牌"已占用"挂在了门把手上，然后关上了门。她花时间在镜子里照了一小会儿，但并不喜欢镜子里那个头发凌乱、衣衫褴褛的女孩，所以她并没有看太久。她洗了洗自己的脸，因为没有毛巾，她用自己的衣袖擦干了脸。然后，还没等她来得及去马桶隔间，身后的门就吱呀一声被打开了。

她转过身，压抑着没让自己叫出来。走进洗手间的是罗兰德，他轻轻地把门关上了。莉莎立刻意识到自己犯了个错，她绝不该独自来这里。

"出去！"她说道，希望自己的声音能够再坚定一些，但他着实吓到她了。

"没必要这样严厉。"罗兰德缓缓而大步地向她走来，"我们大家都是朋友，对吗？现在所有人都在吃饭，我们正好有时间来好好了解一下对方。"

---

[1] 模仿圣诞老人的笑声。

"离我远一点！"她开始迅速观察自己的出路，但意识到在这样一个狭小，只有一扇门的空间里，在没有任何东西可用来做武器的情况下，她的选择少得可怜。

他现在离她非常近："有时候我喜欢先来点甜点，再吃主餐，你呢？"

他刚一靠近，莉莎立刻挥出一拳，并抬起膝盖，想给他足够的痛苦以获得机会冲出门外。但他的反应太快了，他抓住了她的双手，把她推向冰冷的绿色瓷砖墙，用胯部紧紧压住她以防她用膝盖撞他。他露出一个微笑，就好像在炫耀这一切都太容易了。他的手摸着她的脸颊，前臂上的鲨鱼文身近在咫尺，看起来就像要冲过来一样。

"怎样，你觉得我们要不要好好玩玩，让你有九个月的时间不用担心被分解呢？"

莉莎从不会尖声叫喊，她总觉得尖叫是懦弱的表现，一种被打败的表现。而现在，她不得不认输，尽管她在对付卑鄙小人这方面很有经验，但罗兰德在做卑鄙小人这方面更有经验。

于是她大声尖叫起来，她让恐惧全部冲出她的嗓子，但她尖叫得太不是时候了，因为就在那时，一架飞机正呼啸着从屋顶飞过，把整面墙震得颤抖，而且完全吞噬了她的叫声。

"你得学会享受生活。"罗兰德说，"不如管这个叫第一课。"

就在这时，洗手间的门被一下子推开了，越过罗兰德厚实的肩膀，莉莎看到康纳正站在门口，双眼透着怒火。她从未这么高兴见到一个人。

"康纳！让他住手！"

罗兰德也看到了他，他从洗手间的镜子里看到了康纳，但他并没有松开莉莎的手。

"嗯,"罗兰德说,"**这**还真是尴尬呢。"

康纳并没有直接冲过来,他还是一动不动地站在门口。他的双眼依旧透着怒火,但他的双手——它们并没有握成拳头。它们只是静静地放在他身体两侧,他怎么回事?

罗兰德冲莉莎眨了眨眼,然后转过身面向康纳说:"如果你放聪明点的话,最好现在就出去。"

康纳跨过了门槛,但他并没有继续走向罗兰德。相反,他走向了洗手池:"介意我在晚饭前洗洗手吗?"

莉莎等着康纳突如其来的袭击,趁罗兰德不备抓住他之类的,但康纳并没有。他只是在洗手。

"自从在索尼娅的地下室时,你的女朋友就看上我了。"罗兰德说,"你知道的,不是吗?"

康纳把手在裤子上擦了擦:"你们两个愿意做什么就做什么。莉莎和我今天早上分手了。我离开的时候需要帮你们关灯吗?"

背叛来得太突然、太彻底,莉莎甚至不知道该更恨谁,罗兰德还是康纳。但就在这时,罗兰德松开了抓住她的手。"嗯,现在我的情绪都没了,不是吗?"他放开了她,"该死,我本来也就是开个玩笑而已。我不会做什么事的。"他后退一步,脸上又挂上了微笑,"不如等你准备好了再说吧。"然后他就像刚刚进来时那样大步走了出去,在出去的时候还故意撞了一下康纳的肩膀。

莉莎心中涌上一股挫败感和困惑,她把这些感觉一股脑地发泄在了康纳身上。她把他推到墙上,用力地摇晃着他:"那是怎么回事?你就这样随他那样做吗?你就准备站在那里放手不管吗?"

康纳一下子把她推开了:"你不是警告我不要和他打架吗?"

"什么？"

"他不光跟着你来这里，他来的时候是特意从我面前走过去的。**他要确定让我知道他在跟踪你**。这件事和你无关，他是冲着我来的——就像你说的一样。他**想让**我抓住他，他想把我逼疯，想让我和他打架，所以我没有上钩。"

莉莎摇了摇头——并不是因为不相信他的话，而是一时无法接受这个事实："可是……但如果……如果他……"

"但他并没有，不是吗？他现在也不会了，因为如果他认为你和我分手了，你对他来说就成了有用的人。如果你站在他那边的话，他可能还会缠着你。从现在开始，我打赌他会对你好上加好。"

所有的感情疯狂地穿过莉莎的身体，终于进入到一个不熟悉的区域，眼泪从她的眼睛里夺眶而出。康纳走上前想要安慰她，但她把他推开了，那力量简直和推开罗兰德时的力量一样。

"出去！"她喊道，"出去！"

康纳甩开手，撺火地说道："好，我还不如直接去吃晚饭，不来这里。"

他离开了洗手间，她在他身后关上了门，虽然现在门外又开始有一群孩子在排队。她坐在地上，后背靠着门，以防有人在她恢复情绪期间走进来。

康纳做得并没有错。头一次，他比她更加看清了事情的形势——他很可能也确保了罗兰德不会再一次用武力威胁她，至少最近一段时间不会了。可内心里，她无法原谅康纳就站在那里一动不动的样子。毕竟，英雄总是会按照一定的方式行动。他们应该去斗争，即使这意味着冒着生命危险。

就在这个时刻，莉莎意识到，即使他身上有那么多的缺点和麻烦，她依然把他当作英雄。

25. 康纳

　　刚才在洗手间里控制自己的情绪，恐怕是康纳这一辈子最难做到的事了。即使现在，在他大步离开莉莎后，他依然想冲过去和罗兰德干一架，但盲目的愤怒绝不是他现在的最佳选择，康纳心里很清楚这一点。莉莎说得对，一场血雨腥风的干架正是罗兰德现在最想要的，而康纳也听到其他几个孩子说过，罗兰德用一个孩子从仓库某处找来的金属片做成了一把小刀，并随身携带着。如果康纳将愤怒之拳向他挥过去，罗兰德会最终用致命的刺杀结束这场打斗，而且罗兰德会最终逃避惩罚，声称自己是正当防卫。

　　康纳是否会和罗兰德打架并不是关键问题所在。即使对方有刀，康纳觉得自己也可能有机会把刀夺过来，或者趁罗兰德还未来得及拿出刀时就把他打倒。关键问题是：康纳是否愿意卷入一场有一方必会死亡的打斗呢？康纳尽管有很多缺点，但他绝不是个凶手。于是他控制住了自己的脾气，泰然处了这件事。

　　这对他来说是个全新的领域。他内心的斗士在呐喊，但他内心的另一方，那个在慢慢变得强大的一方，正享受着这种沉默力量的练习——而这**正是**一种力量，因为罗兰德现在正按照他和莉莎预想的方式行动。那天晚上，康纳看到罗兰德送给莉莎一块甜点以示歉意。她当然并没有接受，但这不会改变他表示歉意这个事实。罗兰德认为自己假装悔恨就可以弥补他袭击她这件事，但他其实并没有真心地悔过，他这样做只是为了自己的需求而已。他完全不知道莉莎和康纳已经用一条看不到的绳子牵住了他。不过，康纳知道这只是个时间问题，罗兰德迟早会发现这一点。

明日分解

逃 离 收 获 营

第 四 部 分

目的地

以下是 2001 年 eBay 网对一位欲在网上拍卖自己灵魂的卖家做出的回应。

感谢您花时间给 eBay 网写信，我很高兴为您服务。

如果灵魂并不存在，那么 eBay 网恐怕无法通过您的灵魂拍卖，因为产品并不存在。但是，如果灵魂存在的话，那么根据 eBay 网关于人体器官零件的有关政策规定，我们也不能允许人类灵魂的拍卖。灵魂是人体的一部分，虽然政策网页上没有特别指明，人体灵魂依然不得在 eBay 网上拍卖。您的拍卖已被移除，并不能恢复。请勿在本网站再次拍卖。

您可以通过以下链接浏览我们的规定：https://pages.ebay.com/help/policies/remains.html.

很荣幸为您服务，感谢您选择 eBay 网。

26. 当铺商人

一个男人从他的兄弟那里继承了一家当铺，他的兄弟死于心脏病发。他本不会保留这家店，但在继承这家店的时候，他恰巧处于失业状态。他想着自己可以留下这店，一边营业一边寻找更好的工作。这是二十年前的事了，现在他知道，自己这辈子都会被困在这里了。

一天晚上，在打烊前夕，一个男孩走进了他的店。那孩子看起来和平时的客人并不一样。大部分来到这里的客人都挂着一副倒霉相，准备把自己拥有的所有东西卖掉，从电视到传家之宝，只为了换取一点可怜的现金。有的人是为了买毒品，另一些人是为了更合法的原因。无论怎样，当铺的成功多亏了这些人的悲惨生活。他现在已经不再为此感到烦扰了，他早已适应了这一切。

不过，这个男孩看起来很不一样。当然，店里也来过其他小孩，他们希望能用好价钱买到一些没人想要的东西。但这个小孩的身上有一些与众不同的地方，和其他那些通常出现在他店里的孩子相比，他看起来更加整洁英俊。他每走一步、每一个动作都那么地优雅、绝妙，就好像他本是个王子，而现在正假装过着穷人的生活一样。他穿着一件肥大的白色外衣，但外衣有些脏了，也许他其实就是个穷人。

柜台上的电视正播放着足球比赛，但当铺商人并没有在看。他的双眼在看着电视，但私底下他正暗中观察着那个男孩。他在店里闲逛着，看着商品，好像要买什么似的。

过了几分钟，男孩来到了柜台前。

"有什么需要帮忙的吗？"当铺商人问道，他真心有些好奇。

"这是家当铺，对吗？"

"门上不是写着呢吗。"

"也就是说，你会花钱来收东西，对吗？"

当铺商人叹了口气。到头来，这个孩子也只是个普通的小孩而已，只不过他比那些来这里想用自己收集的棒球卡片换钱的小孩更天真一些。通常，他们想换些钱来买香烟，或者啤酒，或者那些他们不想让自己父母知道的东西。不过这个孩子看起来并不像是那类小孩。

"我们会**贷款**，收取一些物品作为担保物。"他告诉小孩，"我们不和未成年人做生意。如果你想买些什么，那可以，但你不能在这里典当物品，所以拿着你的棒球卡去别的地方吧。"

"谁说我有棒球卡？"

说完，小孩把手伸进口袋，拿出一条镶满钻石的手链。

在小孩用手指头拎着手链的时候，当铺商人的眼珠子差一点瞪了出来，然后他大笑起来："你干了什么？把你妈妈的东西偷出来了，小孩？"

那个孩子的表情和钻石一样坚定："你会给我多少钱？"

"把你从店里撵出去怎样？"

那孩子的脸上依旧没有表现出害怕或失望的表情，他还是保持着王子般的优雅，将手链放在了破旧的木柜台上。

"不如你把这东西拿走，然后回家怎样？"

"我是个分解人。"

"什么?"

"你听到了。"

这让当铺商人着实吃了一惊。首先,出现在他店里的逃跑分解人从不会主动揭示自己的身份。其次,他们总是一副绝望生气的模样,而他们要当的物品通常也只是仿制品。他们从不会这样冷静,也从不会看起来这样的……纯洁。

"你是分解人?"

男孩点了点头:"链子是偷来的,但并不是从这附近偷的。"

分解人也绝不会承认他们的东西是偷来的,其他那些来到这里的孩子总是会编出一些故事,告诉他自己的身份以及为什么要卖东西。当铺商人通常会以娱乐的心态听他们的故事,如果故事编得还不错,他只会把小孩轰走而已。如果故事编得太烂,他就会叫来警官把他们带走。但这个小孩并没有讲任何故事,他只是说出了真相。当铺商人现在有些不知所措,他不知道该怎样面对真相。

"所以,"小孩说道,"你有兴趣吗?"

当铺商人耸了耸肩:"你是谁和我无关,就像我说的,我不和未成年人做生意。"

"也许你能破例一次。"

当铺商人打量着这个孩子,又看了看手链,最后看了看门以确保没有人会进来:"你说说看。"

"我想要五百美金,现金。现在就要。然后我离开这里,我们从未见过对方,手链归你。"

当铺商人换上一副他轻车熟路的冷漠脸庞:"你在耍我吗?就这个垃圾?金底链,上面镶着锆石而不是钻石,粗糙的手工……我只能给你一百块，一分都不多给。"

小孩紧紧盯着他的双眼："你在说谎。"

当铺商人当然在说谎，但他讨厌别人这样指责他："不如我现在就把你举报给青年警官？"

那个小孩伸出手，把手链从桌子上拿了起来。"你可以这样做，"他说，"但这样一来你也得不到这个，警官会把它拿走。"

当铺商人摸了摸自己的胡子，也许这个孩子并不像他看起来那样天真。

"如果这只是一块垃圾，"小孩说，"你也不会给我一百美元，你就会什么也不给我。"他看着手指上晃来晃去的链子，"我不知道这东西到底值多少钱，但我打赌它肯定值上千。而我只需要五百块。也就是说，不管它值多少钱，你都赚了一大笔。"

当铺商人那张冷漠面孔已经消失了，他忍不住盯着那条手链，但尽量忍住不让自己表现得过于痴迷。他知道这条手链的真正价值，至少他也能猜个大概。他知道自己能把这手链卖出高于小孩提价的五倍。这对他来说是一笔可观的收入，至少他终于能带着他的妻子去实现那个梦寐已久的度假了。

"二百五十块，是我的最终报价。"

"五百。你有三秒钟的时间考虑，然后我就会离开。一……二……"

"成交。"当铺商人好像被打败了一般叹了口气，"你可真会讲价，小孩。"做这种生意时他都会这样，让那个孩子觉得自己赢了，而他才是亏了大本的那一个！当铺商人想拿走手链，但小孩把手链拿远了一些。

"先付钱。"

"保险柜在后面的屋子里，我很快回来。"

"我要和你一起去。"

当铺商人并没有再说什么。他能理解这个孩子并不信任他。如果小孩信任别人的话，他现在早就被分解了。在后屋，当铺商人让小孩站在自己身后，这样他就看不到自己的保险柜密码。他打开保险柜，与此同时，他感到一个沉重的东西打中了他的头。他的思绪瞬间变得混乱，然后失去了意识，倒在了地上。

过了一会儿，当铺商人醒了过来，他感到一阵头痛，隐隐觉得事情有些不对劲。过了几秒钟后，他才变得清醒起来，并意识到到底发生了什么。那个小浑蛋骗了他！他让自己打开了保险柜，等打开后，他就打晕了自己，并洗劫了保险柜。

显然，保险柜的门大开着，但那里面并非空空如也。手链确实躺在里面，那金条和钻石发出的光芒在丑陋的灰色钢柜里显得更加耀眼。保险柜里有多少钱来着？最多一千五百块。这条链子的价值至少要高出三倍。他还是赚了——那个孩子也明白这一点。

当铺商人揉了揉头顶闷痛的地方，对那个小孩所做的一切感到十分愤怒，不过他还是有些敬佩小孩那令人起敬的犯罪本质。如果他自己有这么聪明、这么可敬，在小时候有这样的胆量的话，他可能现在也不会成为这个当铺商人了。

27. 康纳

洗手间事件后的一天清早，所有人在天亮之前就被士兵杂役们叫醒："所有人都起床！立刻！快点动起来！"他们叫得很大声，康纳注意到他们武器上的保险锁扣被解除了。他睡眼蒙眬地站起身，开始寻找莉莎。他看到她已经被两个士兵杂役轰赶到一扇巨大的双重门前，那扇门一直都上着锁，而现在锁已经被打开了。

"留下你们的东西！快走！快点！快点！"

在他的右边，一个性格古怪的孩子因为一个士兵杂役撕坏了他的毯子而推了他一下。那个士兵杂役用步枪的手柄撞了一下他的肩膀——虽然不至于弄伤他，但也足够让这个小孩，以及其他所有人明白他们没有在开玩笑。那个小孩一下子跪在地上，抓着肩膀咒骂起来，而士兵杂役则继续轰赶其他人。即使忍受着疼痛，那个孩子看起来依然一副准备打架的样子。康纳路过他身旁，抓住他的胳膊，帮助他站了起来。

"冷静点，"康纳说，"别把事情弄得更糟。"

那个孩子挣脱开康纳的手："别碰我！我不需要你帮什么忙。"说完他大步走开了，康纳摇了摇头，他曾经也是这样的暴脾气吗？

前面不远处，那扇巨大的双门略微打开了一些，透过去能看到对面是仓库的另一个房间，这些分解人从未见过的一个房间。这个房间里装满了木箱——那是老式的航空集装箱，无论是形状和耐用度均为航空空运物体而设计。康纳立刻意识到这些箱子的用途，还有他和其他人为什么会被运到离机场这么近的地方。无论去哪里，他们现在都会被装进这些箱子里运走。

"女孩去左边，男孩去右边。快点！快点！"

有人在小声嘀咕着，但没人有直接的反抗。康纳很好奇到底有多少孩子意识到了现在的情况。

"四个人进一个集装箱！男孩和男孩一起，女孩和女孩一起。快！快点！"

现在，所有人都开始拥了过来，试图和他们认识的人排到一起，但士兵杂役们并没有耐心和时间。他们随机地把四个人分成一组，然后把他们推向集装箱。

就在这时，康纳发现自己和罗兰德离得很近，而这可不是简单的巧合而已。罗兰德是故意向他走过来的。康纳能够想象，在一片漆黑狭小的空间里，如果他和罗兰德挤进了同一个箱子，那么他可能都熬不到飞机降落。

康纳试图走开，但士兵杂役一把抓住了罗兰德、康纳和另外两个罗兰德的手下："你们四个，去那边那个集装箱！"

康纳努力不让自己表现出惊慌的样子，他不想让罗兰德看出什么来。他真应该准备个自己的武器，就像罗兰德身上藏着的那把刀。他真应该为这场不可避免的生死决斗做好准备，但他并没有，而现在他面临的选择也不多了。

现在已经没时间多想了，康纳放弃了想打架的本能反应，任凭直觉领着他继续。他转向罗兰德其中一位手下，用力向他的脸上挥了一拳，他的脸上立刻流出了血，甚至鼻子也可能被打断了。这一拳的力量让那个孩子有些晕头转向，但在他还未反应过来准备回击之前，一个士兵杂役就抓住康纳，把他重重推向了墙面。那个士兵杂役并不知道，这正是康纳想要的结果。

"今天可不是干架的好日子，小孩！"士兵杂役说道，用自己的步枪把他顶在墙上。

"你要干什么，杀了我吗？我以为你们是要救我们的。"

这话让这个士兵杂役愣了一下。

"嘿！"另一个士兵杂役喊道，"放了他吧！我们得赶快把他们装好。"说完，他抓过另一个孩子，把他和罗兰德及两个手下放到了一起，然后送到了集装箱前。他们甚至也没有去管那个被打小孩还在流血的鼻子。

那个把康纳按在墙上的士兵杂役轻蔑地看了他一眼："只要进

了箱子，你们就是别人的问题了。"

"袜子真不错。"康纳说。

他们把康纳放进了一个三十二平方米的集装箱，那里面已经装了三个孩子。在他还没来得及看清里面的人之前，他们就把集装箱封闭住了，不过只要里面不是罗兰德，他也就无所谓了。

"我们都会死在这里。"一个鼻音很重的声音说道，紧接着响起一个湿乎乎的擤鼻声。康纳从他的鼻音听出了这个孩子。康纳不太确定他到底叫什么名字，所有人都管他叫"嘴吸气人"，因为他的鼻子永远都是堵着的。简短的称呼即是艾姆鼻。他就是那个经常阅读自己的漫画书的孩子，但在这里，他恐怕也读不了什么书了。

"别这么说，"康纳说，"如果士兵杂役想杀掉我们，他们早就会这样做了。"

"嘴吸气人"难闻的口气充斥着整个箱子："也许他们被发现了，也许青年警官们正在来的路上，而拯救他们自己的唯一办法就是毁灭证据！"

康纳对只会哀诉的人没什么耐心，这让他很容易就想到自己的弟弟，那个他父母选择留下的孩子："闭嘴，艾姆鼻，不然我一定会脱下自己的袜子，塞进你的臭嘴里，然后你就不得不琢磨怎么用鼻子呼吸了！"

"要是你需要更多的袜子，别忘了叫上我。"另一个声音从他对面传来，"嘿，康纳，我是海登。"

"嘿，海登。"康纳伸出手，找到了海登的鞋子，轻轻捏了一下——这是他在黑暗的幽闭空间里唯一能想到的打招呼方式了，"所以，幸运 4 号是谁？"没有人回答，"听起来我们这里有位哑剧演员。"又是一阵长久的沉默，然后康纳终于听到一个深沉，带有口音的声音。

"迭戈。"

"迭戈不太爱说话。"海登说。

"我听出来了。"

他们继续沉默地等待着，偶尔"嘴吸气人"会发出擤鼻涕的声音。

"我想去上洗手间。"艾姆鼻小声嘀咕道。

"你应该早点想这种事。"海登用慈母一般的语气说道，"我们要和你说多少次才行？在爬进运货箱子之前，一定要先上厕所。"

箱子外传来一阵机械运动的声音，然后他们感觉到箱子在动。

"我不喜欢这样。"艾姆鼻抱怨道。

"我们被运走了。"海登说。

"很可能是叉车。"康纳说。那些士兵杂役现在应该早就不见人影了。那个士兵杂役说了一句什么来着？**只要进了箱子，你们就是别人的问题了。**不管被雇来运输这些箱子的人是谁，他们很可能并不知道箱子里面装了些什么。很快他们就会被装到飞机上，运往一个未知的目的地。这让他想起了他的家人和他们的巴哈马旅游——那个他们计划在康纳被分解后的旅行。他想知道他们到底去了没有——即使在康纳逃跑后，他们还会照常去旅游吗？他们当然会。他们本来计划等他被分解后就去，那么他逃跑与否又对他们有什么影响呢？嘿，如果他们也被送到巴哈马的话，那岂不是很有趣？

"我们会被闷死！我就知道！""嘴吸气人"宣布道。

"你能不能闭上嘴？"康纳说，"我相信这里面的空气足够我们用的。"

"**你**怎么知道？我本来就觉得呼吸很困难了，而且我还有哮喘。我可能会在这里面哮喘发作，然后死掉！"

"太好了，"康纳说，"那样就少了一个人呼吸空气。"

这让艾姆鼻闭上了嘴，但康纳内心对自己说的话有些愧疚。"没有人会死的，"他说，"放松就好。"

海登接过了话："死了总比被分解了好，不是吗？我们投票吧，你宁愿死，还是被分解？"

"不要问这样的问题！"康纳指责道，"我哪个都不愿去想。"在他们狭小的箱子外，康纳听到一个金属门关闭的声音，随后感觉到脚下一阵抖动，飞机已经开始前进了。在飞机加速的时候，他被推向了箱子后壁。海登也向他撞了过来，他挪动了一下，给海登留出一个还算舒服的空间。

"怎么了？发生了什么？"艾姆鼻喊道。

"没什么，我们在起飞。"

"什么！我们在飞机上？"

康纳翻了个白眼，但在漆黑一片的空间里，谁也没看到。

箱子就像一口棺材一样。箱子就像一个子宫一样。平时计算时间的方法在这里都不适用，而突如其来的气流颠簸让漆黑一片的空间更加充满了紧张感。

飞机起飞后，这四个孩子就不再怎么说话了。半小时，也许一个小时——很难说清到底过了多久。所有人都沉浸在各自不安的思绪里。飞机遇上了一些猛烈的气流，他们周围的东西都在咯咯作响。康纳想知道他们上方、下方和四周的箱子里是否都有人。如果有的话，他怎么一点也听不到他们的声音。从他坐的地方来看，他感觉他们四个人似乎是全宇宙仅剩下的四个人了。艾姆鼻正默默地释放自己，康纳知道，是因为他闻到了尿的味道，所有人都能闻到，但没人说什么。这种事可能会发生在他们任何人身上，而如果这个旅途很长的话，也许这真的会发生。

终于，在感觉已经过去一个世纪后，他们中最安静的那位开口了。

"被分解，"迭戈说，"我宁愿被分解。"

虽然海登问出那个问题已经很久了，但康纳立刻明白了他在说什么。**你宁愿死还是被分解？** 这个问题一直萦绕在这个漆黑的空间里，等待着回答。

"我不是，"艾姆鼻说，"因为如果死了，至少你还能去天堂。"

天堂？ 康纳想，他们显然更可能会去另一个地方。因为如果他们的父母都不愿留下他们，天堂里又会有谁想要他们呢？

"你怎么知道分解人不会去？"迭戈问艾姆鼻。

"因为分解人并没有死。他们依然活着……算是吧。我是说，他们得把我们身上的各个部分都送到别人身上，对吗？这可是法律规定。"

这时候，海登问出了那个问题。不是某个问题，而是那个问题。这个问题一直是分解人心中最禁忌的话题。所有人都在思考这个问题，但从未有人敢大声把它说出来。

"所以，"海登说，"如果你身体的各个部位都还活着，但是活在别人身上……你到底算是活着还是死了？"

康纳知道，海登这一次又在用手玩火苗了。离得足够近去感受它，但又不至于近到伤害自己。但这一次不光是他自己的手，而是所有人的，这让康纳有些恼火。

"讲话太多会浪费氧气，"康纳说，"大家都同意被分解很差劲，这就够了。"

这让所有人都闭上了嘴，但也只是短短一会儿而已，艾姆鼻又开口了。

"我不觉得被分解很差劲，"他说，"我只是不想自己被分解而已。"

康纳不想去理会他，但他做不到。如果说有什么康纳不能忍受的事，那就是分解人为分解辩护："所以如果我们被分解就没关系，但如果是你就不行？"

"我没这么说。"

"你就是这个意思。"

"噢，"海登说，"变得越来越有意思了。"

"他们说那是无痛的。"艾姆鼻说道，好像这就能有安慰作用了似的。

"是吗？"康纳说，"那么，你怎么不去问问汉姆菲·邓飞的各个部位，看看是不是真的不痛？"

这个名字像冰霜一般环绕住他们。气流的颠簸显得更加剧烈。

"所以……你也听说过这个故事？"迭戈问道。

"虽然有这样的故事，但不代表分解就是坏事。"艾姆鼻说，"它能帮助人们。"

"你听起来像是十一奉献品。"迭戈说。

康纳听到这话，感觉像是受到了什么侮辱一样："不，他不是。我认识一个十一奉献品。他的想法虽然有些不正常，但他并不蠢。"想起莱夫，康纳的心里涌起一股绝望感。康纳并没有挣扎，他只是让这种感觉穿过自己的身体，然后渐渐消散。他并不**了解**十一奉献品，他只是碰巧**认识**一个而已，那个现在肯定已经达成自己心愿的人。

"你是说我很蠢？"艾姆鼻说道。

"就是这个意思。"

海登笑了起来："'嘴吸气人'说得对，分解能帮助人们。要不是因为分解人，这世上又会有人变成秃头，那岂不是很可怕？"

迭戈偷笑了一声，但康纳一点都不觉得好笑："艾姆鼻，不如你帮帮大家，用你的嘴来呼吸，不要再说话了，直到我们落地或者撞毁什么的。"

"你可能觉得我蠢，但我这样感觉是有原因的。"艾姆鼻说，"在我小时候，我被诊断出肺纤维化。我的双肺都不能工作，很快就会死掉。于是他们取出我的两片肺，然后将一个分解人的单肺安了进去。我现在还活着，多亏了那个被分解的小孩。"

"所以，"康纳说，"你的生命比他的更重要？"

"他当时已经被分解了，又不是我把他分解的。如果我没有得到那个肺，其他人也会得到。"

康纳的声音因为愤怒而提高了起来，尽管艾姆鼻离他只有几尺的距离而已："如果没有分解人，这世上就不会有那么多外科手术医生，而会有更多的治病医生。如果没有分解，这些人就会专心地去治病，而不是简单地用一些人的部位代替另一些人的部位。"

"嘴吸气人"的声音忽然变得凶暴起来，让康纳有些措手不及："等你自己快死的时候，你就知道那是什么感觉了！"

"我宁愿死，也不想成为分解人！"康纳吼了回去。

"嘴吸气人"本想喊些什么出来，但他整整咳嗽了一分钟。他的咳嗽变得越来越厉害，这让康纳有些害怕，这感觉就像他要把那片移植的肺咳出来一样。

"你还好吗？"迭戈问道。

"没事。"艾姆鼻说着，让自己渐渐平稳下来，"就像我说的，这片肺有哮喘的毛病。这是我们能承受的价格里最好的选择了。"

等他的咳嗽终于结束后，大家似乎觉得已经没什么再想说的了。除了这个——

"如果你的父母经受了这么多麻烦，"海登问，"他们为什么还要分解你？"

海登和他的问题让艾姆鼻安静了很长一会儿。显然，这对他来说是个很难的问题，也许比那个困扰大多数分解人的问题更难回答。

"我父母并没有签署那个号令。"艾姆鼻终于开口道，"我爸爸在我小时候就去世了，而我妈妈是两个月前去世的。然后我的姨妈接过了我的抚养权。问题是，我妈妈给我留了一笔钱，但我姨妈自己有三个孩子要上大学，所以……"

他并没有说完，但其他人也猜到了结局。

"天哪，真够差劲的。"迭戈说。

"是啊。"康纳说道，他的愤怒现在转移到了艾姆鼻姨妈的身上。

"总是和钱有关。"海登说，"我父母分手的时候，他们为钱财而争夺，直到最后一分不剩。然后他们又开始为我而争夺，所以我也趁什么都不剩下之前逃了出来。"

箱子里又一阵沉默，只传来一阵引擎和箱子颠簸混合的声音。空气很潮湿，呼吸很困难。康纳在思考那些士兵杂役是否计算错了他们所需的空气。**我们都会死在这里**。艾姆鼻这样说过。康纳重重地用后脑勺撞在箱子上，希望能把脑中不好的想法敲散。这里可不是抱有这种想法的好地方。也许这才是海登总要说话的原因。

"还是没有人回答我的问题，"海登说，"看来没人有这个胆量。"

"哪个问题？"康纳问道，"你问的问题简直像感恩节时放的屁那样多。"

"我在问，分解是否算是杀了你，还是说你依旧算是活着。行了吧，你们又不是没想过这个问题。"

艾姆鼻什么都没说。他显然被刚才那阵咳嗽和对话削弱了不少精力。康纳也并不想主动回答这个问题。

"这要视情况而定，"迭戈说，"根据你被分解后，你的灵魂去了哪儿而定。"

通常情况下，康纳会逃离这样的对话。他是个有形主义者：只关心能看到、听到、摸到的东西。神明、灵魂和其他那些东西，对他来说像是藏在漆黑箱子里的秘密，所以置之不理是最好的对待方式。只不过现在，他自己就待在漆黑的箱子里。

"你怎么想，康纳？"海登问道，"在你被分解后，你的灵魂会怎么样？"

"谁说我有灵魂了？"

"为了能继续辩论，我们就先假设你有。"

"谁说我想辩论了？"

"得了！快点给他个答案吧，兄弟，不然他不会放过你。"

康纳有些难为情，但他又无法逃出这个箱子："我怎么会知道发生什么？也许灵魂和身体剩余的部分一起，也变得支离破碎了。"

"但一个灵魂不该是那样，"迭戈说，"灵魂是无法分割的。"

"如果它无法被分割，"海登说，"也许分解人的精神就会被延伸，就好像我们变成了一个巨大的气球，延伸到各个地方。很有诗意。"

可能这对海登来说很有诗意，但康纳觉得这种想法实在可怕。

他试图想象着自己不断被吹大，皮肤变得又薄又宽，然后整个身体横跨全世界。他想象着自己的精神像网一般，遍布在成千安装了他身体各部位的人的身上——他的双手、双眼和大脑的各部分没有一个还在他的掌控之下，而是被其他人的身体和意志所支配。人的意识能在那样的情况下继续存在吗？他想到了那个用分解人的手玩花样牌的卡车司机。那个曾经拥有那只手的男孩，还会对表演感到满意吗？即使肉体已经如棋牌那样被重新梳洗，他的精神还会依然莫名完整吗？还是说他已经超越了意识的希冀，超越了天堂、地狱或任何永恒的事物，彻底地被粉碎成片甲？灵魂到底是否存在，康纳不得而知。但意识是存在的，这是他可以确认的事实。如果分解人的每个部位还都活着，那么他们的意识一定也会去往某个地方，不是吗？他默默地咒骂着海登让自己思考起这些事情……但海登的话还没说完。

"我给你们讲个伤脑筋的事情，"海登说道，"原来我认识一个女孩，她身上有种魔力，让你总是很想听她说话。我不知道她是真的很自我，还是只是个疯子罢了。她相信如果有人真的被分解了，那么他们一开始就没有灵魂。她说上帝一定知道哪些人会被分解，因此他一开始就不会给他们灵魂。"

迭戈说出了自己的不满："我可不愿意听人这么说。"

"这个女孩在自己的脑子里想通了这些，"海登继续道，"她相信分解人就像没有出生的婴儿一样。"

"等一下，"艾姆鼻终于打破了自己的沉默，"未出生的人是有灵魂的。他们自从被孕育起就算是有灵魂，法律是这么规定的。"

康纳不想再和艾姆鼻争吵，但他却不由自主地说道："就因为法律这么说，不代表这是真的。"

"是啊，就因为法律这么说，也不代表这就是错的。法律之所以是法律，是因为很多人都这么想，然后认为这样是有道理的。"

"嗯，"迭戈说，"'嘴吸气人'说的有道理。"

也许如此吧，但从康纳的角度来看，论点应该比这更尖锐才对："你怎么能评判那些没人了解的事物？"

"他们一直都这样做，"海登说，"法律就是：对正确与错误进行'理性'的猜测。"

"我对法律的规定没有什么异议。"艾姆鼻说。

"但如果不是法律的话，你还会相信吗？"海登问，"和我们说说你自己的个人想法，艾姆鼻。向我们证明一下你的头盖骨里除了鼻涕还有点别的东西。"

"你在浪费你的时间，"康纳说，"他脑子里没别的了。"

"给我们堵鼻子的朋友一个机会。"海登说。

他们等待着。引擎的声音开始改变。康纳能感受到飞机在缓慢地下降，他不知道其他人是否也有同样的感觉，然后艾姆鼻说道："未出生的宝宝……他们有时候会噘自己的大拇指，对吗？他们还会乱踢。也许在那之前，他们只是一堆细胞什么的，但一旦他们开始乱踢、噘手指，他们就开始有了灵魂。"

"真棒！"海登说，"你有自己的想法！我就知道你能行。"

康纳的头开始有些眩晕。是因为飞机的颠簸，还是缺少氧气？

"康纳，为公平起见，艾姆鼻在他那也许是大脑灰质的东西里找到了一个想法，现在轮到你了。"

康纳叹了口气，已经不再有精力继续争吵了。他想到自己和莉莎短暂照顾的那个小婴儿："如果真的有灵魂这种东西的话——我并不是说真的有——那么它也是婴儿进入这个世界后才出现的。在那之前，那只是母体的一部分。"

"不，不是！"艾姆鼻说。

"嘿，他想听我的想法，我如实说了而已。"

"但那是错的！"

"你看，海登，你看看你又惹出了什么？"

"是是！"海登兴奋地说道，"看起来我们要开始自己的核心地之战了。可惜这里太暗，观众都看不到。"

"如果你想听我的想法，我认为你们都错了。"迭戈说道，"我认为，灵魂和那些事情都无关，它和爱有关。"

"啊哦，"海登说，"迭戈开始浪漫起来了。我要换到箱子的另一边。"

"不，我是认真的。一个人本没有灵魂，直到他被爱。如果一位母亲爱她的孩子，想**要**她的孩子，那么他从那一刻起就被赋予了灵魂。你被爱的那一刻，就是你得到灵魂的一刻。得分！"

"是吗？"康纳说，"那么，那些被鹤送养的婴儿呢？还有那些在州立孤儿院的孩子呢？"

"他们只能希望自己有朝一日会被人爱。"

康纳不屑一顾地哼了一声，但即使是他自己，也无法完全否认这一点。他想到了自己的父母。他们曾经爱过他吗？显然在他小时候，他们是爱他的。但并不意味着仅仅因为他们停止了对他的爱，他的灵魂就会被偷走……虽然有时候，也感觉就像是如此一般。或者至少，在他父母签署那份号令时，他灵魂的一部分就已经随之死去了。

"迭戈，这话太动听了，"海登用尽嘲笑的语气说道，"也许你应该写些贺卡。"

"也许我该在你的脸上写。"

海登只是笑了笑。

"你总是在嘲笑别人的想法，"康纳说，"为什么你从来不说说你自己的？"

"是啊。"艾姆鼻接话道。

"你总是玩弄别人，给自己取乐。现在轮到你了，来让我们开心开心。"

"是啊。"艾姆鼻也说。

"告诉我们，"康纳说，"在**海登的世界**里，我们什么时候才开始真正地生活？"

海登沉默了一阵子，然后他有些局促地轻声说道："我不知道。"

艾姆鼻起哄道："这可不算什么答案。"

但康纳伸出手，抓住了艾姆鼻的胳膊，以让他闭嘴，因为艾姆鼻错了。虽然康纳无法看到海登的脸，但他却听出了他语气中的真诚，这可能是康纳第一次听到他说出的最真实的话。"是，这是答案。"康纳说，"也许这是最好的答案。如果有更多的人能承认自己不知道，也许核心地之战也不会发生了。"

他们身下传来机械颠簸的声音，艾姆鼻倒抽了一口气。

"降落装置。"康纳说。

"噢，好吧。"

几分钟后，他们就会到达那里，无论那里到底是哪里。康纳试着猜了猜他们到底飞了多久。九十分钟？两小时？他完全猜不出他们飞行的方向是哪里。他们可能会在任何地方降落，或者也许艾姆鼻是对的。也许这架飞机是由远程操控的，他们会把整架飞机扔到海里以消灭证据。又或者，也许比这还糟呢？万一……万一……

"万一他们还是把我们送到了收获营呢？"艾姆鼻说。康纳这一次并没有叫他闭嘴，因为他也在想同样的事。

迭戈回答了他的问题："如果是这样的话，那我希望我的手指头能给一位雕塑家。这样他就能用它们创造一些永恒存在的东西了。"

他们都开始思考，海登又开了口。

"如果我被分解，"海登说，"我想让自己的眼睛安到摄影师身上——那种为超模拍照的摄影师。我想让自己的眼睛看到那些东西。"

"我的嘴唇送给摇滚明星。"康纳说。

"这腿当然要给奥林匹克运动员。"

"我的耳朵给乐团指挥家。"

"我的胃给美食评论员。"

"我的二头肌给健身者。"

"我可不想把我的鼻窦给任何人。"

在他们大笑的同时，飞机着陆了。

28. 莉莎

莉莎并不知道康纳的箱子里发生了什么。她想着男孩们应该会谈论一些男孩的话题，不管那是什么话题。她完全不知道，康纳箱子里发生的事情几乎就是她这个箱子里的故事翻版，其实飞机上几乎所有箱子里发生的事情都相似。恐惧、担忧、极少提及的问题和极少提及的故事。当然，每个人故事的细节不尽相同，但大体的概要是相同的。他们以后不会再去谈论这些故事，或者甚至都不会承认曾经谈论过这些故事，但正因如此，一些隐形的纽带被建立了起来。莉莎被迫认识了一个爱哭的胖女孩，一个由于戒断尼古丁而紧张兮兮的女孩，一个同她一样是州立被监护人的女孩——她和莉莎都是经费削减的牺牲品。她的名字叫蒂娜。其他女孩也说了自己的名字，但蒂娜是她唯一记得的名字。

"我们真是一模一样，"蒂娜在途中说道，"我们可能是双胞胎。"虽然蒂娜是个棕色皮肤的孩子，但莉莎不得不承认她说得有道理。知道世界上还有和她境遇一样的人，这让她有些安心，但想到她自己的生活只是上千个同样生命的复制，她又有些忧心。当然，来自州立孤儿院的分解人们都有各自不同的脸庞，但除此之外，他们的故事也都大同小异。他们甚至都有同样的姓，莉莎暗暗咒骂着那个决定给所有人起名的家伙，他们的姓都叫沃德 [1]——就好像有一个孩子叫这种名字还嫌不够侮辱似的。

飞机着陆了，她们等待着。

"怎么这么久？"尼古丁女孩毫无耐心地问道，"我受不了了！"

"也许他们正把我们运向卡车，或者另一架飞机。"胖墩女孩说道。

"最好不要，"莉莎说，"这里面的空气可不够再飞一程了。"

外面传来噪声——有人在箱子外面。"嘘！"莉莎说，"快听。"脚步声，砰砰声。她听到了一些声音，虽然她并不能听清那些声音到底在说些什么。然后有人解开了箱子一侧的门闩，一下子打开了箱子。闷热干燥的空气迎面而来，银色的光亮透过飞机舱门照了进来，在习惯了几个小时的黑暗后，这些光亮似乎像阳光一样刺眼。

"里面的人都好吗？"说话的人不是士兵杂役，莉莎立刻分辨

[1] 沃德：英文原名为 Ward，有"受监护人"的意思。

了出来，这个声音听着更年轻。

"我们没事，"莉莎说，"可以出去了吗？"

"还不行。我们要先打开其他那些箱子，让所有人都呼吸下新鲜空气。"从莉莎能看到的角度看，这个说话的人似乎只是个和她一般大的小孩，甚至可能比她还小。他穿着一件米黄色的背心，一条卡其布色的裤子。他浑身是汗，脸颊被晒得棕红。不，除了深色的皮肤，他的脸还有晒伤的痕迹。

"我们在哪里？"蒂娜问道。

"墓场。"那孩子说道，然后走向了下一个箱子。

没过几分钟，所有的箱子都被打开，大家都重获了自由。莉莎好好打量了一下她的旅程伙伴。那三个女孩显然比她刚进箱子时记忆的模样差了许多。在一片漆黑中了解一个人，会改变你对他们的印象。那位身材庞大的女孩并没有莉莎想象中那么肥胖，蒂娜也并不高，而尼古丁女孩一点也不丑。

一架小梯子被架在了飞机舱门口，莉莎必须耐心排队，等着和这群孩子一起离开各自的箱子。流言蜚语已经开始四散。莉莎仔细听着，并努力分辨着事实和谣言。

"有一群小孩死了。"

"不会吧。"

"我听说一半的孩子都死了。"

"不可能！"

"你看看周围，白痴！看起来像是死了一半人吗？"

"我也是刚刚听说而已。"

"只有一箱人死了而已。"

"是啊！有人说他们吓疯了，然后互相吃了对方，就像当纳聚会[1]一样。"

"不，他们只是窒息而死。"

"你怎么知道？"

"因为我看到他们了，老兄。就在我们箱子的旁边。那箱子里有五个兄弟，而不是四个，他们都窒息死亡了。"

莉莎转向说话的那个孩子："这是真的，还是你自己编造的？"

莉莎从他不安的神情看出他是认真的："我不会对这种事情开玩笑。"

莉莎寻找着康纳，但她的视线被周围的小孩们挡住了。她迅速在心里算计了一下。这里大约一共有六十个孩子，五个孩子窒息而死了，有十二分之一的可能是康纳。不，那个看到的孩子说死去的那五个人是**兄弟**。男孩大概占所有人的一半，所以有六分之一的可能是康纳。他是最后一拨被送进箱子的人吗？他有没有被塞进那个拥挤的箱子里？她不得而知。他们被惊醒的那个早上，莉莎一直都慌乱不安，她甚至都不知道自己发生了什么，更别提去关心别人。**求你，老天，一定别是康纳。一定不要是康纳。**她对他说的最后几句话全是愤怒的抱怨。虽然他把她从罗兰德手中救了出来，但她依然对他发了火。"出去！"她这样对他吼叫道。她无法想象如果他死了，自己对他最后说的话居然是这些。她无法想象他会死去。

在走出去的时候，她的头碰到了货舱小门的上方。

"小心你的脑袋。"一个负责的小孩说道。

"是啊，谢谢。"莉莎说。他冲她笑了一下。这个孩子也穿着

---

[1] 译者注：美国史上曾爆发过到西部淘金的移民大潮，人们从四面八方拥向加利福尼亚。"当纳聚会"就是前往加利福尼亚的一次长途跋涉之旅，也是惨烈的"死亡之旅"。旅途中出现了人吃人现象，一半人员在途中死亡。

军装，但他身材太过瘦小了，不可能是个少年军官。"这身衣服是什么？"

"军事盈余，"他说，"偷来的衣服，给偷来的灵魂。"

舱门外，日光晃瞎了人的双眼，热浪像焚炉一般滚向莉莎。她顺着梯子向地上走去，她不得不眯着眼盯着自己的双脚，以防自己摔倒。等终于走下来后，她的双眼也适应了外面的光线，终于可以看清周围的环境。他们的四周**全部**是飞机，但这里并不像是机场，她的视野范围里只有一排排飞机，很多飞机属于那些已不复存在的航空公司。她转过身，看到那架刚刚把他们送达的飞机，飞机上带着联邦快递公司的标志，但它破旧的模样像是马上要进废品场一般。**或者，莉莎想，是墓场……**

"真是疯狂。"站在莉莎身旁的一个孩子抱怨道，"这架飞机又不是隐形的，他们知道飞机都去了哪里，然后会追踪到我们的！"

"你不明白吗？"莉莎说，"那架飞机已经退役了。他们等着退役的飞机来，然后把我们塞进货舱里。飞机反正也要来这里，所以没有人会在意。"

飞机停在贫瘠的红土地上，远处耸立着一座座红色山丘，他们现在在西南方的某个地方。

场地里有一排临时厕所，门前早已排满了焦急的人群。负责的那些小孩一边清点着人数，一边努力维持着混乱人群的秩序。其中一个小孩手里拿着一个巨大的喇叭。

"如果不需要上厕所，请聚集到机翼下方。"他高声喊道，"你们已经坚持到现在了，我们不想你们中暑而死。"

现在，所有人都走出了飞机，莉莎绝望地在人群里寻找着，直到她终于找到了康纳。谢天谢地！她想走过去找他，但又想起他们两个人已经断绝了那段假冒的恋爱关系。透过几十个孩子的身影，他们只是短暂地对视了一眼，然后秘密地冲对方点了点头。这个点头已经说明了一切。它告诉对方昨天发生的事情已经过去了，而今天，一切重新开始。

然后她看到罗兰德也站在那里。他盯着她的目光，冲她坏笑了一下。这笑容也说明了一切。她转过头，默默地希望窒息而死的是他。莉莎原以为自己会对心底的这种肮脏意愿感到有些内疚，但发现自己一点也没有内疚的感觉。

一辆电瓶车穿过一排排飞机开了过来，车后扬起了一片红色的尘土。开车的是个小孩，但坐在车上的明显是个军人。他可不是那种穿着军事盈余的假冒军人，而是货真价实的那种。他并没有穿着绿色或卡其色的迷彩服，而是海军蓝色的制服。他看起来似乎已经适应了这里的热度——即使穿着厚实的军服，他似乎并没有出汗。小车在这群喧闹聚集的少年难民面前停了下来，开车的司机走了下来，加入了另外负责的四个孩子当中。声音最大的小孩举起了喇叭："大家请注意！海军上将要给你们讲话了。如果你们聪明的话，就好好听着。"

那个男人从电瓶车上走了下来。小孩把喇叭递给他，但他摆了摆手并没有接过。他的声音完全不需要喇叭："我想，首先欢迎你们来到墓场。"

海军上将看起来已经六十多岁的模样，他的脸上全是疤痕。直到这时，莉莎才意识到他的制服来自一场战争。她记不起来这件制服的颜色是属于拥护生命那方，还是拥护选择那方，但这并不重要，毕竟双方都输掉了。

"从现在起，这里就是你们的家，直到你们年满十八岁，或者我们找到一位愿意伪造你们身份的永久赞助商。不要误会，我们在这里所做的一切都极不合法，但这并不意味着我们不会遵循法律——**我的法律。**"

他停止了讲话，用目光盯着眼前尽可能多的小孩。也许，他的目标就是在结束讲话前记住在这里的每一张面孔。他的目光敏锐且专注。莉莎相信，他只需一瞥就能了解每一个孩子。这让她既感到害怕又有些安慰。在海军上将的世界里，不会有人掉进夹缝中。

"你们所有人都被贴上了分解人的标签，但你们都成功逃脱了，在我的许多手下的帮助下，你们来到了这里。我不在乎你们曾经是谁。我也不在乎你离开这里后会变成谁。我只在乎你们在这里时是谁——在这里，你们要做自己该做的。"

人群里举起了一只手，是康纳。莉莎真希望不是他。海军上将仔细打量了一番康纳的面孔，然后说道："怎么？"

"所以……你到底是谁？"

"我的名字是我的事。我只需告诉你们，我曾经是美国海军的上将。"他说着，露出一个笑容，"但现在，你们可以说我是出水之鱼。当前的政治环境导致了我辞职。按照法律，我本应该对此视而不见，但我并没有，也绝不会。"说完，他转向人群大声说道，"在我的监视下，没有人会被分解。"

聚集的人群中发出一阵欢呼声，包括那些已经是他手下的卡其色迷彩服小孩。海军上将露出一个大大的笑容，微笑让他露出一排完美无缺的洁白牙齿。这看起来有些奇怪，因为尽管他的牙齿在闪闪发光，他身体的其余部分却看起来破旧不堪。

"我们这里是一个社区。你要学会这里的规则，并且按规则行事，不然你就要面对后果。和生活在任意一个社会里一样，这里没有民主，完全是专制，我就是你们的独裁者。这是出于必需的考虑，这是帮你们隐藏起来，保证你们健康完整的最有效手段。"说着，他又一次露出那个微笑，"我相信我是个仁善的独裁者，当然这就要靠你们自己评判了。"

到目前为止，他的目光已经看遍了整个人群。所有人都感觉自己像是商店里结账时被扫描过的货品一样。扫描，审核。

"今晚你们都要睡在新人区。明天，我们会评估你们的技能，然后把你们分配到各自的永久区。恭喜你们的到来！"

他沉默了一会儿，给所有人一些时间来接受这些信息，然后转身回到电瓶车里离开，身后又扬起一阵红色的飞尘。

"现在还有时间回到箱子里吗？"一个自作聪明的家伙说道，一群孩子大声笑了起来。

"好了，都听好。"拿着喇叭的孩子喊道，"我们要带你们去储备飞机，在那里你们能拿到自己的衣服、口粮和其他需要的东西。"很快，人群就给这个拿喇叭的孩子起了昵称"大嗓门"，而那个给海军上将开车的小孩则被称为"吉夫斯[1]"。

"这回要走很长一段路，"大嗓门说道，"如果有人走不了，那就告诉我们。如果有人现在就需要水，举起手。"

几乎所有人都举起了手。

"好吧，来这里排队。"

莉莎和其他人也一起排着队。队伍里传来窸窸窣窣的低语声，但和上一周的那种噪声相比完全算不上什么。现在的低语声听起来就像学校午餐时间孩子们的聊天声。

他们被带走领取衣服和食物的时候，那架送他们来到这里的飞机已经被安放在废品场里了。直到这时，莉莎才终于长吁了一口气，将过去一个月的紧张感都释放了出来。直到现在，她才终于在心里燃起了奢侈的希望。

---

[1] 吉夫斯：英国作家佩勒姆·G.伍德豪斯所著小说中的人物，用来指理想的男仆。

29. 莱夫

一千英里之外，莱夫也刚刚到达了一个地方。那个目的地不是他自己的目的地，那是赛若斯·芬奇想去的密苏里州的乔普林市。"乔普林老鹰队之家——女子篮球的绝对冠军队。"赛芬说。

"你对这个地方很了解。"

"我对它一点都不了解。"赛芬抱怨道，"是**他**了解，或是知道什么。"

他们的旅行并没有变得轻松。当然，多亏了莱夫在那家当铺做的"生意"，他们现在身上有了钱，但这些钱只能给他们买些食物，并不能买到火车票，或者大巴票。因为未成年孩子独自花钱买车票这种事实在太可疑了。

无论如何，莱夫和赛芬之间还是同往常一样，除了一个很大的、未捅破的变化。赛芬可能虽然还扮演着领导者的角色，但现在真正管事的却是莱夫了。如果莱夫不在这里帮助赛芬，他可能就会变得支离破碎，这一点让莱夫产生了有些内疚的满足感。

离乔普林只有二十英里远了，赛芬的抽搐变得越来越糟，甚至连走路都变得困难起来。他现在不仅仅是抽搐，有时候他的身体还会突然像得了癫痫一样不停抖动。莱夫把自己的夹克给他，但赛芬却一下把他推开了："我不冷！这不是冷不冷的问题！这是对错的问题，这是我的脑子里油水不相容的问题。"

到达乔普林后赛芬会做些什么？这对莱夫来说是个谜，他现在意识到赛芬其实也并不清楚。这个孩子——或者说这孩子的**一小部分**——在他脑子里煽动着什么，赛芬自己也完全不能理解。莱夫只能希望他想做的事情是有目的性的，而不是毁灭性的……尽管有些怀疑，但莱夫觉得不管那孩子想要什么，都不会是什么好事，而是很不好的事情。

"你为什么还和我在一起，喽啰？"赛芬在一次身体痉挛后问道，"正常人应该早就逃走了。"

"谁说我正常？"

"噢，你很正常，喽啰。你太正常了，正常得让我有些怕。你这么正常，这简直太**不正常**了。"

莱夫思考了一会儿。他想给赛芬一个真正的答案，而不是回避问题的答案。"我留下来，"莱夫缓慢地说道，"是因为得有人看看乔普林到底会发生什么，得有人明白你为什么这样做，不管到底会发生什么。"

"是啊，"赛芬说，"我需要一个见证者。就是这样。"

"你就像一条向上流游去的三文鱼，"莱夫说，"你这样做是发自内心的，而我也是发自内心地想帮助你到达那里。"

"三文鱼，"赛芬若有所思道，"我曾经看到过一张三文鱼的海报，那鱼正向瀑布上跳去，知道吗？但瀑布的上面站着一只熊，那条鱼直接跳进了熊的嘴里。海报下面的话，是用来搞笑的，说：'徒行千里的旅程有时会有很惨的结局。'"

"乔普林没有熊。"莱夫告诉他。他并不打算用其他什么类比的话安慰赛芬。因为赛芬太聪明了，他总是能找到回击的话。130的智商值，全部用来做悲观的思考，莱夫可不想和他比赛这一点。

日子一天天过去，他们行进了无数英里，走过无数城镇。直到那个下午，他们走过一个牌子，上面写着：**现已进入乔普林市，人口 45504**。

30. 赛泰

赛芬的脑子里从来没有平静过,那个喽啰并不知道他到底有多严重。喽啰也不知道,那些压制他的感觉就像是暴风吹起的巨浪拍打在残破的海堤上一般。海堤很快就要坍塌了,而在它坍塌之时,赛芬就会彻底失去控制。他会失去一切,他的思维会从耳朵里流出来,遍布乔普林的大街小巷,他心里很清楚。

然后他看到了这个标志:现已进入乔普林。他的心是自己的,但那颗心在他的胸腔里剧烈地跳动,像是要爆炸了一样——如果这样岂不是很好? 他们就会把他送去医院,给他一个其他人的心脏,然后他就可以让**那个**家伙去处理这颗心了。

这个藏在他脑袋里的男孩并不会和他说话。他会**发出感受,表达感觉**。他并不理解自己只是另一个孩子身上的一部分。这就像是在梦里的时候,你知道一些事情,但另一些你本该知道的事情却并不知道。这个孩子,他知道自己在哪里,但不知道他并不是完整地在这里。他不知道他是其他人的一部分,而是固执地一直在赛芬脑子里寻找并不存在的东西。记忆、联系,他一直在寻找那些语言,但赛芬大脑的语言代码完全不同。于是这个孩子发泄出自己的愤怒、恐惧和悲痛。海浪冲击着海堤,在那之下,一股激流推动着赛芬前进。必须要做些什么。只有那个孩子才知道要做什么。

"如果有地图的话,会不会好一些? "喽啰问道,这个问题让赛芬很是生气。"地图对我来说没什么用,"他说,"我需要看到一些东西,我需要**去**一些地方。地图只是地图,又不能**到**那个地方。"

他们站在乔普林郊外的一个角落里。这感觉就像是盲目占卜，一切看起来都很陌生。"他不知道这个地方，"赛芬说，"我们再试试别的街道。"

走过一个又一个街区，一个又一个十字路口，一切依旧，什么都没有。乔普林是个小镇子，但还不至于小到一个人能认识所有街区。终于，他们来到了主街道。街道两旁遍布着商店和餐厅，这感觉就像是另一个大小差不多的镇子，只不过……

"等等！"

"怎么了？"

"他认识这条街。"赛芬说，"那里！是那家冰激凌店。我能感受到南瓜冰激凌的味道。我讨厌南瓜冰激凌。"

"我猜**他**并不讨厌。"

赛芬点了点头："那是他最爱的口味。那个废物。"他用一根手指头指着冰激凌店，然后手臂缓缓移向了左边。"他是从那个方向走来的……"他又把手臂移向右边，"吃完后，他会向那里走去。"

"所以，我们要追寻他从哪里来，然后去往那里吗？"

赛芬选择了左边，他发现自己来到了乔普林老鹰队的主场——乔普林高中。他的脑子里浮现出一把剑的画面，他立刻明白了："击剑，那孩子是这里的击剑队队员。"

"剑通常都很闪亮。"喽啰评论道。要不是他说得对，赛芬就会瞪他一眼。但那剑确实很闪亮。他很好奇那个孩子是否也偷过剑，然后又意识到，是的，他很可能偷过。偷走对方队伍的剑是历史悠久的击剑传统。

"这边，"喽啰说着，开始带路，"他肯定是从学校走出来，去冰激凌店，然后回家。我们要去他家，是不是？"

答案从赛芬的大脑深处直冲而来，三文鱼？倒不如说是像扭摆的一条剑鱼，而它正不遗余力地拖着他走向……"家。"赛芬说，"没错。"

天色已经接近黄昏。孩子们在大街上玩耍，一半的车辆已经开启了前灯。在众人的眼里，他们只是两个普通的邻家孩子，在去往某个邻家的路上而已。似乎没有人注意到他们，但一个街区外停着一辆警车。它本是停在那里，但现在却开了起来。

他们路过了冰激凌店，就在这时，赛芬能感觉到自己身体内的变化，这表现在他走路和行动的样子上。他脸上的表情也开始有了变化：他的眉毛压得更低，下巴微微扩张。**我不是我自己了，那个小孩在占据我**。赛芬应该任其发展，还是该与其对抗？他知道现在已经错过了对抗的时机。唯一结束这一切的方法就是任其发展。

"赛芬。"身旁那个孩子对他说。

赛芬看着他，虽然他身体内的一部分知道这个莱夫，但身体的另一部分却惊慌起来。他立刻知道了原因。他闭上双眼，想告诉脑子里的那个孩子，喽啰是他的朋友，而不是威胁。那孩子似乎明白了这一点，他的惊慌感渐渐平静了下来。

赛芬走到一个街角，然后熟练地向左边拐了进去。在他努力控制自己脑颞叶的时候，他身体剩下的部分抖动了一下，现在一股感觉占据了他的内心。紧张，生气。他知道自己必须要把这种感觉化为语言。

"我要晚了，他们会很生气。他们总是很生气。"

"什么晚了？"

"晚餐。他们总是按时吃饭，要不然就会给我好看。他们本可以不等我开饭，但他们不会这样，他们总是等我。他们放着饭，直到食物变冷。这都是我的错，我的错，总是我的错。我总是要坐在那里，然后他们开始问我这一天过得怎么样？很好。我学到了什么？没什么。我这次又做错了什么？一切都是错的。"这不是赛芬的声音，虽然声带是一样的，但说出来的音调却完全不同。明明是同一个声音，但听起来却完全不同。口音也不一样，就好像他是来自乔普林——这个老鹰队之家一样。

他们拐进了另一个街角，赛芬又看到了那辆警车。它正缓缓地跟在他们身后。绝对没错，是在跟着，而且不仅如此，他们前方还有另一辆警车，只不过那辆车正在一栋房子的外面等着。他的家。**我的家**。赛芬到头来还是那条三文鱼，而那辆警车就是那只熊。但即使如此，他还是不能停下。他一定要进入那栋房子里，拼死也要试着进去。

就在他走近前廊的时候，两个男人从停在街对面的一辆熟悉的丰田车里走了出来。那是爸爸们。他们看到他，脸上露出如释重负但又痛苦的表情。所以他们知道他会来，他们一定一直都知道。

"赛若斯。"其中一个人喊道，赛芬想向他们跑去，他想让他们带他回家，但他克制住了自己。他不能回家，现在还不行。他们两个人大步向他走来，走到了他前方，但又及时地停住了脚步。

"我必须要这样做。"他用一种完全不属于自己的声音说道。

就在那时，警官们从警车走了下来，抓住了赛芬。他们太过强大，这让他无法挣脱，于是他看着爸爸们说："我一定要这样做。"他又说道，"不要变成那只熊。"

他们相互看了看，并不明白他在说些什么，但也许他们其实明白，因为他们走到了一旁，向警官说："放开他。"

"这位是莱夫。"赛芬说着，很惊讶这位喽啰居然会冒着生命危险站在他身旁，"不许有人烦扰他。"爸爸们快速瞥了喽啰一眼，但又立刻把目光集中在赛芬身上。

警官们搜了赛芬的全身，确保他没有武器，然后满意地放开了他，让他向前方的房子走去。但他其实有武器，那是个尖锐、沉重的东西。现在它只是躺在他大脑的一角而已，很快它就不在了。现在赛芬有些害怕，但他不能就这样停下。

前门站着一位警官，正用嘶哑的嗓音和站在门口的一个男人和一个女人说着话。他们紧张地瞥了赛芬一眼。

赛芬身体里不属于他的那部分如此熟悉这对中年夫妇，一股情感的电流像闪电一般鲁莽地穿过他的身体，他感觉自己差点就要化成灰了。

他继续向门口走去，脚下的碎石路像游乐园的地面一样起伏不定。终于，他站在了他们面前。那对夫妇看起来很是害怕，甚至恐惧。他身体的一部分对此感到很开心，而另一部分却感到悲伤，剩下的部分则希望自己并不在这里，但他已经分不清哪部分属于谁了。

他张开嘴，希望能把自己的情感转换成语言。

"给我！"他要求道，"把它给我，妈妈。把它给我，爸爸。"

那女人捂住嘴，转过身。她的眼泪像被攥在手里的海绵一样挤了出来。

"泰勒？"男人说道，"泰勒，是你吗？"

这是赛若斯第一次听到他身体那部分的名字。**泰勒。是啊，我是赛若斯，但我也是泰勒。我是赛泰。**

"快点！"赛泰说，"把它给我，我现在就要！"

"什么，泰勒？"女人哭泣着说道，"你想要什么？"

赛泰想说出来，但他却找不到那个词语，他甚至都想不出那个画面。那是一个东西，一个武器。画面还未出现，但行动却出现了。他在指手画脚地表演着什么，他向前倾，把一只胳膊放在了另一只前方。他像是抓着一个长长的东西，然后顺着一个角度放了下去。他把两只胳膊都放了下去。现在，他知道这是他一直在找的武器，那是个工具。因为他明白自己在表演什么了，他在挖掘。

"铲子！"他如释重负地说道，"我需要一把铲子。"

男人和女人相互看了看对方，站在他们身旁的警官点了点头，然后男人说道："在外面的棚子里。"

赛泰径直穿过房子，走到了后门外，所有人都在身后跟着他：那对夫妇，那些警官，那两个爸爸和那个喽啰。他直接向小棚子走去，拿出铲子——他完全知道那把铲子在哪里——然后向院子的一个角落走去，那里的土地上露着小树枝。

是两根树枝被绑在一起做成的一个歪歪扭扭的十字架。

赛泰知道院子的这个角落，他的大脑对这里简直太熟悉了，这是他埋葬宠物的地方。他不知道它们的名字，甚至不知道它们是什么动物，但他怀疑其中一只是爱尔兰雪达犬。他的脑中浮现出它们的画面：其中一只和一群野狗相遇的情景，另一只在公交车上的模样，还有第三只好像年纪已经很大。他拿起铲子，猛地插进地里，但他铲的地方离那些坟墓并不近，他从来不会打扰它们。从不会。相反，他把铲子插进了离坟墓后方两码远的柔软泥土里。

他一边低声咕哝着，一边用力铲着土，并将泥土疯狂地甩到土坑两旁。大约挖了两英尺[1]后，那把铲子碰到了一个东西，发出

---

[1] 英尺：英美制长度单位，1英尺等于12英寸，合0.3048米。

沉闷的撞击声。他跪在地上，开始用手把土刨出来。

挖净了泥土后，他伸出手，抓到一个把手，然后一点一点地把它拉了出来。他拿出一个湿透的、沾满泥土的手提箱。他把箱子平放在地上，推开锁，打开了它。

就在他看到箱子里的东西时，赛泰整个大脑差点痉挛了。他一动不动地呆在原地，仿佛被冻结住了一般，不能动也无法思考。因为在夕阳斜照的红光下，箱子里的东西实在太光明、太闪亮了。漂亮的东西太多，他无法移动自己的身体。但他必须移动，他必须要做完这个。

他把双手伸进装满珠宝的小箱子，感受着金链滑过手掌的感觉，倾听着金属碰撞的声音。这里面有钻石、红宝石、锆石和塑料石。这些价值连城和廉价低微的东西混杂在一起。他不记得自己是什么时候，在哪里偷得的这些东西，他只知道这是自己做的。是他偷来了这些东西，然后把它们藏在一起，埋在这个小小的坟墓里，打算在需要的时候挖出来。但如果他把它们送回去的话，那么也许……

他双手抓着一堆比警官皮带上的手铐还闪亮的金链条，跌跌撞撞地向那个男人和那个女人走去。闪闪发光的戒指和扣针从那些链子里掉到土地上。它们滑过他的手指，但他依然紧紧抓住剩下的珠宝，一直走到那对夫妇的面前。那两个人就像蜷缩在龙卷风里一样相互抱着对方。他跪在了地上，把手中闪亮的物品扔在了他们脚下，然后前后摇晃着身体，绝望地请求着。

"求你们，"他说，"对不起，对不起，我不是故意的。"

"求你们，"他说，"拿走，我不需要了，我不想要了。"

"求你们，"他说，"做什么都行，但不要分解我。"

忽然间，赛芬意识到泰勒并不知情。那个男孩能够理解时间和地点的部分不在这里，而且也永远不会在。泰勒无法理解他其实已经被分解了，而赛芬永远也无法让他理解这一点。于是他继续恸哭道：

"请不要分解我。要我做什么都行。请不要分解我。求你们……"

就在这时，他身后传来一个声音。

31. 莱夫

"把他需要听到的话告诉他！"莱夫说。他愤怒地站在那里，感觉自己的气愤甚至可以分裂整个地球。他告诉赛芬他要见证这一切，但他无法只做一个旁观者。

泰勒的父母依然相互拥抱，安慰着对方，却并没有安慰赛芬。这让莱夫更加感到愤怒。

"告诉他，你们不会分解他！"他吼叫道。

男人和女人像看一只傻兔子一样看着他，于是他抓起地上的铲子，像挥舞棒球棍一样晃动着：**"告诉他你们不会分解他，否则我就打烂你们一文不值的脑袋！"**他从未像这样和别人说过话。他从未威胁过任何人。他知道这不仅仅是一个威胁，他是认真的。如果今天别无选择，他会把铲子大张旗鼓地挥过去。

警官们把手伸向手枪套，拔出了手枪，但莱夫并不在意。

"放下铲子！"其中一个警官喊道。他的枪正指着莱夫的胸部，但莱夫并没有放下铲子。**随他去，即使他真的开枪了，我在倒下之前也能狠狠地给泰勒父母来一下。我可能会死，但至少我会带走他们其中一位和我一起。**他这一生从未有过这样的感觉，他觉得自己快要爆炸了一般。

"告诉他！现在就告诉他！"

时间好像静止了一般：警官们和他们的枪，莱夫和他的铲子。终于，男人和女人结束了这一切。他们看着眼前那个前后摇晃，在撒了一地的珠宝面前哭泣的男孩。

"我们不会分解你，泰勒。"

"向他发誓！"

"我们不会分解你，泰勒。我们发誓，我们保证。"

赛芬的肩膀放松了下来，虽然他还在哭泣，但那哭声已不再是绝望的哀号，而是如释重负的啜泣。

"谢谢，"赛芬说，"谢谢……"

莱夫放下了铁铲，警官们也放下了枪，满脸泪水的夫妇逃进了房子里。赛芬的爸爸们还待在那里，帮助赛芬站了起来，并紧紧抓着他。

"没事了，赛若斯。一切都会好的。"

赛芬一边哭泣着，一边说道："我知道，一切都没事了。都没事了。"

这正是莱夫该离开的时候了。他知道自己是这个等式中唯一还未解决的变量，不一会儿那些警官就会意识到这一点。于是趁警官们的注意力还集中在那对匆匆离开的夫妇、哭泣的小孩、那两位爸爸和地上那堆金光闪闪的东西上时，他悄悄退到了阴影里，然后转身跑了起来。不出几分钟，他们就会知道他离开了，但他正需要这几分钟。因为他很快，他的行动一直很迅速。他穿过灌木丛，溜进另一个后院，然后在几秒钟内就跑到了另一条街上。

在赛芬把那些珠宝扔到那些极其可怕的人们面前时，赛芬脸上的表情，那些人装作**他们**才是受害者的行为……这些画面将会一直伴随莱夫的一生。他知道自己已经被这一刻改变了，他发生了一种深刻的、可怕的转变。无论他现在去往哪里，目的地已经不再重要，因为他的内心已经到达了那里。他变成了土地里的那个手提箱——满是珠宝，却散发着空虚的光芒，没有任何真正闪亮的东西。

　　天空中最后一丝光线已经消失了，唯一剩下的只有渐渐变暗的深蓝色。街灯还没有亮起，于是莱夫穿梭在无尽的阴影下。逃得越远，藏得越深，他就能更加地失去自我，现在他的朋友只剩下无尽的黑暗。

明日分解

逃 离 收 获 营

第 五 部 分

墓场

"亚利桑那州西南部"是做飞机墓场的绝佳地点。这里的天气干燥、晴朗，几乎没有雾霾，能尽可能地降低对飞机的腐蚀程度。这里的碱性土壤十分坚硬，因此飞机可以被拖动并停在地上而不下沉。

　　飞机墓场并不是简单地把废旧飞机和大堆金属垃圾堆在一起。这里其实有价值百万美金的供应零件，可以用来保证仍在服役的飞机的航行……

　　——乔·赞特纳，"飞机墓场"，https://www.desertusa.com

32. 海军上将

白天的时候，炽热的阳光烘烤着亚利桑那这片坚硬的土地；夜晚，气温会骤降。来自航空史上各个时期的四千多架飞机在太阳的照耀下闪闪发着亮光。从巡航高度的角度看，一排排飞机就像庄稼地一般，展示的是被淘汰的科技成果。

1. 你来到这里是迫不得已，你留在这里是出于选择。

从天空上看，你无法看出这里有些飞机是住了人的。更确切地说，三十三架。间谍卫星能捕捉到这些活动，但捕捉到和注意到是完全不同的两件事。比起寻找一帮分解人难民，中央情报局的数据分析师还有更重要的任务去做。而海军上将正是利用了这一点——但为了以防万一，他在墓场里制定了严格的规则。所有活动都要在飞机机身内或机翼下方进行，除非迫不得已必须在空场上进行。炎热的气温有助于这一规则的实施。

2. _存活让你得到应有的尊重_。

海军上将并没有拥有这片墓场，但他在这里的管理权不容怀疑，他也是这里的最高领导。商业头脑、拖欠的人情，还有愿意采取任何手段干掉他的军队，这样的结合才使得这种甜蜜的交易成为可能。

3. 我的方式就是唯一的方式。

墓场是笔欣欣向荣的生意。海军上将买来退役的飞机，然后售出零用部件，或者把它们整体重新销售。大部分交易都是在网上进行的。海军上将一个月能得到一架退役的飞机。当然，每一架到来的飞机都秘密装着一货舱分解人。这才是墓场进行的真正交易，这些交易一直做得很好。

4. 你的生命是我给你的礼物，要认真对待。

有时候，买家们确实会来到这里查货或取货，但通常在这之前会有足够的预警时间。从他们进入大门算起，距离墓场核心地带还有五英里的路程。这给了孩子们足够的时间像小妖怪一般藏身到飞机里。这些来做交易的访客一周只会来一次左右。人们有时会好奇海军上将在其余时间里做些什么，他告诉他们自己在建立一个野生动物保护区。

5. 你比那些要分解你的人好得多，要随机应变。

海军上将的手下只有三位成年人：两位办公人员，驻扎在远离分解人的一辆房车里，还有一位是直升机飞行员。飞行员的昵称叫屠刀，他有两项工作。第一项是带着重要的买家参观现场，第二项则是带着海军上将进行每周一次的墓场视察。屠刀是唯一一位知晓墓场深处藏匿着分解人的员工。他虽知道这个事实，但他所得的薪水足以让他对此保密。此外，海军上将对屠刀有着完全的信任。一个人必须要相信他私人的飞行员。

6. 墓场里所有的人都要做出贡献，没有例外。

墓场里真正的工作都是分解人做的。他们有一整队人专门负责拆卸飞机、处理部件，然后做好零件的售卖准备。这里就像任何一个垃圾场一样，只不过规模更大一些。并不是所有飞机都会被拆卸，有的还会完整地保留下来，如果海军上将认为它们可以被整体重售的话。有的飞机则被重新规划，变成在他庇护下的孩子们的生活区。

7. 青春期叛逆是那些城郊上学的孩子的专利，别想了。

孩子们根据各自的才能、年龄和个人需求被分到不同的工作小组。海军上将一辈子都在培训少年军官成为训练有素的战斗人员，这样的经验让他完全有能力把一群愤怒、惹是生非的孩子组建成有用的团体。

8. 荷尔蒙绝不能掌控这里。

女孩们绝不和男孩们混到同一组里。

9. 到了十八岁，你就再也与我无关。

海军上将有他制定的十条准则，这些准则被贴在孩子们生活和工作的各个区域。孩子们管这些准则叫"十项要求"。他并不在意他们管这些叫什么，只要他们每个人都对这些准则熟记于心即可。

10. 为你自己而奋斗，这是命令。

帮助大约四百个孩子藏匿起来，并保证他们安全、健康是一项挑战。但海军上将从未屈服于挑战。而他这样做的动机，和他真实的姓名一样，是他不愿和别人分享的一个秘密。

33. 莉莎

对莉莎来说，刚来到墓场的头几天很是难熬，而且似乎看不到尽头。她在这里的生活是由谦虚练习开始的。

每一个新来的人都要去见一个审裁小组：三个十七岁大的少年，坐在一架宽体飞机空壳里的一张桌子后。两个男孩和一个女孩。这三个人同大嗓门及吉夫斯——莉莎在走出飞机时见到的第一个少年，这五个人一起组成了一个众人称为"黄金组合"的精英少年组。他们是海军上将最信赖的五个孩子，因此也成了这里的负责人员。

在轮到莉莎之前，他们已经审查了四十个孩子了。

"和我们讲讲你自己。"坐在右边的一个男孩说道。她管他叫右舱手，因为他们身处这个机舱里，"你都知道些什么，会做什么？"

莉莎面对上一个审裁小组还是在州立孤儿院的时候，那时她被裁定为分解人。她能感觉到这三个人很无聊，他们其实并不在意她说些什么，只是按照程序赶快进行到下一个而已。她很恨这些人，就像当初校长向她解释为什么会废除她人类权利时那样憎恨校长一样。

那个坐在中间的女孩一定是看出了她的想法，因为她微笑着说："不用担心，这不是什么测试，我们只是想帮你找到适合你的工作而已。"这话听起来很奇怪，因为分解人的问题正是到哪里都不合适。

莉莎深吸了一口气："我在州立孤儿院的时候，是个学音乐的学生。"她说完，立刻后悔自己告诉他们她是州立孤儿院的孩子。即使在分解人里，也存在偏见和强弱等级。显然，右舱手靠在椅背上，双手环在胸前，做出一副不满意的样子，但另一旁的男孩说道："我也是沃德家的孩子。佛罗里达州立孤儿院 18 号。"

"俄亥俄 23 号。"

"你会什么乐器？"女孩问道。

"古典钢琴。"

"不好意思，"右舱手说道，"我们这里的音乐家已经够多了，而且这里的飞机也没有装着钢琴来的。"

"存活让我得到应有的尊重，"莉莎说，"这不是海军上将的规则之一吗？我觉得他不会喜欢你的态度。"

右舱手有些难为情："我们能不能继续？"

那个女孩露出一个抱歉的笑容："虽然我不愿承认，但此时此刻在这里，我们还不太需要艺术大师。你还会做些什么？"

"随便给我个工作，我就会去做。"莉莎想赶快结束这一切，"反正你们也会这样做，对吗？"

"厨房那里总是缺少人手，"右舱手说，"特别是吃完饭后。"

那女孩用一种意味深长的恳求目光看着莉莎，似乎希望她能想出些更好的办法，但莉莎只回应道："好，洗盘子的。我可以走了吗？"

她转过身准备离开，并尽力抚平自己心中的厌恶感。在她走出门的时候，下一个孩子走了进来。他看起来糟糕极了，鼻子肿得红紫，上衣全是干掉的血迹，而鼻孔里还在源源不断地流着血。

"发生了什么事？"

他定神看了看眼前的她，说道："你的男朋友……这就是发生的事，他要为此负责。"

莉莎心中有好几个问题想问他，但那个孩子的血流得到处都是，而首先的任务就是要止血。他仰起了头。

"不，"莉莎告诉他，"低下头，不然你会被自己的血液呛到。"

那孩子听从了她的话。审裁小组的三个人也从桌子后面走了过来，看看自己能帮什么忙，但莉莎已经处理好了一切。

"这样捏着，"她告诉他，"对待这种事情你要有耐心。"她给那孩子演示了一下如何捏鼻子止血。然后，等血止住后，左舱手向她走了过来说："干得好。"

她立刻从洗碗员晋升到了医务人员。有意思的是，这间接地算是康纳的功劳，因为正是他把这个孩子的鼻子打坏的。

至于那个鼻子流血的孩子，他被分配到了洗碗的工作。

头几天里，莉莎觉得在没有真正受过培训前成为医务人员其实是很可怕的事情。医务机里还有其他几个孩子，他们似乎懂得更多，但她很快就发现，其实这些人被分配到此的原因也几乎相似。

"你会做得很好的，你有天赋。"一位十七岁的高级医务告诉她。他说得对。一旦她习惯了这里，处理急救、普通疾病甚至缝合简单的伤口都变得和弹钢琴一样顺手。这里的日子变快了起来，她才忽然发现，自己已经来到这里整整一个月了。每过一天，她的安全感就又增强了一点。海军上将是个奇怪的家伙，但他做了些其他人所无法做到的事情。自从她离开州立孤儿院后，他是第一个把生存权利还给她的人。

34. 康纳

同莉莎一样，康纳也是偶然发现了适合自己的工作。康纳以前从未想过自己会做和机械相关的工作，但他更不愿意和一群白痴站在一起，眼睁睁地看着某个不工作的东西，然后思考谁能去修理它。在来到这里的第一周，在莉莎正学习如何假装成为一位好医生的时候，康纳决定好好研究一下烤焦的空调机组，然后从一堆废品零件中找出替换品给它修好。

他很快就意识到这和他曾经遇到的那些损坏物品没有太大区别。当然，一开始总要有些尝试和失败，但随着一天天过去，失败逐渐变得越来越少。这里有一些小孩自称是机械师，而且很善于解释物体为何不工作，然而真正能修好它们的却是康纳。

很快，他就从垃圾处理部晋升到了修理小队。因为有太多东西需要修理，康纳反而没有太多时间去想其他的事情，比如在海军上将这里，他很少能再见到莉莎，又比如罗兰德的地位晋升有多快。

罗兰德为自己谋到了墓场里最好的工作。通过巧妙地操控和不断地拍马屁，他成了飞行员的助手。大部分时间里，他只是负责清洁直升机，给它加油，但这份工作显然还有学徒的意味。

"他在教我如何驾驶飞机。"有一天，康纳曾偷听到罗兰德这样和其他孩子说道。想到罗兰德操纵直升机，康纳就浑身打了个冷战，但很多孩子却对罗兰德更加刮目相看。他的年龄本来就让他长于别人，而他对别人的掌控更为他赢得了相当一部分人的尊敬或恐惧。罗兰德从他周围的小孩身上得到了许多负能量，而他身边的小孩不计其数。

社交操纵并不是康纳的强项。即使在他自己的队伍里，他也算是有些神秘的人物。孩子们知道最好不要去惹他，因为他对烦扰和白痴的家伙容忍度很低。不过，大家都宁愿康纳站在自己这一方。

"人们喜欢你是因为你很正直，"海登告诉他，"即使你有时候很浑蛋。"

康纳觉得此话很可笑。他？正直？很多认识康纳的人恐怕不会这么想。但另一方面，他在改变。他打架的次数越来越少，也许是因为这里的空间没有仓库那样狭小有限。或者也许是因为他一直在练习控制自己的脾气，并终于能够开始抑制自己的冲动了。这和莉莎有着很大的关系，因为每一次他在动手前逼迫自己思考时，莉莎的声音总会回荡在他的脑海，让他慢下来。他想告诉她这些，但她在医务机里总是很忙碌，而且你总不能直接找到某个人说："我现在变得更好了，因为你在我的脑袋里。"

她现在也依旧在罗兰德的脑袋里，这让康纳很担忧。一开始，莉莎只是罗兰德用来引怒康纳打架的工具，但现在罗兰德把她当成了胜利品。现在，罗兰德已不再用暴力对待她，而是总找机会去诱惑她。

"你不会真的上他的当了吧？"一天，在一次难得的独处时，康纳这样问莉莎。

"我就当你没有问这个问题。"她有些厌恶地告诉他，但康纳这样担心是有理由的。

"来到这儿的第一晚，他把自己的毯子给了你，而你接受了。"他指出。

"只是因为我知道这样他会挨冻。"

"那他把食物给你的时候，你也接受了。"

"这样他就会挨饿了。"

这样逻辑上完全说得通。康纳很惊讶她可以像罗兰德那样将感情放到一旁，像个机器人一样思考盘算，然后以其人之道还治其人之身。这也是康纳敬佩她的另一个原因。

"工作会议！"

每周，在整个墓场唯一与飞机无关的场地——聚集大棚里——都会举行一次工作会议。这里是唯一能够装下 423 个少年的地方。工作会议，是一个和真实世界接轨的机会，一个算是重新拥有生活的机会。

海军上将从不会参加，但聚集大棚里有不少摄像头，就像整个墓场里都装有摄像头一样，大家都明白他正在某处观看。至于每个摄像头是否是即时监控，没有人确切知道，但他们被监视的可能性总是存在的。康纳从第一天见到海军上将的时候就完全不在意他。而此后的日子里，这些摄像头让康纳更加不喜欢他。似乎每过一天，他对这个男人的厌恶感就更多一些。

大嗓门拿着他的大喇叭和剪贴板主持着工作会议。"俄勒冈州的一个男人需要一个五人小组，帮忙清理几亩地的林木。"大嗓门宣布道，"住所和膳食全包，还会有工具使用的相关培训。这份工作大约会持续几个月，在结束后你们会得到新的身份证。十八岁的身份证。"

大嗓门并没有说明工作的薪水是多少，因为根本没有薪水。不过，海军上将会得到一笔钱，他会获得对方支付的费用。

"有人想要吗？"

有些人举起了手。当然，举起手的有十几个人，大部分都是十六岁的孩子。十七岁的孩子已经很接近十八岁了，他们通常不太愿意冒险，而年纪更小的孩子们则对前景有些惧怕。

"会议后向海军上将报告，他会做出最终决定。"

工作会议让康纳感到愤怒。他从未举手报名过，即使是遇到他真正想做的事情。"海军上将在利用我们，"他对站在身旁的孩子们说，"你们看不出来吗？"

大部分孩子只是耸耸肩，但海登也在那里，他从不会错过任何一个表达自己独特智慧的机会。"我宁愿被完整利用，而不是变成一块块被利用。"海登说。

大嗓门看了看他的剪贴板，又举起了大喇叭。"家居清理服务，"他说，"需要三个人，偏向女性。没有假身份证，但地点很遥远、安全，也就是说你能够远离青年警官，一直到十八岁。"

康纳连看都没看："告诉我没有人举手。"

"大概有六个女孩，看起来全都是十七岁。"海登说，"我猜没人想做超过一年的清洁女工。"

"这个地方不是难民营，这里是奴隶市场。为什么大家都看不出来呢？"

"谁说他们看不出来？只不过对分解人来说，被奴役都变成了好事，两害相较取其轻罢了。"

会议结束后，康纳感觉到有一只手搭在了自己的肩膀上。他以为这一定是个朋友，但事实并非如此，是罗兰德。康纳太过惊讶，甚至过了一会儿才反应过来。他甩开了罗兰德的手："你要干什么？"

"只想聊聊。"

"你不是还要去洗直升机吗？"

罗兰德笑了一下："现在清洗越来越少，飞行越来越多。屠刀让我做他的非正式副驾驶。"

"屠刀一定很想死。"康纳并不知道他到底对谁更厌恶，罗兰德，还是那个被他拍马屁的飞行员。

罗兰德看了看周围越来越少的人群。"海军上将真是在布置一场骗局呢，是不是？"他说道，"这里大部分的废物都不在乎，但你很烦恼，不是吗？"

"你想说什么？"

"你不是唯一一个想……重新教育海军上将的人。"

康纳并不喜欢这个话题："我对海军上将怎么想，那是我自己的事情。"

"当然。话说，你见过他的牙齿吗？"

"怎么了？"

"很显然那不是他自己的牙。我听说他的办公室里放了一张牙齿主人的照片，和我们一样，也是个分解人。因为他，那人没能活到十八岁。你不得不好奇他身上还有什么地方是从分解人那里得来的，不得不好奇海军上将的身上还有没有属于他自己的部位。"

罗兰德的话里有太多信息需要处理，考虑到这话的来源，康纳并不想考虑这些信息，但他知道他已身不由己。

"罗兰德，我尽我所能把话和你说清楚。我不信任你。我不喜欢你。我不想和你有任何的瓜葛。"

"我也不能忍受你，"罗兰德说着，指了指海军上将所在的飞机，"但现在，我们有了共同的敌人。"

罗兰德趁没人注意到他们谈话之前，就大步走开了，只剩下康纳一人忧心忡忡地站在那里。想到自己和罗兰德有可能站到同一方，他觉得自己像是吃了腐烂食品一样反胃。

整整一周，罗兰德播种在康纳脑中的种子开始渐渐长大。这颗种子所在的土壤很肥沃，因为康纳本身就不信任那个海军上将。现在，每一次他看到那个男人，康纳都会注意到一些事情。他的牙齿**简直**完美，完全不像是一位退役老兵的牙。他看别人的样子——直勾勾地盯着他们的眼睛——就好像他在比较这些眼珠子的尺寸，寻找着适合自己的那一对一样。而那些因为工作会议而消失的孩子——因为他们从未再回来，谁知道他们到底去了哪里？谁又知道他们是不是被送去分解了？海军上将说他的目的是拯救分解人，但万一他暗地里有一套完全不同的计划呢？这些想法让康纳夜不能寐，但他并不会和任何人说什么，因为一旦他说了，他就和罗兰德成了同盟，而这可是他永远不想结成的同盟。

在墓场的第四周，在康纳还忙着在脑海中思考对抗海军上将的策略时，另一架飞机来到了这里。这是自上一架把他们带过来的联邦快递老飞机之后首个来到这里的飞机。同那架飞机一样，这一架也装满了活人货箱。在五位黄金组合成员带领新人从飞机上走下来时，康纳正在一旁修理着一个坏了的发动机。他略有兴致地观察着路过他的新人们，好奇这里面是否会有比他的机械修理水平更高，让他退居二线的人。

就在那时，在这一队小孩的最后方，他看到了一张熟悉的脸。是原来一起上学的孩子吗？不，并不是。忽然间，他一下子认出了这个人。这男孩正是那个他以为早已被分解了的孩子，也是他绑架出来的孩子，莱夫！

康纳扔下手里的铁扳，向他跑了过去，但在途中又恢复了理智，让自己心中五味杂陈的感情平复了下来。这个孩子背叛了他，他曾发誓自己绝不会原谅对方。虽然以为莱夫已被分解的想法让康纳更不能忍受，但莱夫并没有被分解——他就在那里，正向储藏装备的那架飞机走去。康纳很激动，康纳很愤怒。

莱夫并没有看到他——这倒没什么，因为这给了康纳一些时间去思考。这个男孩已不再是两个月前，他从他父母车上被拽下来时那个干净整洁的十一奉献品了。这个男孩的头发变得又长又乱，脸上露出坚毅的表情。这孩子的身上也没有穿着十一奉献的白西服，而是破了洞的牛仔裤和一件脏兮兮的红色短袖。康纳想让莱夫就这样走过去，这样他就能有时间去思考这个突发事件，但莱夫看到了他，并且立刻冲他露出一个笑容。这也很是不同——在他们认识的短暂的日子里，莱夫从未因见到康纳而开心过。

莱夫向他走了过来。

　　"不要离队！"大嗓门命令道，"储藏飞机在这边。"

　　但康纳向大嗓门挥了挥手，示意道："没关系的，我认识这人。"

　　大嗓门有些不情愿地答应道："让他一会儿一定来储藏飞机。"说完，他转身又开始赶其他人。

　　"所以，过得怎样？"莱夫问道。

　　"就像这样。"

　　过得怎样？如果不知道前情，你还以为他们是夏令营认识的好兄弟。

　　康纳知道他该做什么。这是唯一能让他和莱夫之间恢复正常关系的办法。但这义是一次出于本能，缺少思考的行为。出于本能，但并非不理智。充满激动的情感，但并不是冲动。康纳已经能区分出这之间的差别了。

　　他侧过身，冲着莱夫的眼睛就是一拳。虽不至于重到把他打倒，但也足够让他挨个大大的黑眼圈。趁莱夫还没反应过来前，康纳说："**这一拳**是为了你对我们做的事。"然后，在莱夫还未回答前，他又突如其来地做了一件事。他一把把莱夫拉了过来，然后紧紧地抱着他——就好像去年在他小弟弟获得地区五项全能第一名时，他给弟弟的拥抱一样。

　　"我真的，**真的**很高兴你还活着，莱夫。"

　　"是啊，我也是。"

　　他趁情况还未变得太过尴尬前放开了莱夫，就在他放手时，他能看到莱夫的眼睛已经开始肿了起来。一个想法在他脑中出现："来，我带你去医务机。我知道有个人能帮你处理那只眼睛。"

　　直到那天晚上，康纳才开始发现莱夫真正的变化。康纳在夜里猛地醒过来，他睁开双眼，发现一个手电筒的光正照在他的脸上，光线离得很近，让他的眼睛有些痛。

"嘿！是谁？"

"嘘。"一个声音从光线后方传来，"是我，莱夫。"

莱夫本应待在新人机舱里——那是所有新来孩子待的地方，然后他们会被安排到各个不同的小队里。这里有明文规定，所有人不得在夜晚外出。显然，莱夫已不再是那个遵守规矩的男孩了。

"你在这里做什么？"康纳问道，"你知道你会惹上多大的麻烦吗？"他依旧看不清躲在光线后面的莱夫的脸。

"今天下午你打我来着。"莱夫说。

"我打你是因为你欠我那一拳。"

"我知道。那是我应得的，所以没关系。"莱夫说，"不过以后你不要**再**打我了，不然你会后悔。"

尽管康纳本来也没打算再打莱夫，但他很不适应别人给他下最后通牒。

"我会打你，"康纳说，"如果你罪有应得的话。"

光线后面传来一阵沉默，然后莱夫开口道："有道理，不过你最好百分百确定了再说。"

电筒光灭了。莱夫走了，但康纳却睡不着了。每一个分解人都有一个你不想知道的故事。他猜想莱夫现在也有了他自己的故事。

两天后，海军上将叫走了康纳。显然，他有个东西需要修理。他的住宅是一架老旧的波音 747 飞机，在这里的所有小孩出生前，这架飞机曾是美国的空军一号[1]专用机。飞机的引擎已被拆卸，总

---

[1] 空军一号（Air Force One）是美国总统的专机。

统徽章也被重新粉刷过了，但在油漆下，你依旧可以隐隐看到徽章的影子。

康纳背着一包工具爬上了楼梯，不管要修什么，他只希望自己能快点做完出去。虽然和其他人一样，他对这个男人有着病态般的好奇心，他想看看这架老总统专机的里面到底是什么样子，但海军上将的监视让他很没有胆量。

他跨进舱门，看到两个孩子正在那里做清洁。他们看起来年龄更小，而且康纳并不认识。他本以为黄金组合的人会在这里，但并没有看到任何人的身影。至于飞机本身，它远远没有康纳想象中那么奢华。皮革座椅已经有了裂痕，地毯几乎已经破旧不堪。与其说是空军一号，不如说这里看起来更像是一家老旧的汽车旅馆。

"海军上将在哪里？"

海军上将从里面的机舱走了出来。虽然康纳的眼睛还在适应这里的光线，但他能看到海军上将的手里拿着一个武器。"康纳！真高兴你来了。"康纳看到他手里的手枪，有些畏惧，而且他意识到海军上将居然知道他的名字。

"你拿着那个干什么？"康纳问道，指着那把手枪。

"只是在擦拭而已。"海军上将说。康纳想知道为什么擦拭的枪里还装着弹夹，但决定还是不再追问了。海军上将把枪放进了抽屉，然后锁上了抽屉。之后，他把那两个孩子打发走了，并在他们走后关上了舱门。这正是康纳最恐惧的情景，他能感觉到一股肾上腺素正冲击着他的手指和脚趾。他提高了警惕。

"你需要我修理什么东西吗，先生？"

"是的，我的咖啡机。"

"你为什么不从别的飞机上换一个呢？"

"因为，"海军上将平静地说道，"我更愿意修好这个。"

他带着康纳走进内部机舱，这里面似乎要比外面大了许多。机舱里有小隔间、会议室和书房。

"你知道吗，你的名字经常被人提起。"海军上将说。

这对康纳来说是个不太好的消息："为什么？"

"首先，是因为你修理的东西，然后是因为打架。"

康纳感觉到惩罚已经快要来了。没错，他在这里打的架要比以往少了许多，不过海军上将是个零容忍的人。于是他说道："我对打架很抱歉。"

"不用道歉。当然，你是个我行我素的家伙，不过大多数时间，你行动的方向是对的。"

"我不明白你的意思，先生。"

"从我的角度来看，你卷入的每一场打斗都解决了某个问题，即使你输了。所以，虽说是打架，你还是修理好了某些东西。"他冲康纳微笑了一下，露出整洁的白色牙齿。康纳打了个冷战，虽然他尽力不让自己做得太明显，但他确定海军上将还是看到了。

他们来到一间小的用餐室。"就是这里。"海军上将说。老旧的咖啡壶摆在了柜台上。这个壶的构造很简单。康纳刚拿出螺丝刀准备打开后壳，却发现咖啡壶的电源并没有插上。他插好电源，电源灯亮了起来，咖啡立刻涌入了小玻璃壶中。

"嗯，真不错啊。"海军上将说着，又一次露出那个可怕的笑容。

"我来这里并不是为了修理咖啡机的，对吗？"

"请坐下。"海军上将说道。

"我不太想坐。"

"还是先坐下吧。"

这时候，康纳看到了那些照片。墙上挂着不少照片，但最吸引康纳注意的是一个和他年龄相仿的微笑男孩。那个微笑看起来十分眼熟。实际上，那微笑简直和海军上将的微笑**一模一样**。正如罗兰德所说的那样！

康纳的心情变得烦躁不安，但他的脑海里又出现了莉莎的声音，告诉他要好好考虑自己的想法。当然，他可以冲出去。虽然他很有可能在海军上将阻止他之前就跑到舱门那里，但打开舱门却并不容易。他也可以用自己的工具袭击海军上将。这能够给他赢得足够的时间逃跑。但他又能去哪里呢？墓场之外只有一片又一片的沙漠。最终，他意识到自己的最佳选择就是听海军上将的话。他坐了下来。

"你并不喜欢我，是吗？"海军上将问道。

康纳并没有迎合他的目光："你把我带到这里，救了我的命——"

"你不能回避我的问题。你不喜欢我，是吗？"

康纳又打了个冷战，但这一次，他并没有掩盖："不，现在，我不喜欢。"

"我想知道原因。"

康纳发出一声可怜的笑声以做回应。

"你认为我在做奴隶交易，"海军上将说，"我在利用分解人获取自己的利益？"

"如果你知道我想说的话，为什么还要问我呢？"

"我想让你看着我。"

可康纳并不想看着那男人的双眼——或者更确切地说，不想海军上将看着他的眼睛。

"我说看着我！"

康纳极不情愿地抬起双眼，盯着海军上将的眼睛："我在看呢。"

"我相信你是个聪明的孩子。现在，我想让你思考一下。**思**

考！我是被授予勋章的美国海军上将。你认为我需要通过贩卖少年来挣钱吗？"

"我不知道。"

"好好思考！我会在乎金钱和奢侈品吗？我没有住在豪宅里。我也没有去热带海岛度假。我把生命消耗在这片臭烘烘的沙漠里，一年三百六十五天都住在破旧的飞机里。你觉得是为什么？"

"我不知道！"

"我想你知道。"

康纳站了起来。虽然海军上将的声音依旧坚定，他却已经不再感到那么害怕了。无论这是明智还是愚蠢的举动，康纳决定正面回答海军上将问的问题："你这样做是因为权力。这样做，你就能掌控几百个孩子的生活。这样做，你就能亲自挑选被分解的人……然后挑选自己想要的部分。"

海军上将并没有料想到康纳会说出这话，他立刻进入了戒备状态："你说什么？"

"这很显然！那些伤疤，还有那些牙齿！它们可不是与生俱来的，是吗？那么，你到底想从我这里要什么？是我的眼睛还是耳朵？还是我这双能够修理东西的手。这是你叫我来的原因吗？是吗？"

海军上将的声音变成了猛兽般的低吼："你不要太过分了。"

"不，过分的人是你。"海军上将的眼神本应会让康纳感到害怕，但他的怒火已经完全冲了上来，而且无法再收回，"我们绝望地来到你这里！而你对我们所做的……却……很可憎！"

"所以我是个怪物！"

"没错！"

"我的牙齿就是证据。"

"没错!"

"那就给你好了!"

说完,海军上将做了一件让人难以想象的事情。他把一只手伸进嘴里,另一只手抓着自己的下巴,然后将牙齿拿了出来。他目光炯炯地看着康纳,把那个粉嫩的东西扔到了桌子上,那东西咔嗒一下碎成了两瓣。

康纳惊叫了一声。就在那里。两排洁白的牙齿。两排粉色的牙龈,但并没有血。为什么没有血?海军上将的嘴里也没有血迹。他的脸似乎一下子塌陷了下来,他的嘴巴变成了一个软塌塌、满是皱纹的空洞。康纳不知道哪个看起来更糟糕一些,海军上将的脸,还是没有流血的牙齿。

"这种东西叫作假牙。"海军上将说,"在分解案通过前的那些年代里,它们很普遍。但现在,你只需花费一半的价钱,就能从一个健康的分解人那里得到真正的牙齿,谁还需要假牙呢?我是特意从泰国那里买到的这个,这东西在这边已经买不到了。"

"我……我不明白……"康纳看着那假牙,不自觉地将头转向墙上那个微笑的男孩照片。

海军上将顺着他的目光看去。"那个,"他说道,"是我的儿子。他的牙齿很像我当年的牙齿,所以他们就用他的牙科记录制作了我的假牙。"

听到和罗兰德所说的相反版本,康纳长出了一口气:"对不起。"

海军上将既没有接受,也没有反对康纳的道歉:"我派走分解人去干活而得到的钱,都用来给那些还留在这里的人买食物,还有支付那些用来收留逃窜分解人的庇护所和仓房的费用。这些钱还用来购买那些把分解人带到这里的飞机,然后收买某些人以不让他们揭发这里的事情。在那之后,剩下的钱就送给长到十八岁,

218

又回到那个残忍世界的分解人。所以你看，如果按你的标准定义，我可能算是个怪物，是个做奴隶生意的人，但我并不是你想象中的那个怪物。"

康纳看着放在桌子上的那个闪闪发光的假牙。他想拿起假牙递给海军上将，作为重归于好的表示，但又觉得这样做有些恶心，于是他还是让海军上将把自己的假牙拿了回去。

"你相信我今天和你说的吗？"海军上将问道。

康纳思考了一下，却发现自己已经很难辨别是非。真相与谣言、事实与谎言在他的脑中转来转去，他分不清谁对谁错。"我想是的。"康纳说。

"你心里**明白**。"海军上将说，"因为不然的话，你会见到比一个老人的假牙还可怕的东西。我需要确保，我没有白白把信任浪费在你身上。"

半英里外，在十四过道，第三十二空格里，那架一个月前来到这里的联邦快递飞机至今还停在这里。

海军上将让康纳开着电瓶车带他向那架飞机驶去，但在此之前，他从抽屉里又拿出了手枪，作为"预防措施"。

飞机的右翼下方有五个小土堆，上面摆着简陋的石头。这是那五个在运输途中窒息而死的孩子。他们的坟头让这里变成了真正的墓场。

飞机的舱门是敞开的。他们停下车，海军上将说："爬到里面，找到 2933 号箱子，然后出来，我们再继续说。"

"你不去吗？"

"我已经去过了。"海军上将递给他一个手电筒，"你会用得上这个。"

　　康纳站在电瓶车的顶部，爬进了货机的舱口，然后打开了手电筒。刚一打开手电，一系列回忆就闪现在他的脑海中。这里看着和一个月前没有任何的变化。敞开的货箱，还有浓重的尿臊味。这儿就像他们到达墓地前的"母胎"一样。他向机舱里面走去，经过了那个他、海登、艾姆鼻和迭戈藏身的箱子。终于，最后找到了 2933 号货箱。这是早先被装载在飞机里的箱子之一。箱子只敞开了一个小口子。康纳把箱子门打开，然后用手电筒照了进去。

　　在看到箱子里的东西时，康纳尖叫了一声，然后条件反射地向后退了一步，他的脑袋也撞到了身后的箱子上。海军上将本可以提前警告他的，但他并没有。**好吧，好吧，我知道自己看到了什么，我对此也做不了什么。这里面的东西也伤害不了我。**可他还是鼓足了好一阵勇气后才再看了第二眼。

　　箱子里有五个死了的孩子。

　　全部是十七岁的孩子。大嗓门，还有吉夫斯。在他们身旁的是凯文、梅琳达和劳尔。那三位是在第一天给他分配工作的孩子。黄金组合的五个人全部在这里。他们身上没有血，也没有伤口。他们也许只是睡着了，但大嗓门的眼睛却是圆圆地睁开着。康纳感觉有些眩晕。是海军上将干的吗？难道他真的疯了？但他为什么要这样做？不，肯定是别人干的。

　　等康纳从机舱里走出来的时候，海军上将正在向那五个已经埋在地下的孩子致意。他扶正了坟头的石头，拭去了上面多余的泥土。

　　"他们昨晚消失了。今天早上，我在这个箱子里发现了他们。"海军上将告诉他，"他们是窒息而死的，和刚来的那五个孩子一样，而且箱子也是同一个。"

　　"谁会做这种事？"

"确实，会是谁呢？"海军上将说道。他整理好那些坟墓，转身看向康纳，"不管是谁，解决了五个最有权力的孩子……也就是说，做这件事的人正在有条不紊地破坏这里的权力组织，这样一来他们就能够更快地升到更高职位了。"

康纳认识的分解人里只有一个有可能会做出这样的事，但即使如此，他也很难相信罗兰德会做这样可怕的事情。

"我是被特意引到这里发现他们的，"海军上将说，"他们今早把我的电瓶车开到这里，以确保我能发现。别误会，康纳，这就是在宣战。他们做出了迅速的进攻。这五个人本是我在这里最亲近的手下，但现在我手下一个人也没有了。"

海军上将盯着黑暗的舱门看了一会儿："今晚，我让你和我来这里，是要把他们埋了。"

康纳想到这里，猛地咽了口口水。他想不通自己到底招惹了哪方神明，竟然莫名其妙地成了海军上将的新任助手。

"我们把他们埋在远处，"海军上将说，"然后不告诉任何人他们已经死了的事情。因为如果这话传了出去，犯人们就获得了首胜。如果有人开始谈论这件事——他们肯定会的——那我们就顺着谣言找出犯罪的凶手。"

"然后呢？"康纳问道。

"然后正义会得到伸张。在那之前，这是我们之间的秘密。"

在康纳开车带海军上将回到飞机住所时，他和康纳把话说得很清楚："我需要新的耳目。需要有人能向我通报分解人中发生的事情，能找出群狼之首。我要你来给我做这些。"

"所以你想让我做间谍？"

"你站在哪一边？是我这一边，还是凶手那边？"

康纳终于明白海军上将为什么要带他来这里，逼迫他亲眼去看了。道听途说是一回事，而亲眼发现尸体则是完全不同的体验。这种残忍的事实让康纳明白，他必须效忠于谁。

"为什么选择我？"康纳必须问清楚。

海军上将又露出洁白牙齿地微笑："因为你，我的朋友，是最不邪恶的人。"

第二天早上，海军上将向众人宣布黄金组合被派至别的地方，以组建新的庇护所。康纳观察着罗兰德的反应，也许他会露出坏笑，或者瞥一眼他的兄弟们。但他什么都没有做。罗兰德完全没有显露任何他可能知道真相的迹象。实际上，整个晨会的过程中，罗兰德似乎一直表现出一副毫无兴趣、心不在焉的样子，好像他已经等不及要开始自己的工作一样。这倒也完全说得通。罗兰德跟着那位直升机飞行员——屠刀的实习，已经开始小有成效了。过去几周里，罗兰德一直像个专业飞行员那样学习驾驶直升机，而屠刀不在的时候，他还会让那些他认为值得坐的孩子免费搭乘。他说屠刀不会在意，实际上屠刀完全不知情。

康纳本以为罗兰德只会让自己圈子里的孩子搭乘，但事实并非如此。罗兰德会给每个做好工作的孩子以奖励——即使是他不认识的人。他会给每个队伍中最忠心的孩子奖励，他让所有孩子一起投票，选出谁能拥有乘坐直升机环绕墓场的机会。总之，罗兰德表现得就像自己是这里的管理人一样，而不是海军上将。

在海军上将出现在这里时，罗兰德会表现得唯命是从，但等其他孩子——他身旁总是不缺伙伴——围在他身边的时候，他会利用每个机会来贬低那个男人。"海军上将不了解情况，"他会说，"他不知道作为分解人是怎样的心情。他不可能明白我们到底是谁，需要些什么。"在那群完全听信他所说的话的孩子面前，他会悄悄地将自己对海军上将的牙齿、疤痕的见解，以及海军上将对所有人的秘密残忍计划说出来。他不断地传输着恐惧和不信任，并利用这些来聚拢越来越多的孩子。

在听到罗兰德说这些话的时候，康纳必须紧咬嘴唇才能让自己保持安静，因为如果他为海军上将辩护的话，罗兰德就会知道他站在哪一方了。

墓场里有一架专门提供娱乐的飞机，离会议棚不太远。那里装有一些电视和电子产品，机翼下方还放了几张台球桌、一个弹珠机和一些还算舒服的家具。康纳提议在那里安装一个喷雾器，这样就能为炎热的地带提供一个稍微凉爽的躲避处。不过，更重要的是，康纳也能通过安装这个机器而偷听到别人的信息。偷听对话，观察小群体，做一切能做的间谍活动。可问题是，康纳从来都不是做间谍的料。他的工作反而让他赢得了更多的注意。其他人总是会主动帮他，就好像他是刷墙的汤姆·索亚一样。大家都把他视为领导者，而康纳却只想要清静。他很高兴自己没有告诉任何人他就是那位所谓的"阿克伦城的AWOL"。据目前的谣言说，那位阿克伦城的AWOL打败了一整队青年警官，骗过了国家防卫军，还解放了几所收获营。康纳不需要利用这些名声，就已经得到了那些孩子足够的注意。

在康纳安装喷雾器的时候，罗兰德一直在台球桌旁盯着他。终于，他放下球杆，向他走了过来。

"你还真是只勤劳的小蜜蜂呢，不是吗？"罗兰德大声地说道，以确保周围的孩子们都能听到。康纳正站在阶梯上，把喷雾水管安装在机翼下方。能够这样俯瞰着罗兰德和他对话，康纳感到很是满意。"我只是想让生活更轻松些，"康纳说，"我们这里需要一个喷雾器，我可不想有人被这里的炎热**闷死**。"

罗兰德还保持着面无表情的冷酷脸。"看样子那些人离开后，你成了海军上将的新黄金男孩。"他看了看四周，确保大家的注意力都集中在他身上后，"我看到你上了他的飞机。"

"他有东西需要我修理，所以我就去修了，"康纳说，"就是这样。"

这时，在罗兰德还想进一步考问前，海登从台球桌那里接了话。

"康纳可不是唯一一个去过那里的人，"海登说，"那里总有人进进出出。有的是做饭，有的是清洁，我听说海军上将还对我们大家都喜爱的某位'嘴吸气人'很感兴趣。"

所有的目光都投向了艾姆鼻，他自从来到这里后就一直站在弹珠机前玩弄着。

"什么？"

"你去过海军上将的飞机里，不是吗？"海登说，"别想否认！"

"所以呢？"

"所以，他想要什么？我们大家都想知道知道。"

艾姆鼻有些局促不安，对自己成了众人的焦点感到很不舒服："他只是想了解一下我的家庭什么的。"

这对康纳来说是条新闻。也许海军上将正在寻找其他人帮他找凶手。显然，艾姆鼻远不如康纳那样引人注意，但"第三只眼"不该真的那么默默无闻。

"我知道是怎么回事，"罗兰德说，"他想要你的头发。"

"才不是！"

"是啊，他自己的头发很稀少，对吗？你头上顶着拖布一样厚的头发。那个老男人想剥掉你的头皮，然后把你剩下的身体送去分解！"

"闭嘴！"

大部分孩子都笑了起来。当然，这只是个玩笑话，但康纳很好奇有多少人可能会认为罗兰德是对的。也许艾姆鼻自己都会怀疑这一点，因为他的表情看起来有些恶心。这让康纳感到很愤怒。

"没错，欺负艾姆鼻吧。"康纳说，"给大家看看你的水平有多低。"他从梯子上爬了下来，紧紧盯着罗兰德，"嘿，你注意到大嗓门把他的喇叭留下来了吗？不如你来代替他的位置？你这人嘴巴这么大，肯定适合做这个工作。"

罗兰德表情极其严肃地回应道："没有人问我。"

当天晚上，康纳和海军上将在他的宿地进行了秘密会见，并一起喝着那个据说已经坏了的咖啡机制作的咖啡。他们谈论了罗兰德，以及康纳对他的怀疑，但海军上将并不满意。

"我不想要怀疑，我想要证据。我不想要你的感觉，我想要事实。"海军上将在他自己的咖啡里加了些许威士忌。

康纳结束了报告后，准备站起身，但海军上将拦住了他。他给康纳又倒了一杯咖啡，显然康纳今晚会睡不着觉了。不过，康纳怀疑即使不喝咖啡，他可能也照样睡不着。

"很少有人知道我接下来要告诉你的事情。"海军上将说。

"那为什么要告诉我？"

"因为我需要让你知道。"

这个回答很诚实，但他并没有说出自己真正的动机。康纳能想象出，他在战争时期一定是个了不起的军官。

"在我很年轻的时候，"海军上将开口道，"我曾在核心地之战战斗过，你曾经无礼指责的那些疤痕是因为手榴弹而留下的。"

"你是哪一方？"

海军上将又一次仔细打量了一遍康纳："你对核心地之战了解多少？"

康纳耸了耸肩："那是我们历史课本上的最后一章，但后来我们忙着州测试，就一直没学到这一课。"

海军上将嫌弃地摆了摆手："反正教科书的版本也是美化后的，没有人想记住这场战争到底发生了什么。你问我是哪一方的。事实上，这场战争里有三方，而不是两方。其中一方是生命军队，另一方是选择军队，而剩下的美国军队则负责阻止双方相互残杀，而这就是我所在的一方。不幸的是，我们并不是很成功。你看，一场争斗总是从某个问题开始的——不同的意见，一个争吵。但等问题变成战争后，这个问题本身已经不再重要了，因为现在一切都只关乎一件事：每一方对其他方的憎恨程度。"

海军上将在他的杯子里又加了一丁点威士忌，然后继续道："战争开始前，人们经历了一段黑暗的年代。我们曾经认为的对错完全被颠覆。一方面，人们会杀死那些做人流手术的医生以保护生命；而另一方面，人们不断地怀孕，只为了售卖胎儿组织。大家在选择自己的领导时，并不是依照他们领导的能力，而是依照他们对这件事的立场而做出选择。这简直太疯狂了！然后军队也分裂了，双方都拿起武器开始战争，两个对立的意见变成了两方军队，各自都决心要毁掉另一方。然后，就出现了《生命法案》。"

听到这个名字，康纳的脊梁骨感到一阵发冷。他以前从未有过这样的感觉，但自从变成分解人后，一切都改变了。

"在他们想出孩子到达一定年龄后，父母可以选择逆回性堕弃孩子这个主意时，我就在那里。"海军上将说，"起初这只是个玩笑话，没有人把它当真。但同年的诺贝尔和平奖颁给了一位在神经组织移植——一种能够让捐献者身体的各个部位都被移植利用的技术——方面卓有成效的科学家。"

海军上将喝了一大口咖啡。康纳几乎一口也没喝他的第二杯咖啡，他现在完全无法吞咽下任何东西。喝下第一杯咖啡，已经是他唯一能做的了。

"后来战争变得越来越糟，"海军上将说，"为了和平，我们迫使双方来到了谈判桌上，然后提出了分解人这个想法，这样就能终止不需要的生命，但又不会真正地结束他们的生命。我们以为这样会让双方感到震惊，然后思考其中的原因。他们会盯着桌子对面的另一方，然后有人会眨眨眼，但没有人眨眼。选择不结束生命，能够满足双方各自的利益。《生命法案》被签署，分解人协议生效，战争结束。每个人都很高兴战争终于结束了，但没有人在意未来的后果。"

海军上将的思绪飘到了远方，然后他挥了挥手："我想，剩下的故事你也知道了。"

康纳也许不知道所有的细节，但他确实了解大概的故事："人们想要各个部位。"

"更确切地说，是要求。得了癌症的结肠可以用全新的健康结肠替换。出了事故，有可能死于内部受伤的伤者可以得到新鲜的器官。一只长满皱纹，得了关节炎的手可以由另一只年轻五十岁的手替代。而所有这些新的部位总要有来源。"海军上将暂停了一刻，"当然，如果有更多的人愿意捐献器官，那么分解就不会发生……但人们总是不想分享自己的东西，甚至即使他们死了也是如此。很快，道德就被贪婪所压制。分解人成了一场大买卖，人们也任其发展。"

海军上将瞥了一眼自己儿子的照片。即使海军上将不告诉他，康纳也意识到了原因，但他并没有捅破海军上将的尊严。

"我的儿子，哈兰，曾是个很棒的小孩。聪明，但总是惹麻烦——你知道那种孩子。"

"我**就是**那种孩子。"康纳说着，轻轻笑了一下。

海军上将点了点头："大概十年前，他交错了一帮朋友，在盗窃时被抓住了。其实我在他那个年龄时也是那个样子，所以我父母才把我送到了军事学校，以让我好好接受教育。只不过，哈兰当时的选择就不同了。一个更加……**有效率**的选择。"

"你把他分解了。"

"作为制定分解人协议的人之一，人们认为我该为大家做个榜样。"他用大拇指和食指按着自己的双眼，趁泪水还未滑落下来之前擦掉它们，"我们签署了号令，但又改变了心意。可为时已晚，他们已经把哈兰从学校带到了收获营，然后分解了他。生米已煮成熟饭。"

康纳从未想到签署号令的人也会体验到分解人的伤痛。他从不认为他会对做这种事的父母产生同情心，或者对制定这项法律的人产生同情心。

"很抱歉听到这些。"康纳真心地说道。

海军上将几乎立刻清醒了一些："你不用感到抱歉。正因为他的分解，现在才有了在这里的你们。在那之后，我的妻子离开了我，成立了一个缅怀哈兰的基金会。我离开了军队，花了七年的时间酗酒，然后，三年前，我想出了一个大主意。这个地方，这些孩子，都是后来的结果。到今天为止，我拯救了一千多名要被分解的孩子。"

康纳终于明白海军上将告诉他这些事的原因了。这不仅仅是一个自白。这是让康纳变得更加忠心的方法，而且很是奏效。海军上将是个很执迷于某些事务的男人，但他的执迷能够拯救生命。

海登曾说过康纳很正直，而正是这种正直将他紧紧锁在了海军上将的这一方，于是康纳举起自己的杯子。"为了哈兰！"他说道。

"为了哈兰！"海军上将回应道。他们一起向这个名字致敬。"我在一点一点地把事情引向正途，康纳。"海军上将说，"一点一点地，通过多种方式。"

35. 莱夫

在离开赛芬后，到达墓场前这段时间里，莱夫身处何处并不重要，重要的是他的想法现在位于何处。他现在所处的地方，要比他藏身过的许多地方还要冰冷黑暗。

他依靠一系列不情愿的妥协和偷窃——任何能让他活下去的方式——熬过了这一个月。莱夫很快就学会了流浪和生存的法则。人们说一个人要学会一种语言和生活方式，必须得全身心地浸入到这种文化里，而莱夫并没有花费太长的时间就学会了迷失的语言。

在进入联络庇护所后，他很快就让身旁的人明白，他可不是好欺负的对象。他没有告诉别人自己是个十一奉献品。反而，他告诉别人在他因持枪抢劫被捕后，自己的父母签署了分解号令。这对他来说很有意思，因为他甚至从未摸过枪支。他很惊讶其他孩子并未读出他说谎的表情——他一直都很不善于说谎。但后来在看着镜子里的自己时，他甚至也被自己的眼神吓了一跳。

等他到了墓场后，大部分孩子都知道该离他远一些，这也正是他想要的结果。

在海军上将和康纳秘密会见的同一晚，莱夫又趁着朦胧的月色跑了出去，并且没有打开手电筒。在来到这里的第一晚，他就成功地溜出来找到了康纳，为了和康纳说清楚某些事情。在那天之后，康纳打的那个黑眼圈已渐渐消退，而他们也很少再谈起这件事。实际上，他几乎很少和康纳说话，因为莱夫的脑子里还想着别的事情。

在那之后的每一晚，他都试着从这里逃跑，但每一次都被抓住并且送了回来。现在，海军上将的五个看门狗已经离开了，开门放哨的孩子开始变得松懈起来。莱夫悄悄穿梭在各架飞机之间时，发现有些孩子甚至会在执勤期间睡觉。海军上将把那几个孩子送走，却没有找到任何可以代替他们的人，真是愚蠢。

在逃得足够远后，他打开手电筒，然后试着寻找自己的目的地。这个目的地是几周前他偶遇的一个女孩子告诉他的。她和他很相像。他怀疑今天他可能也会遇到一些其他和他很相像的孩子。

第三十过道，十二空位。这里是墓场中离海军上将最远的位置了。这个地方放着一架古老的麦道 DC-10 飞机，破旧得像是散了架一样栖息在这里。莱夫打开舱门爬了进去，发现里面已经来了两个孩子。他们两个被莱夫的出现吓了一跳，立刻摆出防卫的姿势。

"我的名字叫莱夫，"他说，"有人让我来这里。"

他不认识这两个人，但这没什么奇怪的，他来这里的时间并不长，还不足以认识这里的每个人。这两个人其中一个是顶着粉红头发的亚洲女孩，另一个是理了光头，全身都是文身的男孩子。

"是谁让你来这里的？"光头问道。

"我在科罗拉多州遇到的一个女孩，她的名字叫朱莉安。"

说完，有一个身影从阴影中走了出来。这个人并不是同龄的

230

小孩，而是一个大约二十来岁的成年人。他脸上带着微笑，顶着一头油乎乎的红发，脸上留着打结的山羊胡子，有一张瘦弱的脸庞和深陷的面颊。是屠刀，那位直升机飞行员。

"原来是朱莉安让你来的！"他说，"酷！她怎么样？"

莱夫思考了一下该如何回答。"她尽了职责。"莱夫说。

屠刀点了点头："嗯，就是这样。"

另两个孩子也向他介绍了自己。光头的男孩叫布雷恩，女孩子叫梅。

"那个和你一起学飞行的少年军官呢？"莱夫问屠刀说，"他也是一员吗？"

梅厌恶地笑了一声："罗兰德？绝对不可能！"

"罗兰德并不是……适合我们这个小组的**料**。"屠刀说道，"所以，你来这里只是为了告诉我们朱莉安的好消息，还是另有原因？"

"我来这里是因为我想来。"

"话虽这样说，"屠刀说，"但我们也不是真的了解你。"

"和我们介绍介绍你自己。"梅说道。

莱夫准备告诉他们那个持枪抢劫的版本，但还未张口时，他就改变了主意。是时候说出真相了，必须要从真相开始。于是他把一切都告诉了他们，从他被康纳绑架到和赛芬一起流浪的日子，还有那之后几周里的事情。说完后，屠刀看起来十分满意。

"所以，你是个十一奉献品！太棒了，你不知道这有多棒！"

"现在呢？"莱夫问道，"我成功加入了吗？"

其他人沉默了起来，气氛变得严肃，他感觉某种仪式即将开始了。

"告诉我，莱夫。"屠刀说道，"你有多恨那些要把你送去分解的人？"

"非常。"

"对不起，这还不够。"

莱夫闭上双眼，在内心深处回忆着他的父母。他想到了他们计划对他做的事，还有他们也让他真心地相信了这一切。

"你到底有多恨他们？"屠刀又一次问道。

"完全且彻底。"莱夫答道。

"那你有多恨那些会拿到你身体一部分，然后装在自己身上的人？"

"完全且彻底。"

"你有多想让他们，还有这世界上其他的人，付出代价？"

"完全且彻底。"总要有人对这一切的不公平付出代价，**所有人都要付出代价**，他会让他们做到。

"很好。"屠刀说。

莱夫对自己内心深处的愤怒感到有些惊讶，但他对此的恐惧却越来越少。他告诉自己这是件好事。

"也许他是真材实料。"布雷恩说。

一旦莱夫许下了承诺，他知道自己就不能再回头了。"我需要知道一件事，"莱夫问道，"因为朱莉安……她说得不是很清楚。我想知道你们相信什么。"

"我们相信什么？"梅说着，看了一眼布雷恩，布雷恩大笑了起来。不过屠刀却举起手示意他安静。"不——不，这个问题问得很好。是个真正的问题，值得认真回答。如果你想问我们是否有原因，答案是没有，所以不用再想这一点。"屠刀夸张地比画着，他的手臂在空中飞舞，"原因已经是陈年往事了，我们相信随机性。地震！龙卷风！我们相信自然的力量——而**我们就是自然的力量**。

我们就是一场浩劫，就是混乱，就是干扰整个世界的人。"

"我们把海军上将搞得一团糟，不是吗？"布雷恩狡猾地说道。屠刀狠狠地看了他一眼，梅看起来有些害怕。这让莱夫差点改变了心意。

"你怎么把海军上将搞得一团糟？"

"已经结束了，"梅说道，她的肢体语言显得有些焦虑、气愤，"我们搞了他，现在已经结束了。我们不会谈论已经结束的事情，对吗？"

屠刀冲她点了点头，她看起来轻松了一些。"我的重点是，"屠刀说，"搞砸谁，如何搞砸，这些都不重要，重要的是要制造麻烦。从我们的角度来看，如果事情一成不变，整个世界就不会**前进**，我说得对吗？"

"也许吧。"

"那么，**我们**就是行动者、动摇者。"屠刀微笑着用一根手指头指着莱夫，"问题是，你也是吗？你有能力成为我们中的一员吗？"

莱夫意味深长地看着眼前这三个人。他们正是他父母憎恶的那类人。他可以只是为了单纯泄恨而加入他们，但这样还远远不够——这次不行，一定还要更多的理由。莱夫站在那里，意识到他心里**还有**更多的想法。虽然看不到，但它就在那里，像连接着电源线的致命电池一样。愤怒，但又不仅仅是愤怒，还有想按照愤怒而行事的意愿。

"好的，我加入。"原来在家的时候，莱夫总觉得自己要比想象中更勇猛。直到这一刻，他才意识到自己是多么怀念这种感觉。

"欢迎加入我们的家庭。"屠刀说着，用力地在他后背拍了一下子，莱夫疼得有些眼冒金星。

36. 莉莎

莉莎是第一个注意到康纳有些不太对劲的人。莉莎是第一个觉得莱夫有些不对劲的人。

有那么一刻，她对这种情况有略带自私的气愤，因为她目前的状态很好。她终于有了一个属于自己的地方。她希望这里能一直作为她的庇护所，直到度过十八岁的生日，因为在外面的世界里，她永远都不可能做她现在所做的事情。无照行医——在生存模式里行得通，但在文明世界里就行不通了。也许在长到十八岁的时候，她就能上大学，去医学院，但那需要金钱和人脉，而且她面对的竞争对手要比音乐班里多得多。她想知道自己能否加入军队，成为一名军医。军医不用必须成为少年军官而加入医疗部。无论她最后选择成为什么，最重要的是她能够**有**选择。这是这么久以来，她第一次看到了自己的未来。有了这些对自己人生的积极想法，她现在最不想看到的就是毁灭这一切的事情。

莉莎在去其中一架书房客机的路上这样胡思乱想着。海军上将把三架设施最完善的飞机改装成了学习空间，这里面有完整的图书馆、电脑室，以及任何你想学的科目资料。"这里不是学校，"海军上将在他们来之后就告诉他们，"这里没有老师，也没有考试。"奇怪的是，正是因为没有这些期待和要求，图书馆客机里总是会满员。

莉莎的工作从天亮不久开始，而她养成了一个习惯，那便是从图书馆客机开始每一天，因为在这个时间，这里通常只有她一个人。她喜欢这样，因为她想学的东西让其他人感到有些不适。倒不是说这个科目让他们不舒服，而是莉莎学习这个科目这一点。

她看的大部分是解剖学和医学资料。其他人以为莉莎在医务机里工作，她就应该什么都知道。而看到她还在学习这些东西时，他们会感到有些不安心。

不过今天来到这里时，她发现康纳已经在里面了。她停在舱门口，有些惊讶。他正在津津有味地读着什么，甚至没有听到她进来。她仔细打量了一下康纳。她从未见过康纳这样疲惫，甚至在他们一起逃跑的时候也没有过。不过，见到他后莉莎依旧很兴奋。他们两个这段时间都很忙，几乎没有单独在一起的时候。

"嘿，康纳。"

康纳吓了一跳，立刻抬起头，快速合上了书。在看清来者是谁后，他放松了下来："嘿，莉莎。"等她坐在他身旁后，他露出微笑，看起来似乎不那么疲倦了。她很高兴自己能让他开心起来。

"你起得真早啊。"

"不，我起晚了。"他说，"我睡不着，所以就来到这里。"他望向其中一扇小圆窗户外，"已经是早上了吗？"

"刚刚天亮。你在读什么？"

他本想把书藏起来，但现在已经来不及了。他手里拿着两本书，下面那本是关于机械工程的。这倒没什么惊奇，显然他对自己的工作很感兴趣。而上面那本书——她来的时候他正在研读的那本书——倒是让她有些意想不到，甚至让她大笑起来。

"《傻瓜犯罪学》？"

"是啊，人总得有些爱好。"

她盯着康纳的眼睛，但他却转开了头。"有些事情不太对劲，是不是？"她问道，"我不用读'傻瓜康纳学'就知道你又惹麻烦了。"

他的目光四处游动着，就是不看她的眼睛："不是麻烦，至少对我来说不是麻烦。或者也许是吧，我也不知道。"

"想和我聊聊吗？"

"这……"康纳说，"可这是我**最不**想做的事情。"他深吸了一口气，换了个坐姿，"别担心，一切都会没事的。"

"你听起来可不是很确定。"

他看着莉莎，然后看了看舱门，确定这里只有他们两个人，然后他凑近莉莎说道："现在黄金组合都……已经不在这里了，海军上将在寻找替代者。我想让你答应我，如果他要求你帮他，你一定要拒绝。"

"海军上将甚至都不知道我的存在，他为什么要问我？"

"因为他问过我了，"康纳悄声说道，"我想他也问过艾姆鼻了。"

"艾姆鼻？"

"我想说的是，我不希望你成为他的目标！"

"什么目标？为了谁？"

"嘘！小声一点！"

她又看了看他手里拿着的那本书，想把这一切联系起来，但缺少的碎片实在太多了。她向他凑了过去，强迫他看着自己。"我想帮你。"她说，"我在担心你。请让我帮助你。"

他的目光有些闪烁不定，似乎在寻找逃离的方向，但他却没有逃过。忽然间，他凑到她的面前，亲吻了她。她并没有料到这个情况，在他亲吻完后，莉莎能从康纳的神情中看出他也对此感到有些意外。

"这是干什么？"

康纳等了一会儿才回过神来。"这……"他说，"是以防有事发生，我再也见不到你。"

"好吧。"她说着，把他拉了过来又亲了上去……这一次的亲吻要比第一个长久一些。亲完后，莉莎说道："这是以防我**还能**再一次见到你。"

他站起来离开了，跌跌撞撞地走出舱门，差一点从铁梯子摔到地上。尽管他们之间发生了那么多事，但莉莎的脸上还是露出了笑容。简单一个吻就可以抚平最坏的担忧，这种感觉很神奇。

莱夫所处的情况似乎就不太一样了，莉莎发现自己有些怕他。那天早上，他因为晒伤来到了医务室。因为他跑得很快，他得到了送信员的工作。大部分时间，这份工作就是在各个飞机之间传递信笺。海军上将的其中一项要求就是所有送信员都必须穿戴防晒伤的衣物，但莱夫似乎已经不再听从任何人的规定了。

他们先是聊了聊家常，但这感觉有些尴尬，于是莉莎直接进入了正题："因为你头发长长了，所以你的前额和脖子逃过一劫。现在把上衣脱了。"

"我大部分时间都不会脱掉上衣。"他说。

"我们还是检查一下吧。"

莱夫极不情愿地脱掉了上衣。他的身上也有些晒伤，不过并没有胳膊和脸颊那么严重。不过，引起莉莎注意的是他背后一个淡淡手掌的印记，她用手指轻轻拂过这个印记。

"是谁对你做的？"她问道。

"没人，"他说着，从她手里抓过上衣，迅速地穿了回去，"就是某个人。"

"你的小队里有人找你麻烦吗？"

"我说了这没什么……你到底是谁，我妈妈吗？"

"不，"莉莎说，"如果我是你妈妈的话，我会把你赶到离这儿最近的收获营。"

她本来是想和他开个玩笑，但莱夫却一点都不觉得好笑："给我一些治疗烧伤的药膏。"

他的声音里回荡着一种死气沉沉的气息。她走到柜子旁，找到一管芦荟膏，但并没有直接递给他。"我想念原来那个莱夫。"她说。

听到这话，莱夫抬头看着她："无意冒犯，但你根本就不了解我。"

"也许吧，但至少原来的时候，我是想了解的。"

"那你现在不想了？"

"我不知道，"莉莎说，"我眼前的这个孩子让我有些毛骨悚然。"她能看出这话正中了他的下怀。她不知道为什么会这样，因为莱夫似乎对自己现在的样子很是骄傲。

"那个原来的莱夫，"他说道，"骗取了你们的信任，然后抓住机会把你们卖给了警官。"

"那么新的莱夫就不会这样做了？"

他思考了一会儿，然后说："新的莱夫还有更重要的事情要做。"

她把那管治烧伤的药膏放到了他手上："是啊，好吧，如果见到原来那个人——那个总是想着上帝还有他的目的什么的人——告诉他我们希望他能回来。"

屋子里一阵沉默，他低头看了看手里的药膏。有那么一刻钟，莉莎以为他会说些原来的莱夫会说的话，但他只是说："我应该涂几次这个药膏？"

第二天，墓场里又举行了工作会议。

莉莎讨厌工作会议，因为她知道那不会有任何适合自己的东西，但每个人都被要求参加工作会议。今天的会议并不是由分解人主持的，而是由屠刀主持。显然，由于没有人能代替大嗓门的职位，屠刀暂时接任了这个工作。莉莎并不喜欢他，他的脸上总让人有一种谄媚、虚伪的感觉。

今天的会议里只提到了几个工作。一个是在某个名叫比弗 - 布莱斯的荒凉小镇做水管工助理，另一个是在加利福尼亚州做农场工作，而第三个工作更是奇怪。

"普拉多湾，阿拉斯加州。"屠刀说，"在石油管道工作，直到十八岁。我听说那里是这个地球上最冷、最野蛮的地方。不过，这也算是一条出路，对吗？我需要三个志愿者。"

第一个举起手的，是一个年纪较大的孩子，他看着天生就像是为了野蛮工作而活的家伙，那是个光头的粗蛮小伙。第二个举起手的人，让莉莎吃了一惊，是梅。梅为什么自愿参加油管工的工作？她为什么要离开在仓库里如胶似漆的那个男孩？可想到这里，莉莎却忽然意识到她从未在墓场见过那个男孩。就在她忙着想搞清这一切时，第三只手举了起来。那是个年纪更小、体形更小的孩子。一个被严重晒伤的孩子。莱夫的手高高地举了起来，然后他也选入了这个工作。

莉莎不可置信地站在原地，然后在人群里寻找着康纳的身影。他也看到了。他看着莉莎，耸了耸肩。也许这对康纳来说只是耸耸肩的事情，但对莉莎来说并不这么简单。

会议结束后，她四处寻找着莱夫，但莱夫早已消失在人群中。于是等莉莎回到医务机后，她立刻开始呼叫送信员。一个又一个，莉莎只是在不断发送提醒别人吃药等无关紧要的信笺。终于，在叫来四个送信员后，第五个跑过来的是莱夫。

他一定是看到了莉莎的表情，因为他只是站在舱门口，并没有走进来。另一位医务小组的人也在，所以莉莎盯着莱夫，指着飞机的后舱："去那里，就现在！"

"我不听从别人的指令。"他说。

"去那里！"她又一次说道，语气更加强硬，"**立刻！**"

显然，他还是会听别人的指令，因为他走了进来，向飞机的后舱走去。等他们来到后方的储藏室，她关上了隔舱的门，然后开始痛斥起来。

"你到底在想些什么？"

他的表情坚毅得如钢铁一般，这就像一扇她永远都无法进入的铁门。"我从未去过阿拉斯加，"他说，"所以现在不如去看看。"

"你来这里还不到一周！为什么这么着急离开？而且选了这样一个工作？"

"我没必要向你或者任何人解释任何事。我举了手，被选上了，就是这样。"

莉莎把双手环在胸前，对莱夫做出了防备姿态："如果我不给你出具健康证明的话，你哪里都去不了。我可以告诉海军上将说你……你……得了传染性肝炎。"

"你不会的！"

"你看我会不会。"

他大步走开，愤怒地用脚踢了墙一下，然后又大步走了回来："他不会相信你的！即使他信了，你也不能永远让我有病！"

"你为什么这么想走？"

"有些事情我必须要做，"莱夫说，"我不期盼着你会理解。很抱歉我没有成为你想象的那种人，但我已经变了。我不再是你们两个月前绑架的那个愚蠢、幼稚的小孩了。你没办法阻止我离开这里，也不能阻止我做要做的事情。"

莉莎什么都没说，因为她知道他说得对。她能尽最大努力阻挠他，但她无法阻止他。

"所以，"莱夫的语气变得平静了许多，"我现在还有没有传染性肝炎了？"

她叹了口气："没，你没有。"

他转过身准备离开，打开了储藏室的舱门。他要离开的决心是这么坚定，甚至都不准备和她好好告别。

"有一件事情你想错了，"她在莱夫还没走出门的时候说道，"你还是和以前一样幼稚，而且比原来还要蠢两倍。"

他走了出去。

那天下午，一辆没有标志的白色货车来到墓场，把莱夫、梅和那个光头男孩接走了。又一次，莉莎觉得自己再也不会见到莱夫了。可她又一次错了。

37. 艾姆鼻与海军上将

艾姆鼻完全不知道墓场里正在发生的大变动，甚至不知道他也是其中一员。他的生活一直局限在漫画书和弹珠机构筑的小小的方块世界里。待在这个界限里，就是对外界的偏见和残忍的成功防卫。

他对刚刚离开这里去往阿拉斯加的那个三人小组并没有什么疑问，这和他一点关系都没有。他并没有感觉到康纳身上的变化，康纳能够照顾他自己。他也不会花时间去琢磨罗兰德，他只是安静地不去招惹对方。

但低调的行事并不意味着他就会一直待在安全区。实际上，艾姆鼻是整个弹珠机最中间的那道弹杠，每个游戏中的弹珠都是由他而弹起的。

海军上将要和他见面。

艾姆鼻紧张地站在这架曾作为美国总统移动指挥中心的飞机舱口。飞机里还有两个人，他们穿着白色衬衫，系着深色领带。飞机下面停靠的黑色小轿车一定就是他们的。海军上将坐在他的桌子后，艾姆鼻在犹豫自己是要走进去，还是转过身跑开。但海军上将看见了他，他的眼神让艾姆鼻站在原地，像是被冻住了一样无法动弹。

"您叫我吗，先生？"

"是的，坐吧，扎克利。"

他强迫自己向海军上将对面的椅子走了过去。"艾姆鼻，"他说，"所有人都管我叫艾姆鼻。"

"那是你的选择，还是他们的？"海军上将问道。

"嗯……大部分是他们的，不过我也习惯了。"

"永远不要让任何人给你起名。"海军上将说道。他翻阅着一份文件，艾姆鼻的照片正夹在了文件首页。这是一份完整的档案，艾姆鼻不知道自己的人生有什么有趣的事情，能让档案变得这么厚实。"你可能不知道，但你是个很特别的男孩。"海军上将说。

艾姆鼻只能低头看着自己鞋上那总是松松垮垮的鞋带："这是您叫我来的原因吗，先生？因为我很特别？"

"没错，扎克利。正是因为如此，你今天就会离开我们。"

艾姆鼻抬起头："什么？"

"有人想要见你。实际上，这个人已经找了你很久很久了。"

"真的？"

"这些人会带你去那里。"

"是谁？"艾姆鼻一直幻想着自己的父母还活着。如果不是他母亲，那就是他父亲。他总是梦想着自己的父亲实际上是名间

242

谍——他几年前的死亡只是官方编出的故事，而实际上，他父亲一直在世界的边缘角落与邪恶力量斗争，就像漫画里的英雄一样。

"不是你认识的人。"海军上将说道，粉碎了艾姆鼻的幻想，"不过，她是个好女人。实际上她是我的前妻。"

"我……我不太明白。"

"你很快就会明白了，不用担心。"

对艾姆鼻来说，这简直就是打开了无限担心的大门。他开始用力呼吸，这让他的支气管开始收缩。他开始发出呼哧呼哧的喘息声，海军上将有些关心地看着他。

"你还好吗？"

"哮喘。"艾姆鼻边喘息边说道。他从口袋里拿出一个吸入器，然后深吸了一口。

"是啊。"海军上将说，"我儿子就有哮喘，哮喘药索雷尔对他很管用。"他抬起头看着站在艾姆鼻身后的一个人："请一定给这个人准备些索雷尔药。"

"是，邓飞上将。"

这个消息先是四处跳跃了一会儿，然后才撞击到艾姆鼻的大脑。

"邓飞？您姓**邓飞**？"

"墓场里，我们都没有姓。"海军上将说着，站起身抓住了艾姆鼻的手，并和他握了握手，"再见，扎克利。见到我的前妻时，请替我向她问好。"

在身后那些男人抓住他的胳膊时，艾姆鼻只挤出一声哼唧。他们带他走了出去，并向等在下面的轿车走去。

等男孩离开后，邓飞上将仰坐在了椅子上。虽然眼前有很多威胁他权威的因素，但他对这件事很是满意。他在满足的情绪中沉浸了一刻钟，然后瞥向他儿子那张微笑的照片。哈兰——在现代传说中被称为汉姆菲，但那些爱他的人却知道他的真名。没错，海军上将正在弥补他的过错，一点接一点地，让事情重回正轨。

38. 乌合之众

艾姆鼻的消失直到两天后才被人注意到。有人看了一眼弹珠机，然后发现那里好像少了些什么。

"'嘴吸气人'去哪里了？"人们开始这样问道。直到那天晚上，人们才开始认真对待起这件事，而到了第二天的早上，他消失的这件事已经变得很明了了。

有人说他们看到他向沙漠方向走了，有人说是一辆神秘的车把他接走了。拉夫·舍曼说他看到艾姆鼻被外星飞船的同类吸走了。人们想出各种的可能性，每一种理论都像是娱乐新闻一样。艾姆鼻所在的小队开展了一番搜索，但什么也没找到。

在整个过程中，海军上将一直保持着沉默。

艾姆鼻，这个原处于群体里最低等级的孩子，忽然之间就成了所有人的好朋友，而他的消失给每个人疑虑的烈火上都加了一些油。罗兰德利用他的消失更加大肆宣传自己的恐惧论调，毕竟，他正是那个在大庭广众之下预测艾姆鼻会消失的人。他本来对此并不相信，但现在预测变成了现实，他又成了众人的焦点。

"你们观察着，"罗兰德告诉那些听从他的人，"过不了几天，海军上将的帽子下面就会顶着一头艾姆鼻厚实的秀发，我们每个人都有可能成为下一个目标。他盯过你的眼睛看吗？他听过你的声音吗？如果他想要你身体的某部分，你就会和艾姆鼻的下场一样！"

他说得头头是道，甚至自己都差点相信了自己。

康纳对这件事却有着完全不同的看法。他很确定是罗兰德对艾姆鼻做了什么，这样他就能利用艾姆鼻的消失获取更多的支持。对康纳来说，这件事更加证明了是罗兰德杀害了黄金组合——为了得到他想要的东西，他会不惜做出任何事。

康纳把自己的怀疑告诉了海军上将。而他听了康纳的话，却什么也没说。海军上将知道，声称为艾姆鼻的消失负责正符合罗兰德被崇拜的需求。海军上将本可以告诉康纳，其实把那个男孩送走的是他，但那样一来，他就会被问及许多并不想回答的问题。他决定还是让康纳怀疑罗兰德，这样就能促使康纳找出罗兰德和谋杀案之间的关键联系。因为现在，海军上将也开始相信这是罗兰德干的了。

"别再去想那个失踪的男孩了，"他告诉康纳，"还是专心去找罗兰德杀害其他人的证据吧。他肯定是有帮手的，这里肯定还有其他知情人。现在，罗兰德的支持者太多了，没有确凿的证据，我们就无法扳倒他。"

"那我就想办法给你找到证据，"康纳告诉他，"我会为了艾姆鼻这么做。"

在康纳离开飞机后，海军上将独自坐在那里，前前后后地思考着现在的处境。墓场开始出现了危机，但处理危机向来都是海军上将的专长。他确定自己能够把这件事处理好，然后将一切重新掌控在自己手中。就在这时，一阵疼痛从他的肩膀一直延伸到胳膊。显然，又是那些战争时的旧伤在发威了。他叫来一位医务人员，并要了些阿司匹林。

39. 罗兰德

罗兰德打开海登刚刚递给他的一个信封,里面的纸条写着:

我知道你做了什么。我可以和你做笔交易。
去联邦快递飞机那里等我。

纸条下没有署名,但也确实不需要什么署名。罗兰德很清楚是谁写的。康纳是唯一一个敢威胁他的人,也是唯一一个如此愚蠢的人。这种纸条让罗兰德有些莫名其妙。我知道你做了什么。康纳所指的事情有好几种可能。他可能知道罗兰德在蓄意破坏发电机,这样他就有借口指责海军上将没有给他们提供舒适的生活环境。或者,他可能知道他在医务室假装和莉莎调情时偷来的吐根酊[1]。他准备把这些药物放到饮料里,然后让众人好好呕吐一番,这样他就能指控海军上将让他们食物中毒了。没错,康纳可能会发现许多他做的事情。罗兰德把纸条放进了口袋,面无表情地看着海登说:"所以你现在是康纳的送信员了?"

"嘿,"海登说,"我就像瑞士国一样,完全中立,善于吃巧克力。"

"滚开。"罗兰德告诉他。

"已经走了。"海登一边大步走开一边说道。

想到可能要和康纳谈判,罗兰德很是恼火,但这种事还不算特别糟糕。毕竟,谈判和花言巧语是他这辈子最拿手的事情。于是他

---

[1] 吐根酊:一种天然的催吐剂。

向联邦快递的飞机走去，并在身上带了一把刀，以防谈判没有成功。

40. 康纳

"我来了。"罗兰德从机身外的某处喊道，"你想要什么？"

康纳依然藏在机舱里，他知道他只有一次机会，所以他必须要保证做好这件事："进来，我们再谈。"

"不，你出来。"

想得美，康纳想，**但这次可是我占主动。**

"如果你不进来，我就把知道的事情告诉所有人，我会给所有人展示我**找到**的东西。"

一阵沉默后，他看到罗兰德的身影出现在舱口。康纳现在占据了主动，而不是罗兰德。他向前走了一步，将海军上将的手枪枪口顶在罗兰德的背后："别动。"

罗兰德不由自主地举起了双手，就好像他已经经历过无数次这样的情景一样："这就是你要做的交易？"

"闭嘴。"康纳用一只手搜了他的全身，找到了那把藏起来的小刀，然后将刀扔到了舱外。他满意地将手枪又向前顶了一下："走。"

"我要去哪里？"

"你知道去哪里。2933 号箱子。快走！"

罗兰德开始向前移动，在箱子间狭窄的过道里穿梭着。康纳很清楚罗兰德身体的每个动作。即使后背有枪指着他，罗兰德仍然表现得傲慢又自信。"你可不想杀我，"他说，"这里的所有人都喜欢我。如果你对我做了什么，他们会把你撕个粉碎。"

他们来到了2933号箱子前。"进去。"康纳说。

这时候，罗兰德动手了。他转过身，打了康纳一拳，然后伸手去抓那把手枪。康纳预料到了这一点。

他把枪举得老高，然后靠着身后的箱子，用脚狠狠地踢了罗兰德的下体，然后推了他一把。罗兰德摔到2933号箱子里。就在这一瞬间，康纳一个箭步冲了过去，然后合上了栓锁，锁上了箱子。罗兰德在箱子里变得怒火冲天，康纳瞄准了箱子，扣下了扳机，一下、两下、三下。

枪声回荡在机舱里，混合着箱子里传来的恐惧尖叫声，罗兰德大吼道："你在干什么？你**疯**了吗？"

康纳的射击十分精准，他瞄准了箱子下方的各个角落。"我给了你一些受害者没有的东西。"康纳告诉他，"我给你打了换气的小洞。"然后他坐了下来，"现在我们聊聊。"

41. 乌合之众

半英里外，一个搜索小队从沙漠里返回到了墓场。他们并没有找到艾姆鼻。不过，他们在远处一些岩石的后方找到了五个没有标记名字的坟头。没过几分钟，流言就像沐浴在风中的野火一般传遍了整个墓场。到头来，那个所谓的黄金组合并没有那么黄金。有人说这是海军上将亲自动的手。很快，这种说法就变成了谣言，谣言很快被众人当作了真相。海军上将居然杀死了自己人！他正如罗兰德所说的那样……嘿，罗兰德又**在**哪里？他也失踪了吗？还有康纳！海军上将到底对他们做了什么？！

一群分解人本来就有着上百个愤怒的理由，而现在，他们又找到了新的理由，而这就足够让他们爆发了。众人开始向海军上将的飞机走去，途中还有更多的孩子不断加入。

42. 莉莎

几分钟前，莉莎按照海军上将的指令，带着阿司匹林出现在他的飞机里。这位据她对康纳说甚至不知道她名字的海军上将向她问了好。现在，他正和她聊着天，告诉她来到这里的经历要比外面世界同龄小孩所经历的精彩得多。她告诉他，自己想成为一名军医的想法，他看起来似乎很满意。他抱怨着自己肩膀的疼痛，然后管她要了阿司匹林。她把药片给了他，但为了以防万一，她决定还是检查一下他的血压，他大加赞赏了一番她的细心。

舱外传来一阵喧闹暴动的声音，这让莉莎难以集中精力检查海军上将的血压。暴动在这个地方并不稀奇。无论外面发生了什么事，莉莎觉得最终还是会以绷带和冰块结束这一切。她的工作从不会结束。

43. 乌合之众

愤怒的孩子们陆续来到了海军上将的飞机。

"抓住他！抓住他！把他带出来！"

他们爬上铁梯，舱门是打开的，但只露出一条缝隙。莉莎看着门外骚乱的人群，像海啸一样向她拥了过来。

"他的飞机里有个女孩子！"

第一个到达的孩子已经爬上了阶梯，并进了舱门，但迎接他的却是莉莎和打向他下巴的一拳。这让他跌跌撞撞地摔到了地上，但他的身后又拥上了更多的人。

"别让她关上那门！"

迎接第二个孩子的是喷向双眼的急救喷雾剂，疼痛让他难以忍受，他踉跄着向正在爬上来的孩子们跌去，他们一个个像多米诺骨牌一样倒了下去。莉莎把门猛地关上，然后从里面锁上了门。

孩子们现在站到了机翼上，寻找着任何可能松动的金属片以撬开。很难想象，一架飞机居然可以被愤怒的人们徒手砸碎。

"打破玻璃！把他们拉出来！"

站在地面上的孩子们开始向机身上扔石头。从飞机里面听，就好像外面正在下冰雹一样。海军上将从窗口看了看外面的场景。他的心跳开始加速，肩膀和胳膊又疼痛起来："这是怎么回事？我怎么会让这种事发生？"

不断砸来的石头敲打着机身，但还不至于打破坚固的钢铁。没有什么东西能打破前空军一号的防弹玻璃。这时，有人拔掉了连接飞机与发电机的电线。机舱里的灯光全灭了，空调也关闭了，这架飞机暴露在炽热太阳的烘烤下。

44. 康纳

"你杀害了大嗓门、吉夫斯，还有黄金组合剩下的那些人。"

"你疯了！"

康纳坐在 2933 号箱子外，擦拭着额头上的汗水。罗兰德的声音从里面传了出来，虽然有些隔音，但也足够听得清楚。

"你解决了他们，这样你就能取代他们的位置。"康纳说。

"我发誓，等我从这里出去后，我一定……"

"你一定什么？你一定要杀了我？就像你杀了他们那样？就像你杀了艾姆鼻那样？"

罗兰德什么都没说。

"我说过我会和你做个交易。"康纳说，"我一定做到。如果你坦白，我会让海军上将饶你一条命。"

作为回应，罗兰德向康纳说了些不堪入耳的话。

"坦白吧，罗兰德。这是我能放你出来的唯一理由。"康纳很确定，如果给他足够的压力，罗兰德就会坦白他所做的一切。海军上将需要证据，而没有什么能比完整的坦白更好的证据了。

"我没有任何需要坦白的事情！"

"好吧。"康纳说，"我可以等你，我有的是时间。"

45. 乌合之众

海军上将的飞机是异常坚固的。飞机里的温度直线上升到了将近四十摄氏度。莉莎还算能够忍受这个温度，但海军上将看起来就不那么好了。她还是无法打开门，因为外面的人群还在无休止地想要闯进来。

飞机外，那些无法拥进飞机的孩子开始向四周拥去。如果他们不能闯进这里，那么就毁掉其他东西。书房机、宿舍机，甚至娱乐机——能砸烂的都砸烂，能烧毁的都烧毁。他们心中充满了异常的愤怒，愤怒之下是发泄后的奇妙快乐，而快乐之下是更多的愤怒。

墓场的另一边，屠刀看到远处冒起了浓烟，似乎在召唤他过去。骚乱引起了屠刀的注意。他必须要见证这一切！他钻进自己的直升机，向愤怒的人群飞去。

他把直升机停在了尽可能靠近事发现场的地方。是他的行为导致了这一切吗？他希望是这样。他关闭了引擎，等直升机的螺旋桨慢慢停下来，这样他就能听到大骚动传来的优美噪声了……就在这时，怒气冲冲的分解人们朝他拥了过来。

"是屠刀！他是为海军上将工作的！"

忽然间，屠刀成了众人注目的中心。他觉得这简直太棒了。

46. 康纳

罗兰德在慢慢地缴械。他坦白了许多事情，比如蓄意捣乱和偷窃等一些卑鄙小事，但康纳一点也不关心这些。不过，看起来这个办法行得通。它必须要行得通。康纳没有别的办法让他认罪，这办法**必须**得行得通。

"我做过很多事。"罗兰德透过箱子上那三个小弹孔说道，"但我从未杀过人！"

康纳只是听着。他现在已经不怎么和他说话了。康纳发现自己说得越少，罗兰德就说得越多。

"你怎么知道他们死了？"

"因为是我亲手把他们埋葬的。我和海军上将。"

"所以是**你**做的！"罗兰德说，"你做的，然后你想让我为你替罪！"

现在，康纳开始意识到这个计划的缺点了。如果他让罗兰德直接出来，那么他就死定了。但他也不能一直让罗兰德待在里面。他现在的选择简直比箱子上的枪眼还小。

这时候，一个声音从外面传来："里面有人吗？康纳？罗兰德？有人吗？"是海登。

"救命！"罗兰德用尽全力地尖叫道，"救命，他疯了！快进来放我出去！"但他的声音并没能传到舱门外。康纳站起身，走到了入口处。海登抬头看着他。他已不再是那个酷酷的小孩了，他的前额上有块淤伤，就像是被某个东西砸到了一样。

"谢天谢地！康纳，你得快点回去！太疯狂了，你一定得阻止他们，他们会听你的！"

"你在说什么？"

"海军上将杀害了黄金组合……所有人都以为他也杀了你……"

"海军上将没有杀害任何人！"

"那就告诉**他们**！"

"他们是**谁**？"

"所有人！他们快把这个地方'撕碎'了！"

康纳看到了远处的硝烟，他又迅速向舱门里面瞥了一眼，决定还是先让罗兰德再待一会儿。他从飞机上跳了下来，同海登一起跑走了："把事情从头到尾给我讲一遍。"

等康纳来到现场时，他的大脑无法相信眼前所见到的一切。

他盯着前方，内心希望这一场景能消失。这景象就像是自然灾害发生后的余震一样。破碎的金属片、玻璃碴还有木头到处都是。从书上撕下的页面被风吹过，摔碎的电器，燃烧的火苗，还有不断往火苗里扔残骸的孩子们。

"我的天！"

直升机的四周围着一群孩子，他们像是在打橄榄球一样争相踢着中间的某个东西。康纳后来意识到那并不是什么**东西**，而是个**人**。他冲了过去，扒开聚集的孩子们。认出他是康纳的孩子们立刻退到了后方，其他人也陆续开始效仿。躺在地上的男人被打得浑身是血。那是屠刀。康纳跪在地上，抱起他的脑袋。

"没事的，你会没事的。"话虽这么说，但康纳知道自己在说谎，他已经被打成肉酱了。

屠刀摆出一个鬼脸，他满嘴是血。康纳意识到那并不是什么鬼脸，而是微笑。"混乱，兄弟。"屠刀微弱地说道，"混乱，太美了。美极了。"

康纳不知道该说些什么。这个男人精神错乱了，一定是。

"没事的，"屠刀说，"这样死还算不错。总比窒息而死要好，不是吗？"

康纳盯着他："什么……你说什么？"这里只有康纳和海军上将知道窒息而死的谋杀案。康纳、海军上将，还有凶手……

"是**你**杀了黄金组合！你和罗兰德！"

"罗兰德？"屠刀说道，虽然他很痛苦，但康纳还是能看出他感到被侮辱了一样，"罗兰德不是我们中的一员。他甚至都不知道这件事。"屠刀看到了康纳脸上的表情，开始大笑。笑声渐渐变成了咯咯声，最后变成一声漫长的吸气。那个笑容没有从他的脸上彻底消失。他的双眼还睁着，但早已没有了任何神情，就好像他所杀害的受害者——大嗓门一样。

"该死，他死了，不是吗？"海登说，"他们杀了他！我的天，他们杀了他！"

康纳把这位死去的飞行员留在了沙尘中，然后向海军上将的飞机大步走去。他路过了医务机，那里面也被翻了个底朝天。莉莎！她在哪里？海军上将的飞机四周还是围满了孩子。轮胎已经被扎破；飞机机翼的襟翼以参差不齐的角度倾斜着，像是残破的羽毛一样。整个飞机向一个方向倾靠着。

"住手！"康纳尖叫道，"立刻住手！你们在做什么？你们做了什么？"

他跑到了机翼那里，抓住一个孩子的脚踝，然后把他拉到了地上，但他无法把所有人都这样拉下来。于是他抓起一个金属棍，用力地敲击着机翼，发出教堂钟声一般的响声，直到所有人都把注意力转移到了他身上。

"你们看看自己！"他尖叫道，"你们把一切都毁了！为什么要这样做？你们都应该被分解，你们每一个都是！**都应该被分解！**"

所有人都停了下来。机翼上的，还有篝火旁的孩子们，听到他们自己人对自己喊出这样的话语，他们一下子惊醒了过来。听到自己的话——并且深知自己是认真的——康纳也震惊得有些害怕。

通往海军上将飞机仓库的阶梯滚到了一旁。"这边！"康纳说，"来帮我！"

十几个已经发泄完愤怒的孩子听话地跑了过来。他们一起摆正了阶梯，康纳爬到了舱口。他从窗户向里面望去，却看不到太多什么。海军上将站在那里，但他并没有走动。如果海军上将不来开门，那么他们就永远不能进去。等一下——里面难道还有一个人？

忽然，一根杠杆从里面扔了过来，然后舱门一下子被打开了。热气猛地冲向康纳——一阵熔炉般的热浪——出现在门口的那张脸涨得通红，他花了几秒钟才认出那是谁。

"莉莎？"

她咳嗽着，几乎要晕倒在他怀里，但她坚持着站在原地。"我没事，"她说，"不过海军上将……"

他们一起走了进去，跪在他身旁。他在呼吸，但气息已经变得很是微弱。"是热气太重！"康纳说着，命令其他孩子不断开合舱门，以帮助把室内的热气排出。

"不光是因为热气，"莉莎说，"你看他的嘴唇，已经变得青紫，他的血压也降到很低了。"

康纳盯着她，并不明白她的意思。

"他的心脏病犯了！我一直在给他做心脏复苏，但我不是医生。我能做的只有这么多！"

"我……我……我的错，"海军上将说，"我的错……"

"嘘，"康纳说，"你会没事的。"但康纳知道，海军上将和刚才的屠刀一样，已生机渺茫。

他们把海军上将搬到了飞机下方，在他们搬动的时候，周围的孩子们也向后退开，为他们腾出了空地，就好像他们在搬动棺材一样。他们把他放到了机翼下方的阴凉地上。

然后四周的孩子们开始小声嘀咕。

"他杀死了黄金组合。"有人说，"那个老家伙活该如此。"

康纳怒火冲天，但他现在已经可以很好地掌控自己的愤怒了："是屠刀干的。"康纳用坚定的语气说道，确保所有人都能听到。这让围观的群众开始小声议论起来，直到有人问道："是吗？那么艾姆鼻呢？"

海军上将举起手："我……我的儿子……"

"艾姆鼻是他的**儿子**？"一个孩子问道，谣言又开始在人群中扩散。

无论海军上将想说什么，没有人能从他断断续续、似有似无的说话声中听出什么。

"如果我们不把他送到医院的话，他就会死。"莉莎说着，又在他的胸腔上压了一下。

康纳向四周看了看，但墓场里离得最近的车只有那辆电瓶车。

"这里有架直升机，"海登说，"但考虑到飞行员已经死了，我想我们应该完蛋了。"

莉莎看着康纳，他不需要阅读《**傻瓜莉莎学**》就知道她在想什么。飞行员已经死了，但屠刀正在培训另一个人。"我知道该做什么，"康纳说，"交给我吧。"

康纳站起身，向四周看了看——那些被烟熏的脸庞，冒着浓烟的篝火。从今天开始，一切将会变得不同。"海登，"他说，"你来负责，控制住这里的局势。"

"你在开玩笑吧？"

康纳把难题留给了海登，然后在周围找到了三个体形较大的孩子。"你、你，还有你。"康纳说，"我需要你们跟着我去那架联邦飞机里。"

三个孩子向前走了一步，康纳带着他们向 2933 号箱子，还有罗兰德走去。这一次，康纳知，他将面临一场艰难的对话。

47. 一年住院医生

在急救室工作的六个月里，这位年轻的医生已经见过了不少奇怪的事情，足以写入她自己的教科书里，但这一次，她还是头一回见到有人把直升机紧急降落在医院的停车场里。

她和一组护士、值班人员，以及其他医生一起跑了出去。这是一架小型私人直升机——可能有四座。直升机还完好地停在那里，机上的螺旋桨还在转动。直升机离一辆停在这里的轿车只有半码远。看来有人的驾机执照要被吊销了。

两个小孩走了出来，抬着一个情况紧急，看起来很年长的男人。医院已经有人推来轮床接应了。

"我们的房顶上有直升机的降落点，你知道的。"

"他觉得自己没办法把飞机降落在那里。"女孩说道。

当医生看向仍然坐在驾驶座上的那位飞行员时，她意识到这并不是什么驾照被吊销的问题。那个驾驶飞机的孩子看起来不超过十七岁。她匆忙跑到年长的男人那里。听诊器几乎听不到他胸腔里发出的声音。她转过身，对身旁的医务人员说道："把他的生命体征稳定下来，然后准备做移植。"说完，她转过身对那几个孩子说道："你们很幸运，直接降落在了储存心脏的医院里，不然我们还得把他运到另一家医院。"

躺在轮床上的那位男人举起了手，他抓住她的衣袖，用尽全身的力气拽着她。

"不要移植。"他说。

别，不要做这样的事，医生默默想着。值班人员们犹豫道：

"先生，这只是常规手术。"

"他不想要移植。"男孩说。

"你们用一位低龄飞行员，把他从鬼知道什么的地方运到这里为了救他的命，可他却不让我们做手术？我们这里有完整的组织资源库，里面全是年轻健康的心脏……"

"不要移植！"男人说。

"这……呃……违反他的宗教信仰。"那女孩说。

"不如这样，"男孩说道，"你们可以给他做得到健康年轻的心脏资源库**之前**所做的事。"

医生叹了一口气。至少，她还记得医学院里教过的东西："这会大大降低他存活的概率……你们知道的吧？"

"他知道。"

她又给了那个男人几分钟，以防他改变心意，然后就彻底放弃了。值班护工和其他工作人员快速地将男人运往急救室，那两个孩子也跟了过去。

等所有人都离开后，她调整了一下自己的呼吸。有人抓住了她的胳膊，她转过身，看见是那位年轻的飞行员，他刚才一直都没有吭声。他脸上的表情像是在乞求，但同时又很坚定。她想自己应该知道这是怎么回事。她瞥了一眼直升机，然后又看着那个孩子。"和联邦航空管理局去说吧，"她说，"如果那个男人活下来了，我相信你会逃过惩罚的。他们可能还会说你是英雄。"

"我需要你呼叫青年警官。"他说着，握住的手又抓得更紧了一些。

"什么？"

"那两个人是逃跑的分解人。只要那个男人入院了，他们就会试着逃跑。不要让他们跑掉。现在就叫青年警官！"

她挣脱了他的手："好的，好吧，我看看能做些什么。"

"等青年警官来了之后，"他说，"一定让他们先找我。"

她转过身，向医院里面走去，并拿出了自己的手机。如果他想要青年警官，好，那就帮他叫来。他们来得越早，这件事就能越早被解决，然后就不再是"我的问题"了。

48. 莉莎

青年警官看起来都一个样子。他们总是一副很疲倦、很生气的模样，而且和他们抓住的分解人很相似。现在正在看守着莉莎和康纳的这位警官也是如此。他正坐在关着他们两个人的医生办公室门口，门的另一边也安排了两名警卫，以防万一。在另一位警官在邻屋询问罗兰德的时候，他就一直沉默地坐在那里。莉莎甚至不想去猜测那里在进行什么样的对话。

"我们带来的那个人，"莉莎说，"他怎么样了？"

"不知道，"警官说，"你知道医院的规矩，他们只会把消息告诉给亲属，我猜你并不是吧。"

莉莎并没有回应他的话。她立刻憎恨起这位青年警官，只是因为他的身份而已。

"袜子不错。"康纳说。

警官并没有低头去看他的袜子。他一点也没有展示出懦弱。"耳朵不错，"他对康纳说，"介意我试试它们吗？"

在莉莎的眼里，有两类人会成为青年警官。第一类：那些总是欺负软弱的家伙，他们想在余生也靠欺负软弱而散发自己的光辉。第二类：第一类人曾经的受害者，他们把分解人看作自己几年前痛苦的根源。第二类人会不断地将复仇铲入无底洞般的土坑。神奇的是，欺凌他人的人，现在居然和被欺凌的人一起合作，给其他人带来痛苦。

"做你现在的工作，这种感觉如何？"她问他，"把孩子送到一个终结他们生命的地方。"

显然，这话对他来说已经不是第一次听到了："过着别人都觉得不值得活的生活，这种感觉如何？"

这话就像是重重一击，能让对方闭嘴，而这次也奏效了。

"我感觉她的生活很值得，"康纳说着，握住了她的手，"有人对你这么说吗？"

这话显然击中了那位警官，但他尽量不让自己表现出任何情绪："我们两个有十五年的时间证明自己，但你们没有。你们自己做出的糟糕选择，就不要埋怨全世界。"

莉莎能感受到康纳的愤怒，她握了握他的手，然后听见康纳做了个深呼吸，渐渐将愤怒控制住。

"你们分解人想没想过，自己以分离的状态可能会活得更好，甚至更**开心**？"

"这就是你的逻辑吗？"莉莎说，"让你自己想象我们会活得更开心？"

"嘿，如果是那样的话，"康纳说，"也许每个人都应该被分解，不如你先来？"

警官瞥了一眼康纳，然后快速地看了一下自己的袜子。康纳窃笑了一下。

莉莎闭上眼睛发了一会儿，努力想透过当前的状况看清出路，但她什么都想不出。她在来的路上就知道自己可能会被抓住。她知道来到外面的世界是有风险的。但令她惊讶的是，青年警官居然会这么快出现抓住他们。即使这里的入口只有一个，他们本应有足够的时间在慌乱中逃走的。无论海军上将是死是活，这对她和康纳来说都没什么区别了。他们要被分解了。她对未来所有的期望又一次落空，而拥有这些期望，虽然只是短暂几天的时间，让这一切变得更加痛苦。

49. 罗兰德

正在盘问罗兰德的青年警官的双眼似乎并不相称，他的身上还有一股酸臭味，好像他用的除臭剂不太管用一样。与另一个房间的那位警官一样，这个男人也很难被取悦，但和康纳不同的是，罗兰德并没有和他喋喋不休着聊天的机智，因为罗兰德并不想和他聊天。

在康纳把罗兰德从箱子里放出来后，他的计划开始慢慢成形。他本可以把康纳撕个粉碎，但康纳的身后还跟着三个体形较大的孩子。这些孩子本应该是和罗兰德站在一起的。**本应该**是这样。这是他第一次察觉到事情开始有些变化。

康纳告诉了他外面的暴动，还有屠刀的事情。康纳还对控告自己谋杀黄金组合的事情随意道了歉——罗兰德并没有接受这个道歉。如果罗兰德参与了这场暴动，这次行动会变得更有组织、更成功。如果他在那里的话，这次活动就会变成一场起义，而不是简单的暴动。康纳把他关在箱子里，无异于剥夺了他成为领导的一次机会。

等他们回到暴动的现场后，所有人的注意力都集中在康纳身上，所有的问题都直接问向了他。是他在告诉所有人做些什么，而所有人也都在听他的话。甚至罗兰德最亲密的朋友在看到罗兰德的时候都低下了头。他立刻明白自己的支持者已经全部离开了。他错过了这场灾难，这使得他成了一个局外人，而他再也无法挽回这些损失，这意味着现在是采取新计划的时候了。

罗兰德同意开着直升机去救海军上将的命，并不是因为他想看到这个男人活下来，而是因为坐上那架飞机就意味着打开新机遇的大门……

"我很好奇，"发着酸臭味的警官说，"你为什么要举报另外两个孩子，这不是意味着你自己也逃脱不了干系吗？"

"每举报一个逃跑的分解人就能获得五百美金的奖励，是吗？"

警官笑了一下："嗯，一共一千五百美元，如果算上你自己的话。"

罗兰德看着青年警官的眼睛，没有羞愧，没有惧怕，而是大胆地说出这句话："如果我告诉你，我知道有个藏匿着四百多个逃跑分解人的地方呢？如果我帮助你们取缔了这个走私分解人的经营链呢？这又值多少钱？"

警官似乎呆在了原地，他向罗兰德走近了一些。"好吧，"他说，"你引起了我的注意。"

50. 康纳

他坚持的时间要比想象中久得多。在警官和另两名警卫押解着康纳和莉莎去罗兰德被审问的房间时，康纳一直在控制着自己的情绪。不过，在看到罗兰德脸上的表情时，康纳怀疑这里与其说是审问，不如说更像是进行了谈判。

"请坐下。"警官坐在离罗兰德不远的桌子边上说道。罗兰德没有看他们，他甚至在他们走进屋的时候都没有看他们。他只是靠在自己的椅子上，如果没有手铐，他可能还会把双臂环在胸前。

警官直接进入了正题："你们的这位朋友有很多事情要说，而且还给我们提了一个有意思的条件。用四百个分解人换取他的自由，他自愿要告诉我们这些分解人的位置。"

康纳知道他会出卖自己和莉莎，但出卖所有人……即使对罗兰德来说也太过卑鄙了。他还是没有看他们，但脸上自鸣得意的表情似乎更明显了一些。

"四百个？"另一名警官说道。

"他在说谎，"莉莎说，她的声音听起来十分可信，"他在耍你们。只有我们三个。"

"实际上，"坐在桌子边的警官说，"他在说实话，虽然我们对四百这个数目很惊讶。我们以为至少已经有六百多了了，但我猜应该不断有人长到十八岁吧。"

罗兰德不确信地看着他："什么？"

"很抱歉告诉你这个，不过我们知道海军上将和墓场的事情。"警官说，"我们一年多前就知道了。"

另一位警官似乎被罗兰德脸上愚蠢的表情逗笑了："可是……可是……"

"可是为什么我们没有取缔他们？"警官预测到了罗兰德的问题，"你可以这么想。海军上将，他就像邻居家的猫，没有人喜欢，但也没有人去处理，因为他解决了大街上的老鼠，这也是我们要解决的问题。海军上将把他们从街上掠走，然后让他们留在他自己那一片小小的沙漠里。他不知道，其实他帮了我们一个大忙，街上再也没有老鼠了。"

"当然，"另一位警官说，"如果那个老男人死了，我们可能就不得不去那里，然后把所有人都清理掉。"

"不！"莉莎说，"没有人可以接替他！"

另一位警官耸了耸肩，好似这一切对他来说都不算什么："最好做好本职工作。"

罗兰德不敢相信自己的计划已经崩解，康纳反而放松了下来，甚至有了一些希望："所以，你们会放我们回去？"

坐在桌子边的警官拿起一份文件。"恐怕不行。视而不见是一回事，但放走罪犯就是另一回事了。"说完，他开始读道，"康纳·拉斯特。本计划于 11 月 21 日被分解……结果你逃走了。你制造了一场车祸，导致一名巴士司机死亡，现场还留下众多伤员，并迫使州际公路被关闭了几个小时。在此之外，你还带走一名人质，**并且**用一名青年警官的麻醉枪射击了他本人。"

罗兰德惊讶地看着那位警官："**他**就是阿克伦城的 AWOL ？！"

康纳瞥了一眼莉莎，然后转回来看向警官："好吧，我承认。但她与这些事情都没有关系！放她走！"

警官摇了摇头，又浏览着文件："有目击者说她是共犯。我恐怕她只有一个地方可去，和你要去的地方一样——离这儿最近的收获营。"

　　"那我呢?"罗兰德说,"我和这些事情都无关!"

　　警官合上了文件。"听说过'牵连犯罪'这种说法吗?"他问罗兰德,"你应该对你的同伴小心点。"说完,他向警卫示意把他们三个都带走。

明 日 分 解

逃 离 收 获 营

第 六 部 分

分解

"为了让您安心，我们提供各式各样的收获营供您选择。每一所收获营均为私人经营，由州政府颁发执照，联邦政府使用您的纳税金加以资助。无论选择哪一所，请您大可放心，您的分解人在被分解的过程中，均可享受我们专业认证的医疗团队所提供的最佳服务。"

——摘自《父母分解人手册》

51. 营地

在分解人或是未出生的婴儿是否有灵魂这件事上，人们可以不停休地争论几个小时，但没有人会质疑分解设备基地是否有灵魂。它并没有。也许这就是建造这些巨型医疗基地的人想方设法把这里建得适合儿童与少年，且人性化的原因吧。

首先，这些地方已经不再像最开始的时候那样被称为分解设备基地了。它们现在被称为收获营。

其次，每一个营地都建在景色壮观的地带，也许是为了让客人们能看到更大的远景，感受到远大计划的神圣。

再次，这里的设备建造得像度假村一样，里面尽是鲜亮的水彩画色调，却很少见到红色。因为从心理学上讲，红色通常被认为与愤怒、攻击，以及显而易见的血液联系在一起。

快乐杰克收获营，坐落在亚利桑那州美丽的快乐杰克区。它是典型的完美收获营。倚靠在亚利桑那州北部布满松林的山脊上，幽静的森林美景一直延伸至西边，连接塞多纳小镇令人窒息的红色岩石景象。显然，这种优美的风景让20世纪发现此地的伐木工人们十分快乐，因此而得名快乐杰克。

男生的宿舍都被刷上了浅蓝色的油漆，带着淡绿色的暗调。而女生宿舍则是薰衣草般的淡紫色，带着一些粉红。这里的员工们穿着舒适短裤和夏威夷 T 恤的制服，只有做手术的外科医生穿着医护服，他们的手术服是太阳般耀眼的亮黄色。

收获营的四周安装了带刺的铁丝网，但被暗藏在了高大的木槿篱笆下。尽管这里的分解人每天都能在前门见到不断到达的大巴车，他们却从未见过离开这里的卡车，因为那些人从后门离开。

来到这里的分解人平均待三周，不过具体的时间要依照血型和血型供求而定。这就和外面的世界一样，没有人知道自己会什么时候走。

尽管这里的工作人员十分专业，且态度很积极，但这里偶尔还是会有小暴动发生。这周的反叛是医务诊室旁的涂鸦：**你们不会骗到任何人。**

2 月 4 日那天，警官押解着三个孩子来到了这里。其中两人像其他所有来这儿的分解人一样，被默默地带到了欢迎中心。第三个孩子则被单独押解着，绕着分解人的宿舍、运动场和其他分解人们聚集的地方走了一圈。

康纳的脚腕戴着镣铐，手腕戴着手铐，弯腰驼背地小步行走着。他的前后左右各跟着一位持枪的青年警官。

虽然快乐杰克收获营平时很是宁静安详，但这一刻却有些不同。偶尔，如果有一个格外难以管教的分解人来到这里，他们就会把他单独带出来，公然展示给所有的分解人，然后再放回到人群里。无一例外，那个分解人总会试着反抗；而无一例外，那个分解人总是会被带到医疗诊所，在来到这里的短短几天内就被分解。

这对这里所有的分解人来说就像是沉默的警示一般。要么你就好好听从指令，要么你在这里的日子就会非常非常短暂。而大家总会吸取教训。

只不过这一次，快乐杰克的工作人员不知道一点，那就是康纳·拉斯特的名声远比他本人厉害得多。工作人员宣布他们抓住了这个阿克伦城的 AWOL 并没有打败那些分解人的士气。相反，它让这个因谣言而成名的男孩真正变成了传奇人物。

52. 莉莎

"在开始之前，我认为一定要提醒你一点，那就是尽管你和那位所谓的阿克伦城的 AWOL 建立了友谊，为了你自己的利益，你最好不要和他再有任何联系。"

他们做的第一件事就是把他们三个分开。分而治之，人们不是经常这么说吗？与罗兰德分开对莉莎来说完全没什么，但看到他们对康纳做的事情后，莉莎变得更想见到他了。表面上，他们并没有对他做什么，并没有进行任何形体上的惩罚。可从心理上讲，并非如此。他们带着他整整环绕了二十分钟，然后解下他的镣铐，把他一个人留在了旗杆旁。没有人带他去"欢迎中心"，没有人为他讲解介绍，什么都没有。他被孤零零地冷落，然后自己去搞清楚这里的事情。莉莎知道他们这样做不是为了挑战他，或是惩罚他，他们是在为他创造一切可能犯错的机会。这样一来，他们就能理所应当地去惩罚他了。这让莉莎很是担心，但也只是担心了一小会儿而已，因为她太了解康纳了。只有在对的时候，他才会去做错的事情。

"看来你的资质测试结果很不错，莉莎——超过了平均分数。

你很棒！"

在这里待了半天后，莉莎依旧对快乐杰克收获营的欢迎感到
震惊。在她的脑海中，她一直把收获营想象成人类畜生圈一样的
存在：成群的饥饿孩子，像僵尸一般被关在狭小暗淡的牢狱里……
简直像是灭绝人性的噩梦一般。可是，这个风景如画的噩梦似乎
更糟糕。就像飞机墓场是伪装成地狱般的天堂一样，收获营则是
乔装成天堂般的地狱。

"你身体状况看起来很不错。你一直在锻炼吗？在跑步？"

锻炼似乎是分解人每天的必备项目。莉莎一开始以为这些活
动只是用来充实分解人的生活，直到他们被送走。后来，在她去
欢迎中心途中路过一场篮球比赛的时候，她注意到场地旁的一根
图腾柱。那里有五根图腾柱，每一根图腾柱的双眼都安装了摄像
头。一共十个队员，十个摄像头。这就意味着有人在某个地方正
观察着比赛里的每一个分解人，他们可能在记录这些分解人的身
体协调性，他们身上每一组肌肉的强度等。莉莎很快就意识到，
这场篮球比赛并不是为了给分解人提供娱乐的项目，而是帮助定
位他们价值的测试。

**"接下来的几周里，你会参与一系列的活动。莉莎，亲爱的，
你在听我说吗？我说的话你都听进去了吗？你想让我慢点说吗？"**

收获营里面试她的顾问老师似乎认为，不管资质测试的结果
如何，分解人一定都是低能儿。那个女人穿着印花裙子，上面全
是绿叶和粉色鲜花的图案。莉莎很想用除草机攻击她。

**"你有什么问题或者疑问吗，亲爱的？如果有，现在就是提问
的最好时机。"**

"不好的部分会怎么处理？"

这个问题似乎给了那个女人一个措手不及的打击："什么？"

"你知道的，那些不好的部分，比如畸形足或者聋耳朵，你们会怎么办？会用它们做移植吗？"

"你并没有这些问题，不是吗？"

"没有……但我有阑尾。你们会对它做什么？"

"嗯，"那个顾问老师用无尽的耐心说道，"聋了的耳朵总比没有耳朵要好，有时候人们只能承担得起这些。至于你的阑尾，反正也没有人真的需要。"

"那么，你们不是违反了法律吗？法律不是规定你们要保证分解人100%地活着吗？"

那个顾问老师脸上的笑容已经开始慢慢消失："嗯，实际上是99.44%，考虑到比如阑尾这样的部位。"

"我明白了。"

"我们接下来要做的是让你填个入营前的调查问卷。由于你到达的方式比较特别，你一直没能有机会来填写。"她翻阅着问卷，"大部分问题到现在已经无关紧要了……但如果你有什么特别的技能想告诉我们——你明白的，那些在你待在这里时能够有用的技能……"

莉莎真希望自己能够站起来离开这里。即使现在，在她生命即将完结的时候，她还是要面对这个不可避免的问题：**你到底有什么可用之处？**

"我也有一些医疗经验，"莉莎平静地告诉她，"急救、心脏复苏。"

女人露出一个抱歉的微笑："嗯，如果说这里有什么完全不缺的，那就是医务人员了。"如果那个女人再说一次"嗯"，莉莎可能就会问她一个更措手不及、更深刻的问题。

"还有别的吗？"

"我在州立孤儿院的时候，曾经帮助照看过婴儿。"

又是那个笑容："对不起，这里没有婴儿，就这些了吗？"

莉莎叹了口气："我还学习过古典钢琴。"

那女人一下子扬起了眉毛："真的？你会弹钢琴？嗯，嗯，嗯！"

53. 康纳

康纳想打架。他想虐待那些工作人员，违抗每一个规定，因为他知道如果自己这样做，他就能更快地熬过这段时间。但出于两个原因，他并没有这样自暴自弃。第一，这正是他们想让他做的；第二，莉莎。他知道如果她看见自己被送到剁肉场的话，一定会崩溃。没错，孩子们都这样称呼那个地方——"剁肉场"，虽然他们从未在工作人员面前这样说过。

康纳在自己的宿舍里是个明星。这些孩子把他当成某种标志性人物，这让他觉得很是神奇，而他所做的只是生存而已。

"不可能都是真的吧？"睡在他身旁的那个孩子在第一天晚上问道，"我是说，你不会**真的**用青年警官的麻醉枪，打倒了一整队人吧。"

"不！不是真的。"康纳告诉他，但否认却让这个孩子更加相信这件事。

"他们没有**真的**关闭了所有高速公路，就为了找你吧？"另一个孩子问道。

"只是一条高速路而已——他们也没有关闭，可以说是我关闭的。"

"所以，那就是真的了！"

没有用——不管如何去否认那些故事，其他分解人也不会否认这位阿克伦城的 AWOL 是个非同凡响的人物。

而另一方面，尽管罗兰德十分看不起康纳，但他也开始充分利用起了康纳的名声。虽然罗兰德住在另一个宿舍，康纳却已经听说了罗兰德和他一起偷走直升机，然后解放了被关押在医院的一百名分解人的疯狂故事。康纳想告诉他们罗兰德唯一所做的就是出卖了他们，但生命太过短暂，他决定还是不再和罗兰德计较什么了。

康纳身边有个孩子名叫道尔顿。他能够真正听进康纳的话，并分清事实与编造。道尔顿已经十七岁了，但他身材短小，长了一头乱糟糟的头发。康纳告诉了他逃跑当天发生的事实。能够有人相信他的话，康纳感到如释重负。不过，道尔顿对此有自己的见解。

"即使只有这些事情，"道尔顿说，"我还是觉得挺惊讶的。这可是我们这些人**希望**能做的事情。"

康纳不得不承认他说得对。

"你就像是这些分解人的国王，"道尔顿告诉他说，"不过像你这样的人，通常很快就被分解了，所以要小心。"道尔顿意味深长地看着他，"你害怕吗？"

康纳真希望自己的回答不是这样，但他也不想说谎："是的。"

在得知康纳也害怕后，他似乎变得轻松了许多："他们告诉我们，恐惧最终会被战胜，而我们会得到接受和认可。我来这里已经差不多六个月了，可我还是和来到这里的第一天一样害怕。"

"六个月？我以为这里的每个人都会在几周内被分解。"

道尔顿凑近了一些，就好像在传递什么危险信息一样小声地说道："如果你在乐队里就没事了。"

乐队？康纳无法想象在这样一个生命被禁锢的地方会有音乐。

"他们让我们去剁肉场的顶楼，每次有孩子进来的时候，他们就让我们演奏音乐。"道尔顿说，"我们什么音乐都演奏，古典、流行、旧世界的摇滚。我是这个乐队里最棒的贝斯手。"他笑了一下，"你明天可以来听听我们的演奏，乐队里来了一个新的键盘手，她很漂亮。"

上午打排球。这是康纳的首次正式活动。不少穿着鲜亮印花衬衫的工作人员拿着记录簿站在场边。显然，排球场并没有安装十二个摄像头。在工作人员的身后，剁肉场的房顶，音乐演奏了起来。那是道尔顿的乐队，这是他们为早晨演奏的音乐。

对手球队的队员在看到康纳时便已经泄了气，就好像他的出现已经注定了自己的失败一样。康纳的排球技术很烂这个事实被无视，对他们来说，阿克伦城的 AWOL 对每项运动都很在行。罗兰德也在对方的队伍中。他并没有像其他人那样畏缩，他只是盯着康纳，手里紧握着排球，准备向康纳的喉咙狠狠砸去。

比赛开始了。比赛的紧张程度毫不亚于暗藏在每一次掷球中的恐惧。双方的球队都在拼了命一样地打球，好似输的一方就会立刻被送去分解一样。道尔顿告诉过康纳，其实事实并非如此，但输掉比赛也不会有什么好处。这让康纳想起了玛雅人的雪球游戏——他在历史课上学到的。那种游戏和篮球的规则差不多，只不过输掉的一方会被用来祭祀玛雅神明。那时候，康纳还觉得这挺酷的。

罗兰德把球投了过去，球砸在了其中一个工作人员的脸上。罗兰德坏笑了一下，然后道了歉，那个男人瞪了他一眼，然后在记录簿上写了些什么。康纳不知道这会不会让罗兰德在这里少待上几天。

就在这时，比赛突然暂停了，因为所有人的注意力都转向了一组身穿白衣，正巧从场边经过的孩子。

"那些人是十一奉献品，"一个孩子告诉康纳，"你知道这类人的吧？"

康纳点了点头："我知道。"

"你看看他们，他们以为自己比别人强多了。"

康纳早就听说这些十一奉献品会得到完全不同的待遇。"十一奉献"和"无可救药"，是工作人员对这两组分解人的称呼。十一奉献品们不会参与无可救药们的常规活动。他们不需要穿着统一的蓝或粉色制服。在亚利桑那州明媚的阳光下，他们白色的丝绸外衣显得那么耀眼，你得眯起双眼才能看清他们，就好像他们是少年版本的上帝似的。虽然在康纳眼里，他们看起来更像是外星人小分队。无可救药们痛恨十一奉献品们，就像农民憎恶皇室一般。康纳可能一度也有这样的感觉，但自从认识了一个十一奉献品后，他对他们的感觉就只剩怜悯了。

"我听说他们知道自己被分解的确切日期和时间。"一个孩子说。

"我听说他们能亲自预约自己的**时间！**"另一个孩子说。

裁判吹响了口哨："好了，继续比赛。"

他们把目光从那些耀眼的白色制服上移开，然后对这场比赛又多了一分挫败感。

在那些十一奉献品消失在山后方时，康纳感觉自己好像看到了一张熟悉的面孔，但他知道这只是幻觉罢了。

54. 莱夫

这并不是康纳的幻觉。

莱夫·杰达玳雅·克德是来到快乐杰克收获营的一位非常特别的客人，而且他又一次穿上了自己的十一奉献白色西装。他并没有在排球场上看到康纳，因为这里的工作人员严格要求他们不要去看那些无可救药。他们为什么要看呢？自打出生起，人们就一直告诉他们，他们是来自不同阶级的人，背负着更高的使命。

莱夫的皮肤可能还有一些晒伤的痕迹，但他的头发已经被剪得短而整洁，就像以前那样，而他表现得也如往常一样敏感、温和。至少外表上是这样。

他的分解预约时间是十三天后。

55. 莉莎

莉莎正在剁肉场的房顶演奏音乐，她的音乐飘至远方，传递到上千个正在等待被分解的人的耳中。能够再次摸到这些琴键，这种快乐的感觉并不亚于知道脚下正在发生什么的恐惧感。

从她得天独厚的楼顶角度望下去，她能看到他们被带到了褐红色的石铺路上，这条路被孩子们称为"红毯路"。这些走过红毯路的孩子身边各有一名警卫人员，他们紧抓着这些孩子的手臂——紧到足以抓住他们，但又不至于弄出淤伤。

尽管如此，道尔顿和乐队里的其他人还是像没事发生一样地演奏音乐。

"你们怎么做到的？"在一次休息过程中，她问他们，"你们怎么能日复一日地看着他们，走进去然后再也没出来？"

"你会习惯的，"鼓手告诉她说，然后喝了口水，"你会明白的。"

"我不会！做不到！"她想到了康纳，他并没有这种缓刑的机会，他一点机会都没有，"我无法变成他们的共犯！"

"嘿，"道尔顿有些生气地说，"这可是为了生存，我们只是尽一切可能地生存！你因为可以弹奏钢琴而被选上，不要把机会浪费掉。要么就适应看着这些人走过红地毯，要么就自己放弃，然后我们就会为**你**而演奏。"

莉莎明白他的意思，但这不意味着她喜欢这一点。"这就是上一个键盘演奏者的下场吗？"莉莎问道。她能看出这是他们并不想提及的话题。他们相互看了看对方，没有人想回答这个问题。然后领唱漫不经心地玩弄着头发，似乎觉得这并没什么所谓："杰克只是长到十八岁了，所以他们在他生日前一周带走了他。"

"他可不是快乐的杰克。"鼓手说着，敲打了一下鼓边。

"就这样？"莉莎说，"他们就带走了他？"

"公事归公事。"领唱说，"如果我们有人长到了十八岁，他们就会损失一大笔钱，因为他们不得不放我们走。"

"我有个计划。"道尔顿说着，向其他人眨了眨眼，他们显然对此早就听习惯了，"等我快到十八岁，他们准备来找我的时候，我就从这个楼顶上跳下去。"

"你准备自杀？"

"但愿不会，这样做只有两种结局，而我肯定会摔成重伤。你看，这样他们就无法分解我，他们必须要先等我恢复才行。而到那时候，我就已经十八岁了，他们就**完蛋了**！"他和鼓手击了一掌，然后大笑起来。莉莎只能不可置信地看着他们。

"从个人角度来说，"领唱说，"我希望他们能把成人的法定年龄降到十七岁。这样一来，我就可以去找那些工作人员和顾问老师，还有该死的医生们，我会冲他们的脸上啐口水，他们也没办法做什么，只能让我迈着自己的双腿离开这里的大门。"

这时，一上午都没有开口的吉他手拿起了自己的乐器。

"这是献给杰克的。"他说着，开始弹奏战前的经典之曲《别惧怕死神》。

乐队其他人也都加入了进来，用心演奏着这首曲子。莉莎尽自己最大的努力，不再去观望下面的那条红毯路。

56. 康纳

宿舍被分为了几个不同的区，每个区里有三十个孩子——又长又窄的房间里摆着三十张床，四周还安装了防爆玻璃，以让亮堂的阳光照射进来。在康纳准备吃晚饭前，他注意到区里有两张床空了出来，睡在这两张床上的孩子不见了踪影。所有人都注意到了，但没有人去谈论这个话题，只有一个小孩把自己的床位换到了其中一张空床，因为他床垫的弹簧坏了。

"让新来的去睡坏了的床，"他说，"我自己要舒服地过完这最后一周。"

康纳记不起这些消失小孩的名字或模样，这让他很是困扰。

他感觉压力像大山一样向他压了过来——那些孩子总觉得他能拯救他们，而他心里清楚，他连自己都救不了。还有工作人员一直在等他犯错误。他唯一的安慰就是知道莉莎是安全的，至少目前是这样。

在午饭后去观看乐队表演时，康纳看到了她。他一直都在寻找她，而她就在那里，用心地演奏着音乐。她告诉他自己会弹钢琴，但他从未仔细想过这一点。她弹得棒极了，他真希望自己能多花些时间去了解她原来的生活。在那天下午，当莉莎看到康纳时，她露出了微笑——这是她很少会做的事情。但微笑很快就被现实打败的表情所替代了。她站在高处，而他站在下方。

康纳在宿舍里花了很长时间思考，以至当他回过神来时，屋子里的其他人都早已离开去吃晚饭了。他站起身也准备离开，却看到有个人偷偷站在门口那里。是罗兰德。

"你不该来这里。"康纳说。

"不，我不该。"罗兰德说，"但多亏了你，我还是来了。"

"我不是这个意思。如果你被发现离开自己的宿舍，他们就更不会放过你了。他们会更快分解你。"

"谢谢你的关心。"

康纳向门外走去，但罗兰德挡住了他的路。康纳第一次注意到，尽管罗兰德身上有着强壮的肌肉，但他们的身高却并没有差很多。康纳一直以为罗兰德比自己高很多。其实并没有。康纳时刻警惕着罗兰德可能做出的行动，然后说："你来这里是有原因的，学会接受吧。没别的事的话，让开路，我要去吃饭。"

罗兰德脸上的表情十分狠毒，他看起来像是要灭绝一整个宿舍的人一样："我本可以杀你好几次，我本可以……但那样的话，我们就不会在这里了。"

"是你在医院出卖我们的。"康纳提醒道,"如果你没有**那么做**的话,我们就不会在这里。我们就会安全地回到墓场!"

"什么墓场?那里已经什么都没有了。你把我锁在了箱子里,让他们把一切都毁了!我本可以阻止他们,但你没有给我机会!"

"如果你当时在场的话,你就会亲手杀死海军上将。该死,如果黄金组合还活着,你也会杀死他们!你就是这样!你就是这样的人!"

罗兰德忽然安静了下来,康纳知道自己说得太过分了。

"嗯,如果我是凶手的话,我已经快没有时间了。"罗兰德说,"我最好快点搞定。"他开始挥拳,康纳迅速防卫,但很快就不仅仅是防卫自己那么简单了。康纳打开了自己愤怒的源泉,他开始了残忍的进攻。

这是他们在仓库里未能打的一架。这是罗兰德在洗手间里威迫莉莎时就计划好的一架。他们两个的拳头都充满了整个世界的愤怒。他们冲撞着墙和床,无休止地击打着对方。康纳知道这和自己以前打的架一点也不一样,尽管罗兰德没有武器,但他根本不需要什么武器。他就是自己的武器。

虽然康纳很努力地抗击,但罗兰德的力量比他大许多,康纳的力气渐渐减弱,罗兰德一把抓住他的脖子,将他撞向了墙。他的手掐着康纳的脖子。康纳在挣扎,但罗兰德的手掐得太紧了。他一次又一次地将康纳撞在墙上,掐着脖子的手一点也没有松下来。

"你说我是凶手,可你才是唯一的罪犯!"罗兰德尖叫道,"我没有掠夺人质!我没有射杀青年警官!我从没有杀过任何人!直到现在!"说完,他的手指掐得更紧,完全封闭了康纳的气管。

没有了氧气的吸入,康纳的挣扎变得越来越弱。他的胸腔剧烈地起伏着，视线变得黑暗起来，直到最后，他只能看到罗兰德愤怒的怪相。**你宁愿死，还是被分解？**他现在终于知道答案了。也许这就是他想要的，也许这就是他站在那里嘲笑罗兰德的原因。因为他宁愿被一只愤怒的手掐死，也不愿被冷漠的机器分解。

康纳的视线里只剩下乱七八糟的星星点点，黑暗越来越近，他已经没有了意识。

但只是短暂的一瞬。

因为很快，他的头就撞向了地板，又一次敲醒了他的意识……当视线变得清晰起来后，他看见罗兰德正站在那里看着他。他就那么站在那里，一动不动地盯着他。让康纳惊讶的是，罗兰德的眼中居然充满了泪水，他试图将泪水掩藏在愤怒之后，但泪水依然在眼眶里。罗兰德看了看差一点要了康纳的命的那只手，他并没有真的打算去做——他看起来似乎和康纳一样惊讶。

"算你走运。"罗兰德说着，默默地离开了。

康纳看不出罗兰德对自己并不是凶手这个发现到底是失望还是松了口气，康纳觉得可能两者都有一些。

57. 莱夫

快乐杰克营地里的十一奉献品们，就好像**泰坦尼克号**上头等舱的乘客。他们居住的地方有豪华家具。那里面还有剧场、游泳池，食物甚至比自家做的还要好。当然，他们最终的命运和那些"无可救药"是一样的，但至少他们是有尊严地在过最后这段日子。

现在是晚饭过后，莱夫独自一人待在十一奉献区的健身房。他站在静止的跑步机上，因为他还没有打开机器。他的脚上穿着厚垫的跑步鞋，另外还穿了两双袜子以让鞋底更厚一些。不过，他的双脚现在并不是他关心的问题——他的双手才是。他站在那里，盯着自己的手，出神地思考着。他以前从未对自己手掌上的纹路这样好奇过。这些纹路中的一条代表着生命线，不是吗？那么十一奉献品的生命线不应该像一棵树那样有很多枝杈吗？莱夫看着手指尖上的指纹。如果人们得到了分解人的手，那么指纹身份印证岂不是成了噩梦？如果指纹已不再是你自己的，那么它们又有什么用呢？

没有人会得到莱夫的指纹，他很清楚这一点。

十一奉献品们也有很多的活动，但和无可救药们不同的是，他们是否参加这些活动完全出于自愿。成为十一奉献的准备之一，就是在十一奉献派对前花费一个月的时间来做精神和身体上的保养。所有的工作都已在他们来到这里之前做好了。当然，这里并不是他和他父母选择的那所收获营，但他是个十一奉献品——无论在哪里，这都给了他终身的保障。

晚上的这个时候，大部分十一奉献品们都聚集在娱乐室，或者组成祈祷小组去祈祷。十一奉献区里有各种信仰的牧师：基督教牧师、天主教牧师、犹太教祭司和神职人员，因为将群族里最精英的部分奉还给上帝这种信念，是和宗教本身一样古老的传统。

莱夫会参加必要的那些活动，在《圣经》学习时，他也会说些足够正确的话，不让自己引起怀疑。在人们从《圣经》里断章取义支持十一奉献，还有孩子们声称自己看到上帝的面孔时，他只是继续保持着沉默。

"我的叔叔得到了一位十一奉献品的心脏，现在人们说他能创造奇迹。"

"我认识一个女人，她得到了十一奉献品的耳朵。她能听到隔壁街区的婴儿哭声，然后从火灾里把婴儿救出来！"

"我们是领圣体。"

"我们是来自天堂的礼物。"

"我们是分散到人群中的上帝的一部分。"

阿门。

莱夫背诵着经文，努力让它们像曾经那样转变自己，提升自己，但他的心却变得更加坚硬。他希望自己的心能像钻石那样坚硬，而不是破碎的玉石。也许那样一来，他就不得不去选择另外的出路了。但从目前他所变成的这个人，从他能感受到以及无法感受到的东西来看，这条路是正确的。即使不对，嗯，他已经不在乎去更改什么了。

其他的十一奉献品知道莱夫和他们不一样。他们从未见过一个堕落的十一奉献品，他就像是一个挥霍成性的富家少爷忽然摒弃了自己的罪恶，一下子浪子回头了。但话说回来，这些十一奉献品也并不认识太多其他的十一奉献品。和这么多同自己相似的孩子在一起，他们更觉得自己是与众不同的那类人。不过，莱夫并不在这个圈子里。

他打开了跑步机，步伐稳健地开始在上面奔跑。这台跑步机是最先进的设备。跑步机前方安装了一个可调试的屏幕：你可以选择在丛林里慢跑，或穿越纽约曼哈顿，你甚至可以在水上行走。在一周前，莱夫刚到这里后，工作人员就建议他参加额外的运动。在来到这里的第一天时，莱夫的抽血样本显示他的甘油三酯水平过高。他确信梅和布雷恩的血液样本也应该有着同样的问题，虽然他们三个是分开被"抓住"的，而且被发送的时间也分隔了几天，这样一来就不会有人把他们三个联系在一起。

"要不然就是你家里的祖传基因，要不然就是你吃的东西油脂

286

太高了。"医生说道。他让莱夫在营地里只能吃一些低脂食品，并建议莱夫多做一些运动。莱夫知道这个血液测试的结果是另有原因的。他血液里流淌的根本不是甘油三酯，而是另外一种比较相似的成分——一种更加不稳固的成分。

健身房里又来了一个男孩。他有一头精心养护的金发，看起来甚至有些发白。他的眼眸绿得透彻，让人不得不觉得那并不是自然生成的颜色。这些眼珠的价格一定更高。"嘿，莱夫。"他走到莱夫身旁的跑步机上，开始跑步，"忙什么呢？"

"没什么，在跑步而已。"

莱夫知道他来这里并不是出于自愿。十一奉献品是不能一个人独处的。他是被派到这里陪莱夫的。

"点烛仪式很快就要开始了，你要来吗？"

每天晚上，他们都会为第二天将被分解的十一奉献品点燃一支蜡烛。这些带着荣誉的孩子会发表演讲，每个人都会鼓掌。莱夫觉得这让人恶心。

"我会去的。"莱夫告诉那个孩子。

"你开始准备自己的演讲了吗？"他问道，"我已经快写完自己的了。"

"我还在零零碎碎地准备中。"莱夫说，那个孩子并没有听出这话的双关意味。莱夫关上了机器，只要他待在这里，那个孩子是不会主动离开的，而莱夫实在是不想和他谈什么成为被选中一员的荣耀。他宁愿想想那些没有被选中，而且幸运地没有来到收获营的人——比如莉莎和康纳，在他眼里，他们还依旧待在墓场的庇护所里。想到在他离开后，他们还能继续生活下去，他心里轻松了许多。

餐厅的后面有个已经被遗弃的废旧垃圾棚，莱夫是上周发现的，他觉得这里是秘密会面的完美地点。在他来到这里的当天晚上，梅正在某个狭小的空间里踱步，她每一天都变得更加紧张。"我们还要等多久？"她问。

"你为什么这么着急？"莱夫问，"我们要等到时机合适的时候。"

布雷恩从自己的袜子里拿出六个小纸包，他撕开其中一个，然后从里面拿出一个圆形的小创可贴。

"这是干什么用的？"梅问道。

"用来让我知道，用来让你们发现的。"

"你真幼稚！"

梅的脾气总是很急躁，特别是和布雷恩在一起的时候，不过今晚，她心里似乎还在想着其他事情。"怎么了，梅？"莱夫问道。

梅停顿了好一会儿才说道："今天我在剁肉场的房顶看到一个弹钢琴的女孩子。我在墓场见到过她——她也认识我。"

"不可能，如果她是从墓场来的，她为什么会在这里？"布雷恩说。

"我知道自己看到了什么，而且我觉得这里还有其他从墓场来的孩子。万一他们认出我们了呢？"

布雷恩和梅一起看着莱夫，就好像他能做出一番解释似的。而实际上，他也确实做出了解释："他们肯定是被派送到外面打工的孩子，然后被抓到了，就是这样。"

梅放松了一些："是啊，是啊，肯定是这样。"

"如果他们认出了我们，"布雷恩说，"我们就说自己也是这样被抓来的。"

"没错，"莱夫说，"问题解决了。"

"很好，"布雷恩说，"回到正题，所以……我想不如就选后

288

天，因为我被安排在大后天有一场足球比赛，而我觉得自己应该
不会赢。"

说完，他分别递给了梅和莱夫两个小创可贴。

"我们为什么需要创可贴？"梅问道。

"有人让我在来到这里后把这些给你们。"布雷恩用手指玩弄着
一个创可贴，看起来就像是肉色的树叶。"这些不是创可贴，"他
说，"是引爆器。"

阿拉斯加州的油管工作根本就不存在。毕竟，有哪个分解人
会想去做这样的工作呢？他们的目的正是确保除了莱夫、梅和布
雷恩以外，没有其他人再申请这个工作。那辆车把他们从墓场送
到了一片不景气的街区里的一栋年久失修的房子里，住在这里的
人都是被生活所迫、失魂落魄的人。

莱夫有些害怕这些人，但他又觉得自己和这些人有着某种共
同的联系——他们都明白被生活背叛的滋味，他们都明白身体被掏
空的滋味。当他们告诉莱夫他对整个计划有多重要时，莱夫这辈
子第一次觉得他真的很重要。

这些人从来不会使用"邪恶"这个词语——除了在描述这个世
界对他们做了什么邪恶之事时。他们让莱夫、梅和布雷恩所做的
事情并不邪恶——不，不，一点也不邪恶。这只是为了表达他们内
心感受的一种方式而已。这是他们变成如今这副模样的精神和本
质。他们不仅仅是传递信息的使者，他们本身就是信息。这是他
们告诉莱夫的，这和他们在莱夫体内输入的致命物质并没什么两
样。这种行为很扭曲，很不正确，但正好适合莱夫。

"我们的动机就是制造混乱。"招募他们的屠刀总是爱这样说。
不过即使在他生命终结的时候，屠刀也没有意识到，其实制造混

乱和其他动机没什么两样。它甚至可以变成一种宗教，让那些足够不幸的人，那些只能在危险领域找到慰藉的人受到它的洗礼。

莱夫不知道屠刀遭受了怎样的命运。他不知道，也不在乎自己是否被人利用了。莱夫只知道，这个世界很快就会遭受一小部分的损失，也会感受到他内心的那种空虚和幻想破灭感。在他举起手鼓掌的那一刻，他们就会知道了。

58. 康纳

康纳用最快的速度吃完了早餐。这倒不是因为饿，而是他想尽快去另一个地方。莉莎的早餐时间正好在他之前。如果她吃慢一点，而他吃快一点的话，他们就能在不引起快乐杰克员工注意的情况下见到对方。

他们的会见地点是女生洗手间。上一次被迫在这种地方待着的时候，他们分别待在不同的小隔间里。现在，他们待在了同一个小隔间。他们在狭小的空间里拥抱着对方，再也不用去找什么借口。他们短暂的生命已不再有时间让他们去做游戏，感觉尴尬，或者假装不在乎对方了。他们像永远不会停止那样亲吻着，就好像亲吻和氧气一样是他们生活的必需品似的。

她抚摸着他脸上和脖子上的淤伤，那是和罗兰德打架留下的。她询问着事情的经过，他告诉她这并不重要。她告诉他自己不能在这里逗留太久，因为道尔顿和乐队的其他成员会在楼顶那里等着她。

"我听到你的演奏了，"康纳告诉她，"你棒极了。"

他又一次亲吻了她。他们没有谈论分解的事情。这一刻，那些东西都不存在了。康纳知道如果可以的话，他们还会继续向前发展，但不是在这里，不是这样的地方。对他们来说这已经是不可能的事情了，但不管怎样他还是很开心，因为如果在其他地方，其他时间，这还是有可能的。他抱着她度过了十秒，二十秒，三十秒。然后她离开了，他也回到了餐厅。几分钟后，他听到了她的演奏。她弹奏的琴声飘扬而来，整个快乐杰克收获营都能听到这节奏欢快，为临死生命谱写的音乐篇章。

59. 罗兰德

同一天早上，他们在早餐后直接找到了罗兰德。一位收获营的顾问老师和两名警卫直接在宿舍的走廊里拦住了罗兰德。

"你们要找的不是我，"罗兰德绝望地说，"我不是那个阿克伦城的 AWOL，康纳才是你们要找的人。"

"恐怕不是这样。"顾问老师说道。

"可是……可我刚刚来到这里才几天而已……"他知道事情为什么会这样。只因为他用排球击中了那个家伙，一定是这样。或者是因为他和康纳打架。是康纳出卖了他! 他就知道康纳会出卖他!

"是因为你的血型，"顾问老师说，"阴性 AB 血型，是非常稀有的血型。"他微笑道，"不如这么想，你比其他在这里的孩子更有价值。"

"你真幸运。"一名抓住罗兰德胳膊的警卫说道。

"如果能让你心里好受些的话，"顾问老师说，"你的朋友康纳预计今天下午被分解。"

在他们带着罗兰德走出去的时候，罗兰德的双腿有些发软。那条红毯路就铺在他眼前，是干涩血迹的颜色。每次有孩子走过这条路的时候，他们都会跳着躲过去，就好像踩上去会带来噩运一般。现在，他们硬生生地让罗兰德走了上去。

"我想要牧师，"罗兰德说，"他们会给牧师的，对吗？我要牧师！"

"牧师会主持最后的仪式。"顾问老师说着，把手轻轻地放在了他肩膀上，"那是为了死去的人。你并没有死，你还会活着，只不过是以不同的方式。"

"我还是想要牧师。"

"好吧，我看看能做些什么。"

剁肉场房顶的乐队已经开始了早上的演奏。他们在演奏一首熟悉的舞曲，好似在嘲笑他脑海里响起的哀乐一般。他知道莉莎现在就在乐队里，他看到她正在上面弹琴。他知道她恨自己，但他还是朝她挥了挥手，想引起她的注意。即使一个恨他的人冲他做些什么，也要比陌生人看着他灭亡好得多。

她并没有把目光投向红毯这里。她并没有看到他。她不知道发生了什么。如果有人告诉她他今天会被分解，他很好奇她现在是什么感受。

他们走到了红毯路的尽头，距离剁肉场的大门只有五个石阶了，罗兰德在石阶下方停下了脚步。警卫们想拉走他，但他推开了他们的手。

"我需要更多时间。再给我一天。就一天。我明天就会准备好，我发誓！"

可楼顶上的乐队还在演奏着。他想要尖叫，但在这里，在剁肉场的外面，他的尖叫声只会被乐队的声音盖住。顾问老师冲警卫做了个手势，他们紧紧地抓住罗兰德的上臂，逼着他走上那五个石阶。很快，他就走进了大门，大门在他身后关上，将他与外界隔离了起来。他甚至再也听不到乐队的声音。剁肉场是完全隔音的。不过，他似乎早就知道了这一点。

60. 收获营

没有人知道分解是怎么发生的。没有人知道分解是怎么完成的。分解人的收获过程是一种神秘的医务仪式，只会发生在每所收获诊所的围墙里。这倒是和死亡没什么两样，因为人们都不知道那些神秘大门后到底隐藏着什么秘密。

分解被遗弃的人都需要什么？它需要十二名外科医生，分为两组，按照他们擅长的医科轮流上阵。它需要九名外科助手和四名护士。一共花费三个小时。

61. 罗兰德

罗兰德已经在这里待了十五分钟了。

在他身旁忙来忙去的医务人员身上穿着印着笑脸的手术服。

他的胳膊和双腿被铐在了手术床上，虽然铐得很紧，但铐子上加置了衬垫，这样一来即使他挣扎也不会受到伤害。

一位护士帮他擦拭了前额的汗水："放松，我会一直帮助你的。"

他感觉到自己脖子的右方传来一阵尖锐的刺痛感，紧接着是左边。

"这是什么？"

"这个，"护士说，"是你今天唯一会感受到的疼痛。"

"所以就是这样了，"罗兰德说，"你们在麻醉我？"

虽然他看不到她口罩下面的嘴唇，但他能看到她眼睛里的微笑。

"不是的，"她说，"依照法律，我们必须让你在整个过程中保持清醒。"护士握住了他的手，"你有权知道发生在你身上的一切，整个过程的每一步。"

"如果我不想知道呢？"

"你会想知道的，"一位外科助手说着，用棕色的术前消毒液擦拭着罗兰德的双腿，"每个人都想知道。"

"我们只是在你的颈动脉和颈静脉里插入了一个导管，"护士说，"现在你的血液已经被人工合成的富氧解决方案替代了。"

"我们会把货真价实的东西直接送往血液库。"站在他脚边的助手说，"不会浪费你身体的任何部位。你会拯救很多的生命！"

"富氧解决方案还包含麻醉药物，能停止疼痛接收器的工作。"护士拍了拍他的手，"你会一直保持清醒，但不会有任何感受。"

罗兰德感觉自己的四肢已经开始麻木起来。他咽了下口水："我讨厌这个，我讨厌你们，我讨厌你们所有人。"

"我理解。"

二十分钟过去了。

第一批外科医生已经来了。

"不用去理会他们，"护士说，"和我聊聊。"

"我们要聊什么？"

"你想聊什么都可以。"

有人把工具弄掉了。它碰了下手术台，然后掉在了地上。罗兰德抽搐了一下，那位护士把他的手握得更紧了。

"你的脚踝可能会有一些拉扯感，"站在他脚旁的一位外科医生说，"不用担心。"

四十五分钟过去了。

太多的外科医生在他身旁忙碌。罗兰德不记得自己何时曾得到过这么多人的注意。他想看看四周，但那位护士一直挡在他眼前。她在读他的文档，她知道关于他的一切。那些好的和坏的。那些他从未谈及的事情。那些他无法停止谈及的事情。

"你继父所做的事情太糟糕了。"

"我只是在保护我的母亲。"

"手术刀。"一位外科医生说。

"她应该感激才是。"

"是她选择了分解我。"

"我相信这对她来说也很艰难。"

"好了，箍住这里。"

一小时十五分钟。

有些外科医生离开了，又有一些新的医生进来。那些新来的似乎对他的腹部很感兴趣。他向自己的脚指头看去，却什么也没看见。他只看到一位外科助手在清理手术台的下半部分。

"我昨天差点杀了一个孩子。"

"现在也无关紧要了。"

"我想那样做，但我害怕了。我不知道为什么，但我害怕了。"

"不要再想了。"那位握着他的手的护士已经放开了手。

"很强壮的腹部肌肉，"医生说，"你在锻炼吗？"

一阵金属碰撞的叮当声。手术台的下半部分已经被分开并推走了。这让他想起了自己十二岁的时候，他妈妈带他去拉斯维加斯。她把他放在了魔术表演的观众席上，然后自己去玩赌博机。那个魔术师把一个女人切成了两半。她的脚指头还在动，脸上还有笑容。观众发出了雷鸣般的掌声。

现在，罗兰德觉得自己的肚子有些不舒服。不舒服，有些痒痒的感觉，但并不疼。那些外科医生抬走了一些东西。他试着不去看，但又忍不住。没有血，是富氧解决方案，那是荧光绿的颜色，就像防冻液一样。

"我害怕。"他说。

"我知道。"护士说。

"我希望你们都下地狱。"

"这很正常。"

一支队伍离开，另一支队伍进来。他们开始对他的胸部感兴趣。

一小时四十五分钟。

"我恐怕现在不能继续聊天了。"

"别走开。"

"我还在这里，只是我们不能再说话了。"

恐惧围绕着他，威胁着要把他打倒。他试着用愤怒去替代这种感觉，但恐惧实在太强大了。他试着去想康纳很快也要被分解了，但这种想法并没有让他更好受。

"你的胸部会有一些刺痛感，"一位外科医生说，"没什么可担心的。"

两小时五分钟。

"如果你能听到我说话，就眨两次眼。"

眨眼，眨眼。

"你非常勇敢。"

他试着去想些别的事情、别的地方，但他的思绪总是会回到这里，所有人都离他很近。黄色的人影围绕在他身旁，好像凑近的花瓣一样。这个手术台的另一部分也被推走了。那些花瓣离得更近了。他不该这样被对待。他做过许多事情，并不都是好事，但他也不该被这样对待。而且，他还是没有等到他的牧师。

两小时二十分钟。

"你的下巴会有刺痛感，但没什么可担心的。"

"眨两次眼，如果你能听见我的话。"

眨眼，眨眼。

"很好。"

他盯着那位护士，她的眼里都是笑容。那双眼睛总是在笑，一定是有人给她安装了永恒的笑容装置。

"恐怕你现在要停止眨眼了。"

"时间是多少？"一位外科医生说。

"两小时三十三分钟。"

"我们要晚了。"

算不上一片漆黑，只能说是缺少光亮。他能听到周围的声音，但无法和别人交流。另一组人走了进来。

"我还在这里。"护士告诉他，但她很快就沉默了。不一会儿，他听到一些脚步声，他知道她已经离开了。

"你的头皮会有些刺痛感，"一位外科医生说，"没什么可担心的。"这是他们最后一次和他说话。在那之后，医生们就像罗兰德并不在场一样聊了起来。

"你看昨天的比赛了吗？"

"让人伤心。"

"分解胼胝体。"

"做得漂亮。"

回忆在零星闪着光。那些脸庞，深藏在他脑海的梦幻。那些感受，他已经好些年没有想过的事情。这些回忆都涌现出来，然后消失了。罗兰德十岁的时候，他的胳膊骨折了。医生告诉他妈妈，他可以移植一只新的胳膊，或者打石膏。打石膏更便宜一些。他在石膏上画了条鲨鱼。等石膏被取下时，他在自己的胳膊上文了一条永久的鲨鱼。

"如果他们投中那个三分球就好了。"

"那就又是公牛队，或者湖人队了。"

"开始左侧大脑皮层。"

另一个回忆闪现了出来。

我六岁的时候，父亲因为在我出生前所做的事情而入狱。我从不知道他到底做了什么，但妈妈说我和他是一样的。

"太阳队没有任何机会。"

"嗯，如果他们有好的教练队伍……"

"左侧大脑颞叶。"

　　我三岁的时候，有个保姆。她很漂亮。她很用力地摇晃我的妹妹。我的妹妹被摇晃坏了，再也没有好起来。美丽是危险的。最好先抓住他们。

　　"嗯，也许他们明年能进入季后赛。"

　　"或者后年。"

　　"我们取出听觉神经了吗？"

　　"还没有，就在那里……"

　　我独自一人，我在哭泣。没有人来到我的小床边。夜色渐渐变深。我很生气，很生气。

　　"左侧大脑额叶。"

　　我……我……我感觉不太好。

　　"左侧大脑枕叶。"

　　我……我……我不记得在哪里……

　　"左侧大脑顶叶。"

　　我……我……我不记得自己的名字，但是……但是……

　　"右侧颞叶。"

　　……但是我还在。

　　"右侧额叶。"

　　我还在……

　　"右侧枕叶。"

　　我还……

　　"右侧顶叶。"

　　我……

　　"小脑。"

　　我……

　　"丘脑。"

我……

"下丘脑。"

我……

"海马体。"

…………

"延脑。"

…………

…………

…………

"时间是多少？"

"三小时十九分钟。"

"好了，我去休息了。准备下一个。"

62. 莱夫

引爆器就藏在他储存柜后面的袜子里。如果有人找到，也只会觉得那是创可贴而已。他努力不去想这些。这是布雷恩的工作，等时机来到的时候，他自然会告诉他们。

今天，莱夫所在的十一奉献品小组要去户外行走，感受与大自然的交融。带领他们的牧师是一个自我感觉极其良好的人，他说话的样子，就好像嘴中的每一个词语都是智慧的珍珠一样。每说完一个想法，他都要暂停一下，好像在等着别人写下来似的。

他带着他们去看一棵奇怪的冬季落叶树。莱夫早已对冬天的冰雪习以为常，但看到亚利桑那州的树也会落叶时，他还是觉得奇怪。这棵树上有大量不太相称的枝叶，每个分枝都有不同的树皮和材质。

"我想让你们看看这个，"牧师冲大家说道，"现在虽然看不出什么，不过，噢，等到春天的时候你们就会看到。过去几年里，我们许多人都把自己最喜爱的树移植到这棵树干上。"他指着那些树枝，"这一根伸出来的是粉色的樱花，而这根上面是巨大梧桐叶。这一根上面是蓝花楹，而这一根则长满了桃花。"

那些十一奉献品仔细地观察着，小心翼翼地摸着树枝，生怕会把这些树枝毁了一样。"那这棵树本来是什么品种？"其中一位十一奉献品问道。

牧师没办法回答他的问题："我也不确定，但这真的无关紧要，重要的是它变成了什么。我们管它叫'生命之树'，这是不是很神奇？"

"这没什么神奇的。"莱夫还没反应过来，就直接说出了这句话，就好像出其不意地打嗝一样。所有的目光都看向他，他赶快掩饰道，"这是人类的结晶，我们不该太过骄傲。"他说，"如果骄傲了，那么耻辱很快就会来到；但如果谦逊，智慧就会来到。"

"没错，"牧师说，"箴言第十一章，对吗？"

"箴言11：2。"

"非常好，"他看起来变得谦虚了，"嗯，春天的时候会很漂亮。"

回十一奉献品所在的房子的路上，他们经过了不少那些无可救药被观察测试的场地。十一奉献品们忍受着无可救药们偶尔发出的嘲笑声和嘘声，就好像殉道者一般。

就在他们回到宿舍前，莱夫面对面地碰见了他以为再也不会见到的一个人。他的面前站着康纳。

他们本向不同的方向行走着，他们同时看到了对方，然后震惊地停下了脚步。

"莱夫？"

忽然那位自大的牧师出现在那里，他抓住了莱夫的肩膀。"离他远点！"牧师冲康纳吼道，"难道你惹的麻烦还不够吗？"说完，他抓着莱夫走开了，留下康纳依然站在原地。

"没事的。"牧师说，他抓在莱夫肩膀上的双手还是紧紧的没有放开，"我们知道他是谁，也知道他对你做了什么。我们本希望你不知道他也在同一所收获营。但我答应你，莱夫，他永远不会再伤害你了。"然后他悄悄地说道，"今天下午他就会被分解了。"

"什么？"

"真是谢天谢地！"

十一奉献品在没有监护的情况下，独自出现在快乐杰克的场地里并不算稀奇，虽然大部分时间他们都聚在一起，或者至少，是两个人一起。一个人步伐匆匆地独自走过，几乎是跑过场地这种事很少见。

在回到十一奉献品的房子后，莱夫并没有久留，他在第一时间就溜了出去。现在，他正到处寻找着布雷恩和梅。

康纳今天下午就要被分解了。这是怎么回事？他怎么会来到这里？康纳在墓场本是很安全的。是海军上将把他赶出来了，还是他自己离开了？无论怎样，康纳一定是被抓住然后被带到了这里。莱夫唯一能够得到答案的事情——他朋友们的安全——现在已经不复存在了。康纳绝对不能被分解……而莱夫有能力阻止这件事。

他在餐厅和宿舍间的绿草坪上找到了布雷恩，他正被逼着做徒手体操。布雷恩做操的样子很奇怪，他尽量不用任何力气，让自己的动作幅度做到最小。

"我需要和你谈谈。"

布雷恩看着他，有些惊讶并愤怒："什么，你疯了吗？你在这里做什么？"

一位工作人员看到了他，然后绕过人群向他们走来——毕竟，大家都知道十一奉献品和无可救药是不能混在一起的。

"没事的，"莱夫告诉工作人员，"他是我家里认识的朋友，我只是想和他道别。"

工作人员不太情愿地点了点头："好吧，但不要太久。"

莱夫把布雷恩拉到了一旁，确定周围没有人能听到他们的对话。"我们今天就得做，"莱夫告诉他，"不能再等了。"

"嘿，"布雷恩说，"**我**来决定什么时候做，而我说现在还不行。"

"我们等得越久，被发现的可能性就越高。"

"所以呢？这种事本来就是随机的。"

他想打布雷恩一拳，但他知道如果这样做了，他们就没办法在这个宽敞的地方待下去了。于是他把唯一一个能让布雷恩投降的可能性告诉了他。

"他们知道我们的事了。"莱夫小声说。

"什么？"

"他们不知道是谁，但知道这里有拍手族，我很确定他们正在化验血液样本寻找疑点。花不了多长时间，他们就会找到我们。"

布雷恩咬着牙咒骂了一句。他思考了一会儿，然后摇了摇头："不，不行，我还没准备好。"

"这和你准备没准备好无关。你想制造混乱？嗯，那就今天，无论你想还是不想，如果他们找到了我们，你觉得他们会做什么？"

布雷恩的脸色更加苍白了："他们会把我们扔进森林里，然后引爆？"

"或者扔进沙漠里，这样就不会有人知道。"

布雷恩又思考了一会儿，然后颤抖地深吸了一口气："我会在午餐时候找到梅，告诉她，我们两点钟准时行动。"

"一点钟。"

莱夫在储存柜里翻箱倒柜地寻找着，变得越来越急躁。那些袜子肯定就在这里！它们一定在，可是他找不到它们。引爆器虽不是关键，但它们会干净地解决问题。莱夫希望能一切做得干净利落。

"那是我的。"

莱夫转过身，看到一个头发蓬松，长着翠绿色眼珠的孩子站在身后："那是我的柜子。你的在那边。"

莱夫回过头，发现自己走错了床位。宿舍里并没有什么几号床的标记，也没有储存柜的记号。

"如果你需要袜子的话，我可以借你。"

"不，我自己的袜子就够了，谢谢。"他做了个深呼吸，闭上眼让内心的恐惧平静下来，然后走到了自己的储存柜边。藏着引爆器的袜子就在那里，他偷偷把它放进了自己的口袋里。

"你还好吗，莱夫？你看起来有些不太对。"

"我没事，我只是刚才在跑步而已，在跑步机上跑步。"

"不，你没有。"那个孩子说，"我刚刚就在健身房。"

"听着，你管好自己的事情，好吗？我不是你的兄弟，也不是你的朋友。"

"但我们必须要成为朋友。"

"不，你不认识我。我和你不一样，好吗？不要再烦我！"

说完，他听到身后传来一个深沉的声音："够了，莱夫。"

他转过身，看到一个穿着西装的男人。他不是那些牧师，而是一周前迎接他入营的顾问老师。这可不是什么好事。

那位顾问老师冲蓬松发小孩点了点头："谢谢你，斯特林。"男孩低下头，快步走开了。那位顾问老师说："我们让斯特林特别注意你，留意你的行为举止。我们，至少可以这么说——有些担忧。"

莱夫和那位顾问老师及两位牧师一起坐在屋子里。那只袜子鼓鼓地放在他的口袋里。他紧张地颠着腿，然后想起自己不该做任何振动的动作，不然的话，他可能会引爆炸弹。他逼着自己停了下来。

"你看起来很焦虑，莱夫。"顾问老师说，"我们想知道为什么。"

莱夫看了看时间，现在是 12 点 48 分。还有十二分钟，他、梅还有布雷恩就要见面，做该做的事情了。

"我要被十一奉献了，"莱夫说，"这个原因还不够吗？"

两位牧师中较年轻的一位靠近了一些："我们要确保每一个进入分解状态的十一奉献品都处于正常的精神状态下。"

"如果我们不把事情帮你解决好，我们就没有做好自己的工作。"年长的牧师说着，露出一个十分勉强的微笑，看起来却像是在做鬼脸。

莱夫想冲他们尖叫，但他知道这样不会帮他快点出去："我只是不喜欢别的孩子围在我身旁。我宁愿独自做准备，好吗？"

"这并不好，"年长的牧师说道，"这不是我们做事情的方式。

每个人都要支持另一个人。"

年轻的牧师又向前凑了凑："你需要给别的男孩一个机会，他们都是好孩子。"

"那可能我不是！"莱夫忍不住又看了一眼时钟。12点50分。梅和布雷恩还有十分钟就要到位了，如果那时候他还待在这间办公室怎么办？那岂不是"好极了"？！

"你需要去别的地方吗？"顾问老师问道，"你一直在看时间。"

莱夫知道他的答案一定要听起来有道理，不然的话他们就会开始怀疑他："我……我听说那个绑架我的孩子今天就会被分解。我只想知道这到底发生了没有。"

牧师们看了看对方，然后又看着顾问老师，老师靠在他的椅子上，尽量平静地说道："如果他现在还没有，那么很快他就会了。莱夫，我想你应该谈一谈你做人质时到底发生了什么，这样会对你有益。我知道那件事很可怕，但和别人谈论能够冲淡不好的记忆。我想今晚在你的宿舍区里建立一个特别小组，然后你和大家一起分享一下内心的想法。我想你会发现，他们是可以理解你的。"

"今晚，"莱夫说，"好的，可以。今天晚上我会谈论一切。也许你说得对，这样我就会感觉更好一些。"

"我们只是想帮你放松下来。"一位牧师说。

"那么，我现在可以走了吗？"

顾问老师又打量了他一番："你看起来很紧张。我想给你讲讲一些放松练习……"

63. 警卫

他讨厌自己的工作，他讨厌热气，他讨厌自己必须站在剁肉场前好几个小时，只为了看守这扇门，确保没有人随意进出。在州立孤儿院的时候，他曾经梦想和自己的兄弟们一起创业，但没有人会给州立孤儿院的孩子贷款创业。即使在他把自己的姓从沃德改为木兰德——镇子上最富有的那家人的姓后，他也骗不过任何人。后来他才知道，从州立孤儿院出来的孩子一般都把自己的姓改成了木兰德，还以为成功骗过了全世界。而最终，他骗过的只有自己。在离开州立孤儿院后，他能做的只有一些令人不爽的工作，而最近的工作，就是在收获营做警卫。

楼顶上，乐队刚刚开始了下午的演奏，至少这能让时间过得快一些。

两个分解人走了过来，并走上阶梯向他走来。他们身后并没有警卫押解，而且这两个人还拿着盖着锡纸的盘子。警卫并不喜欢他们的模样。那个男孩是光头，女孩是个亚洲面孔。

"你们要干什么？你们不该来这里的。"

"有人让我们把这个交给乐队。"他们看起来很紧张，不可靠。这没什么新鲜的。所有的分解人在来到剁肉场附近的时候都很紧张。对警卫来说，所有的分解人看起来都不可靠。

警卫瞥了眼锡纸的下方。是烤鸡和土豆泥。他们有时候确实会给楼上的乐队送食物，但通常送食物的人都是员工，而不是分解人。

"我想他们刚刚吃过午饭。"

"应该没有。"光头说道，他看起来一副宁愿待在任何地方也不想站在这里的样子，于是警卫决定再拖延一会儿，让他们在这里多站一会儿。

"我得打电话问一下。"他说着，拿出了电话，打给了接待办公室。电话是忙音。警卫不知道哪个结果会更严重——让他们带着食物进去，还是把他们撵走，如果他们真的是被派来送食物的话。他打量了一会儿女孩手里的盘子。"让我看看。"他掀开锡纸，拿出最大的那块鸡胸肉，"走进那扇玻璃门，然后左边就是楼梯。如果我看到你们去了别的地方，我就会立刻冲进去麻醉你们，你们都没时间反应。"

他们走了进去，然后消失在警卫的视线里。警卫并不知道，虽然他们确实上了楼梯，但他们却并没有把食物带给乐队，他们只是把盘子扔了。警卫没有发现他们手掌上的小创可贴。

64. 康纳

康纳望着宿舍的窗外，心里有些绝望。莱夫现在就在快乐杰克。他是怎么来到这里的并不重要，重要的是莱夫现在也要被分解了。一切都白费了。这种一切都是徒劳的感觉，让康纳觉得自己身体的一部分已经被切走分解了。

"康纳·拉斯特？"

他转过身，看到门口站着两名警卫。他的身旁大部分孩子已经出去做下午的活动了。留下来的几个孩子迅速瞥了警卫一眼，然后又瞥了康纳一眼，就转过头去忙各自手里的事情，以让自己不被卷入其中。

"是的，你们要干什么？"

"我们要求你现在去收获营诊所。"一位警卫说道。另外一位警卫没有说话，他只是咀嚼着口香糖。

康纳的第一反应是这不可能是听起来的那样。也许是莉莎派他们来的，也许她想给他演奏一些什么。比如，她现在在乐队里，一定要比其他分解人更有权力，不是吗？

"收获营诊所，"康纳重复着他们的话，"为什么？"

"嗯，不如这么说吧，你今天就要离开快乐杰克了。"

咀嚼，咀嚼，另一位警卫继续着。

"离开？"

"行了吧，孩子，难道非要我们说出来吗？你可是这里的麻烦。太多孩子仰慕你，这对收获营来说可不是什么好事，所以上面决定把这个问题解决掉。"

他们向康纳走来，抓住他的胳膊让他站起来。

"不！不！你们不能这样做。"

"我们可以，我们就要这样做。这是我们的工作，无论你想把事情搞得复杂还是简单，这都无所谓了。我们的工作就是一定要把事情完成。"

康纳看着其他孩子，好像他们能帮助他一样，但没有人做什么。"再见，康纳。"其中一个孩子说道，但他甚至都没有看向康纳这里。

嚼口香糖的警卫看起来更有同情心一些，也许能从他这里得到什么通融。康纳恳求地看着他。他立刻停止了咀嚼口香糖。警卫思考了一会儿，然后说："我有个兄弟一直想要一双棕色的眼珠，因为他女朋友不喜欢他现在眼珠的颜色。他是个不错的家伙，不然你可能会遇到很差劲的人。"

"什么！"

"我们有时候能优先得到一些部位什么的，"他说，"这是这份工作的好处之一。总之，我想说的是我能让你安心，你的眼睛不会安在低等人身上。"

另一位警卫窃笑了一下："安心，说得好。好了，该走了。"他们拉着康纳向前走去，康纳努力做着心理准备，但你又如何能为这种事做心理准备呢？**也许他们说得对，也许这不是死亡，也许这只是进入一种新的生存模式。可能这些都是对的，可能吗？不可能吗？**

他想象着监狱里的犯人被带走执行死刑的情景。他们会斗争吗？康纳想象着自己一路尖叫、反抗的样子，但这又有什么用呢？如果他在这世上作为康纳·拉斯特的时间已经接近尾声，那还不如好好地去利用这段时间。他可以用最后的这一刻来珍惜自己。不！是珍惜现在的自己！他应该珍惜自己呼进呼出的最后这几口气，趁他还能控制自己的呼吸时。他应该好好感受一下**自己**走动时肌肉的伸缩，然后用**自己**的眼睛再看看快乐杰克的景色，然后将它们存在**自己**的大脑里。

"放开我，我自己走。"他命令道。那两位警卫可能是被他坚定的声音吓到了，立刻松开了手。他揉了揉肩膀，转了几下脖子，然后大步向前走去。第一步是最艰难的，迈出第一步，他决定再也不逃跑或踌躇，再也不颤抖或争斗。他会稳稳地迈出生命中的最后这几步，而从今往后的几周里，无论在哪个地方，无论是谁，会依然记得这个年轻人骄傲、有尊严地向自己的分解走去。

65. 拍手族

谁会知道那些拍手族在实施恶行前的那一刻脑子会想些什么呢？毫无疑问，无论什么想法，它们都是谎言。不过，正如所有危险的骗局一样，拍手族告诉自己的谎言都包裹在诱人的外表之下。

对那些相信自己的行为是在上帝的赞许下进行的拍手族来说，他们的谎言就像是穿着圣袍的神明，它正伸着胳膊，承诺着一个永不会实现的嘉赏。

对那些相信自己的行为会改变世界的拍手族来说，他们的谎言就像是从未来回过头看着他们的人群，那些人会为他们所做的一切露出赞赏的微笑。

对那些只是为了同世界分享他们个人不幸的拍手族来说，他们的谎言就是一个画面，画面里的他们因为看着别人的痛苦而释放了自己的痛苦。

而对那些抱着复仇心理的拍手族来说，他们的谎言就是衡量正义的工具，不断称量着双边的重量，直到最终得到平衡。

只有在拍手族将他的双手拍到一起的时候，这个谎言才会被揭穿。谎言会让拍手族瞬间毁灭，让他孤独地离开这个世界，彻底被淹没。

或者是她。

长久以来的愤怒和失望使得梅成为现在的样子。她的绝望点是文森特。他是那个没人认识的男孩。他是那个一个月前她在仓库里遇见，并与之陷入爱河的男孩。他也是在空中和其他四个孩子挤在一个箱子里，然后因为缺氧窒息而死的那个男孩。似乎没有人注意到他的消失，显然也没有人在意这一点。没有人，除了梅，她终于找到了自己的灵魂伴侣，却在到达墓场的同一天失去了他。

要怪就该怪这个世界，但当她偷偷地目睹了海军上将的那个黄金组合埋葬文森特和其他人的时候，她简直愤怒到了极点。黄金组合并没有带着尊重埋葬他们，而是充满了亵渎。他们一边讲着笑话一边大声笑着。他们随意地用泥土掩盖着那五个死去的男孩，就像猫咪盖住自己的粪便一样，梅从未感到如此愤怒。

和屠刀成为朋友后，她告诉了他自己的所见所闻，而他也同意复仇是唯一的办法。杀死黄金组合是屠刀的主意。给他们下药，并把他们带到联邦快递的飞机上的是布雷恩，但封住箱子门锁的是梅。她没想到，原来杀死人可以像关上门那样简单。

在那之后，梅便再也回不了头了。她的温床已经建好，现在她需要做的只是躺进去。她知道，今天就是她躺上去，让自己安息的日子。

走进剁肉场后，她找到了一间装满外科手套、针管和未知工具的储藏室。她知道布雷恩现在正在楼里北翼的某个地方。她希望莱夫也已到位，站在剁肉场后方的装卸点处——至少这是他们的计划。现在的时间是一点整。是时候了。

梅走进储藏室，关上了门，然后等待着。她会做的，但现在还不太是时候。等他们中的一个先来吧，她不想成为第一个。

布雷恩正在二楼空旷的大厅等待着，剁肉场的这个区域似乎并没有被使用。他决定不用自己的引爆器。引爆器是给懦夫的，而对硬核拍手族来说，有力的击掌就足够了，即使没有引爆器。

312

布雷恩相信他就是硬核派，就像他的兄弟一样。他站在大厅的后方，双腿同肩等宽，像网球运动员等待对方发球一样不断弯曲着双腿。他的双手分开，然后等待着。他是个硬核派，没错——但他不想做第一个。

莱夫骗过了那位心理学家，确保他相信自己真的放松下来了。这是他生命中演技最棒的一次，因为他的心跳在加速，血液里充满了肾上腺素，他害怕自己可能会自燃起来。

"你为什么不回到十一奉献的房子里呢？"医生建议道，"多花一些时间了解别的孩子，做些努力，莱夫，你会庆幸自己的选择。"

"是的，是的，我会的。谢谢，我现在感觉好多了。"

"很好。"

顾问老师向牧师示意了一下，所有人都站了起来。现在是 13 点 04 分。莱夫想冲出门去，但他知道这会给他再次惹来麻烦。他和牧师一起离开了办公室，听着他们喋喋不休地说着某件事的发展，以及作为十一奉献品的快乐。直到走出办公室后，莱夫才感觉到外面的骚动。孩子们从各自的活动中跑了出来，然后跑向宿舍和剁肉场之间的休息区。难道布雷恩和梅已经行动了？他没有听到任何爆炸声。不，这肯定是其他事。

"是阿克伦城的 AWOL，"他听见一个孩子喊道，"他要被分解了！"

莱夫这时候看到了康纳。他正走在那条红毯路上，身后还跟着两名警卫。孩子们聚集在休息草坪上，越来越多的孩子聚了过来。他们从宿舍、餐厅——各个地方走了出来。

乐队在演出的中间突然停止了演奏。那个弹琴的女孩冲着红毯路上的康纳哭泣着。康纳抬头看着她，停下了脚步，向她送去一个飞吻，然后继续向前走去。莱夫甚至能听到她的哭声。

现在，所有的警卫、工作人员和顾问老师都慌张地聚在一起，努力想让这些聚集在一起的孩子回到自己的地方，但没有人离开。那些孩子只是站在那里，也许他们无法阻止这一切，但他们能亲眼看见，他们可以目送着康纳大步走完他生命中的最后一刻。

"让我们欢送阿克伦城的 AWOL！"一个男孩吼道，"让我们欢送康纳！"说完，他开始鼓掌。很快，聚集在一起的孩子们开始鼓掌，为走在红毯路上的康纳欢呼。

鼓掌。

拍手。

梅和布雷恩！

忽然间，莱夫意识到将要发生的事情。他不能让康纳走进那里！现在不行！他要阻止他。

莱夫挣脱开了两位牧师。康纳几乎就要走进那间剁肉场了。莱夫飞快地穿梭在人群中间，但他不能用手推开他们。如果这样做的话，他就会引爆自己。他必须要快速，但同时得小心——而这让他减缓了速度。

"康纳！"他尖叫着，但身边的欢呼声淹没了他。现在，乐队又重新开始演奏起来。他们演奏起了国歌，就像那些受到美国国葬待遇的人一样。警卫和工作人员们无法阻止这一切，他们在努力阻止着，却什么也没能阻止——他们忙着控制人群，一不留神让莱夫溜进了红毯路。

现在，他的前方正站着康纳，他正准备走上台阶。莱夫又一次尖叫着他的名字，但康纳还是没有听见。虽然莱夫已经跑到了这条路上，但他离康纳还有二十码远的距离。玻璃门打开了，康纳和警卫一起走了进去。

"不！康纳！不！"

但大门关上了，康纳走进了剁肉场。但他不会被分解，他会和里面的人一样死去……好像这样还不够证明莱夫的失败似的，他终于抬头看了一眼楼顶的乐队，却看到那位乐手正低头看着他。

是莉莎。

他怎么可以这么蠢？从她哭泣的时候，从康纳给她飞吻的时候，他就应该想到那是莉莎。莱夫站在原地，不敢相信地呆立在那里……然后整个世界来到了终点。

布雷恩依旧站在大厅的后方，等着别人先动手。

"嘿！你是谁？你在这里做什么？"一位警卫冲布雷恩吼道。

"后退！"布雷恩说，"向后退！"

警卫拿出了他的麻醉手枪，然后冲自己的对讲机说道："我这里遇到一个逃脱的分解人，我需要支援！"

"我在警告你。"布雷恩说道，但警卫知道如何去处理剁肉场中逃脱的分解人。他用麻醉手枪对准了布雷恩的左大腿，然后开了枪。

"不！"

可为时已晚。麻醉枪的效果要比引爆器更有效率。布雷恩体内足足六升的爆炸液体立刻被引燃，将他和警卫吞没在爆炸的火海中。

梅听到了爆炸声。爆炸的冲击震动了整个储藏屋，像一场地震一样。她现在什么都没想，她什么也想不了。她看着自己手掌中的引爆器。这是为了文森特。这是为了她那签署分解号令的父母。这是为了整个世界。

她拍了一次。

什么都没发生。

她又拍了一次。

什么都没发生。

她拍了第三次。

第三次终于成功了。

当莉莎看到莱夫站在下面的红毯路上的那一刻，剁肉场的北翼传来一声巨响。她转过身，看到整个楼翼都在晃动："我的天！我的天！"

"我们得跑出去！"道尔顿喊道，但他还没来得及走动，第二声巨响从他们身下传了过来，排气孔的盖子像火箭一样被震到了天上。他们脚下的楼顶像薄冰一样开始破裂，整个楼梯摇摇欲坠。莉莎和乐队的其他人一起掉了下去，而这一刻，她的脑海里只想到了康纳，还有他们没有演奏完的国歌。

莱夫站在原地，被炸裂的玻璃从他身旁飞过。他看到乐队的人和楼顶一起倒塌了下去。莱夫的内心在哀号，这声音穿过他的身体，变成一种非人类的声音从他嘴里发了出来。他的世界真正结束了。现在他必须完成这个工作。

他站在已经被摧毁的楼前，拿出了口袋里的袜子。他颤抖着翻着袜子，直到找出引爆器。他撕开创可贴，露出黏合剂，然后粘在了自己的手掌上。它们看起来像是皮肤上的红斑，上帝的手掌被钉子扎出的伤口。他痛苦地哭号着，将双手举在面前，准备结束这些痛苦。他将双手举在面前，他将双手举在面前，他将双手举在面前。

可他却无法将双手合上。

他很想这样做，他必须要这样做。但他却不能。

结束这一切。求你了，把这一切都结束吧。

无论他多努力，无论他现在有多想结束这一切，他身体的另一半——更强的一半——并不允许他把双手拍在一起。他现在连失败都不能做到。

上帝，亲爱的上帝，我在做什么？我到底做了什么？我是怎么变成今天这样子的？

那些因为爆炸声而四处逃散的人又聚集了回来。他们没有理会莱夫，因为这里又发生了其他事情。

"快看！"有人喊道，"**看！**"

莱夫顺着一个孩子指的方向看去。康纳从玻璃门的废墟中走了出来。他一瘸一拐地走着，脸上到处都是流着血的伤口。他失去了一只眼睛，右臂也变得血肉模糊。但他还活着！

"康纳炸毁了剁肉场！"一个人喊道，"他炸毁了那里，拯救了所有人！"

就在这时，警卫闯了进来："回到你们的宿舍里，所有人！立刻！"

没有人离开。

"你们没听到吗？"

这时，一个孩子用右勾拳向警卫打去，把他打得转了个圈。那名警卫拿出了自己的麻醉枪，然后向那孩子的胳膊上射去。孩子立刻倒了下来，但其他的孩子又围了上来，他们从警卫手中抢走了麻醉枪，然后指向了他。就像康纳曾经做的那样。

阿克伦城的 AWOL 引爆了剁肉场，这个消息像闪电一样传到了快乐杰克收获营里的每一个分解人耳中。很快，分解人们的反抗就变成了大规模的暴动。每一个无可救药现在都变成了恐怖分子。警卫们在不断开枪射击，但这里的孩子太多了，麻醉枪的子弹根本不够。每倒下一个孩子，这里就有另一个孩子站起来。警卫的人数很快就被超过了，众人向前门拥去。

康纳完全不明白眼前到底发生了什么。他只知道自己被带进了那栋大楼，然后发生了一些事。现在，他已经不在大楼里了，他的脸也出了些问题。它很疼，疼得很厉害。他无法移动自己的胳膊。他脚下的地板感觉很奇怪。他的肺部也很疼，尤其他一咳嗽的时候，它就疼得更厉害了。

他缓缓地走下了台阶。那些孩子在那里。很多孩子。分解人们。没错，他是个分解人。他们都是分解人，但这个想法很快就溜出了他的脑海。那些孩子在逃跑。他们在打架。然后康纳的腿支撑不住了，他忽然躺在了地上，看着上空的太阳。

他想睡觉。他知道这里不是睡觉的好地方，但他就是想睡觉。他觉得有些湿漉漉的，黏糊糊的，他在流鼻涕吗？

这时，一位天使向他靠了过来，身穿着白衣。

"别动。"天使说道。康纳认出了这个声音。

"嘿，莱夫。怎么样……"

"嘘。"

"我的胳膊疼。"康纳有气无力地说道，"你又咬我了吗？"

莱夫忽然做了些奇怪的事情。他脱下自己的衬衫，然后撕成了两半，将撕破的衬衫绑在康纳的脸上。这让他的脸更疼了。他痛苦地呻吟了一声，然后莱夫把衬衫的另一半绑在了康纳的胳膊上。他绑得很紧，这让他很疼。

"嘿……怎……"

"别说话，放松。"

他的身边围了更多的人。他不知道这些人是谁，一个拿着麻醉枪的孩子看着莱夫，然后莱夫点了点头，然后那孩子跪在了康纳身旁。

"这可能会有些疼，"拿着麻醉枪的小孩说，"但你应该需要这个。"

他有些犹豫地对着康纳身体的一些部位比画着，最终瞄准了康纳的屁股。康纳听到了枪响，感觉到屁股上一阵刺痛，然后视觉开始变得模糊。在渐渐变暗的视野中，他看到莱夫光着上身，向冒着黑烟的大楼跑去。

"真奇怪。"康纳说着，大脑陷入一片空白，在这里，再也没有什么要紧的事情了。

明 日 分 解

逃 离 收 获 营

第 七 部 分

意识

"人类，是被我们称为宇宙的这个整体的一部分，这部分存在于有限的时间和空间中。他经历着自我、自己的思想和感情，并认为这些与外界无关，这是一种意识的视觉假象。这种假象就像囚禁我们的监狱……我们的任务，就是一定要将自己的同情范畴拓展至所有生物，并去欣赏整个大自然的美，从而将自己从这个监狱中解救出来。"

——阿尔伯特·爱因斯坦

"有两样东西是无限的：宇宙和人类的愚蠢；而对于宇宙，我并不太确定。"

——阿尔伯特·爱因斯坦

66. 康纳

康纳从昏迷中醒了过来，但他的大脑里充满混乱与困惑。他的脸有些酸痛，而且自己只有一只眼睛能看到东西。他能感受到另一只眼睛的压力。

他身处在一个白色的房间里。房间里有扇窗户，透过窗户，他能看到日光。这里显然是医院的病房，而他眼睛上感受的压力肯定是绑带。他想举起自己的右臂，但一阵酸痛从肩膀上传来，于是他决定先不去冒这个险了。

他开始慢慢回忆自己来到这里之前发生的点点滴滴。他马上就要被分解了，然后发生了爆炸。有暴动，然后莱夫站在他眼前。他只能记起这么多。

一位护士来到了他的房间："你终于醒过来了！你感觉如何？"

"挺好的，"他说，他的声音有一些嘶哑，他清了清嗓子，"多久了？"

"你陷入昏迷已经两周多了。"护士说。

两周？过惯了熬过一天是一天的那种日子，两周听起来似乎像是一辈子。还有莉莎……莉莎怎么样了？"有个女孩子，"他说，"她就在剁……收获营诊所的房顶。有人知道她怎样了吗？"

护士的脸上没有表现出任何表情："那件事可以之后再说。"

"可是……"

"没有可是。现在，你需要慢慢恢复。我必须得说，你恢复得比想象中要好得多，木兰德先生。"

他的第一反应是自己没有听清她的话。他有些不适地坐起身："对不起？"

她帮他拍了拍枕头："现在好好休息，木兰德先生，剩下的交给我们。"

他的第二反应是他最终还是被分解了。他被分解了，不知怎么的，有人得到了他的整个大脑。他现在困在了别人的身体里。但就在他这么想的时候，他知道这并不太可能。他的声音听起来还是自己的声音。在他用舌头舔舐自己的牙齿时，那些牙也是记忆中的模样。

"我的名字叫康纳，"他告诉她说，"康纳·拉斯特。"

那位护士用一种几乎是深思熟虑过的友善表情打量着他。"嗯，"她说，"事情是这样的，一个照片已经被烧焦的身份证件被发现在废墟里。这个身份证属于一位十九岁，名叫艾维斯·木兰德的警卫。在爆炸发生后，人们已经分不清各自的身份，所以我们决定不能白白浪费这个身份证，你说呢？"她凑近了过来，整理了一下康纳的床铺以让他能够舒适地坐起身。"现在告诉我，"她问道，"你叫什么名字来着？"

康纳明白了。他闭上眼睛，做了个深呼吸，然后睁开眼："我有中间名吗？"

护士查看了一下记录："罗伯特。"

"那么我的名字是艾维斯·罗伯特·木兰德。"

护士露出微笑，伸出手握了握他的手："很荣幸见到你，罗伯特。"

康纳条件反射般地伸出右手，然后又感觉到自己右边肩膀的闷痛。

"对不起，"护士说，"我的错。"她握了握他的左手，"你的肩膀会一直感觉有些酸痛，直到从移植手术中彻底恢复过来。"

"你说什么？"

那位护士叹了口气："都怪我的大嘴巴。那些医生总想成为第一个告诉你的人，但现在纸已经包不住火了，不是吗？嗯，坏消息是我们没办法留住你的胳膊，或者你的右眼。好消息是，作为艾维斯·罗伯特·木兰德，你可以接受紧急移植。我已经看过那只眼睛了，不用担心，还是挺相配的。至于胳膊，嗯，新的胳膊比你自己的左臂要更强壮一些，不过良好的物理恢复练习可以很快帮你解决这个问题。"

康纳花了好一会儿，才慢慢吸收了这些信息。**眼睛，胳膊。物理练习。**

"我知道你需要一段时间才能适应。"护士说。

这是康纳第一次看见自己的新胳膊。他的肩膀上绑着绑带，胳膊吊挂在中间。他握了握手指头，手指头合了起来。他扭了扭手腕，手腕也转了一下。这些手指甲需要修剪，指关节也比他自己的粗一些。他用大拇指摸了一遍手指尖，触感也和平常的触感没什么不同。然后，他又转了一下自己的手腕，然后停了下来。他感到一阵恐慌感穿过了自己的身体，那是像沉石落入心底一样的感觉。

护士看着那只胳膊笑了一下。"身体部位总是会带有它们自己的个性。"她说，"没什么可担心的。你一定饿了，我去给你拿些午餐。"

"是啊，"康纳说，"午餐，挺好的。"

324

她留下他一个人离开了房间，留下他一个人和那只胳膊，那只带着绝不会认错的虎头鲨文身的胳膊。

67. 莉莎

在莉莎心中，她的生活已经在拍手族引爆剁肉场的那天结束了。大家最后终于搞清这一切都是拍手族而为，并非康纳。证据确凿，特别是在存活下来的那个拍手族坦白后。

和康纳不同，莉莎一直没有失去意识。虽然她被压在了一根钢铁架柱下，她也保持着清醒。她躺在那片废墟下，架柱向她砸过来时的疼痛已经感觉不到了。她不知道这是好事还是坏事。道尔顿显然很是痛苦，他怕极了。莉莎一直在安慰他，她和他不断地说着话，告诉他一切都没事——一切都会没事的。她一直这样告诉他，直到他死去的那一刻。吉他手更加幸运一些，他从废墟下面挣扎了出去，但他却没办法救出莉莎，于是他离开了，答应她自己会回来帮助她。他一定是遵守了自己的承诺，因为最终救援人确实来到了。他们用了三个人才举起那根架柱，但只用了一个人把她抱了出去。

现在，她躺在医院的房间里，被绑在一张看起来更像是奇妙装置，而非普通病床的床上。她全身都扎满了铁钉，就像一个人类巫毒娃娃一样。那些钉子通过支架，精准地扎在她身体的各处。她能看到自己的脚指头，但感觉不到它们。不过从目前来看，能看到就足够了。

"有人来看你。"

一位护士站在门口，当她站到一旁时，康纳出现在了门口。他全身都是淤伤，绑着绷带，但确确实实还活着。莉莎的眼睛立刻充满了泪水，但她知道自己不能哭，哭出来简直太疼痛了。"我就知道他们在说谎，"她说，"他们说你在爆炸中死了……你被困在了楼里……但我看见你出去了，我就知道他们在说谎。"

"我很可能就那么死了，"康纳说，"但莱夫帮我止住了血，他救了我。"

"他也救了我，"莉莎告诉他，"是他把我从楼里抱出来的。"

康纳露出微笑："这个小十一奉献品还不赖。"

从他脸上的表情看，莉莎能看出他还不知道莱夫也是拍手族之一——也是唯一一个没有引爆的人。她决定还是不告诉康纳这个消息。现在的新闻到处都是这个消息，他很快就会知道的。

康纳告诉她自己昏迷和得到新身份的事情。莉莎告诉他快乐杰克的AWOL们大部分都没有被抓住——他们从大门一拥而出，全部逃跑了。在他们交谈的时候，她瞥了一眼他胳膊上的绷带。绷带中露出的那些手指头显然不是康纳自己的。她知道发生了什么，她也能看出康纳知道这件事情。

"所以，他们怎么说？"康纳问道，"我是说关于你的伤势，你会没事的，对吗？"

莉莎思考着自己该如何告诉他，最终决定还是速战速决："他们说我会从腰部以下瘫痪。"

康纳还在继续等待着，但她并没有打算继续说什么，于是康纳说："嗯……这还不算太坏，对吗？他们能修理好的……他们总是能修理好的。"

"是的，"莉莎说，"他们可以用一个分解人的脊椎来替代。这也是我拒绝做手术的原因。"

他不敢置信地看着她，然后她指了指他的胳膊："如果他们给你选择的机会的话，你也会这样做的。嗯，我有选择的机会，所以我做出了选择。"

"真的很抱歉，莉莎。"

"别这样！"她最不想从康纳那里得到的就是可怜，"他们现在没办法分解我了——法律规定是不可以分解残疾人的——但如果我做了手术，他们就会在我恢复好的一瞬间分解我。这样一来，虽然瘫痪，但我还能继续完整地活下去。"她心满意足地向他笑了一下，"所以你也不是唯一一个打败系统的人！"

他冲她微笑了一下，然后整理了一下胳膊上的绷带。吊带转动了一下，露出了更多新胳膊的部分——足够看清那个文身了。他想藏起来，但为时已晚。她看见了文身。她认识那个文身。她看着康纳的眼睛，他有些羞愧地转过了头。

"康纳……？"

"我发誓，"他说，"我发誓绝不会用这只手碰你。"

莉莎知道这对他们两个来说是最关键的时刻。那只胳膊——正是在洗手间里压着她的那只胳膊。她现在看着它，怎么会感到那样嫌恶？那些带着威胁的手指头，它们怎么会让她如此反感？可当她抬起头看着康纳时，这些感觉都不见了。她的眼里只能看到他。

"让我看看。"她说。

康纳犹豫着，于是她伸出手，轻轻地把那只胳膊从吊带里取了出来："疼吗？"

"有一点。"

她用手指轻抚过他的手背："你能感觉到吗？"

康纳点了点头。

她将那只手轻轻举到自己的脸旁，把手掌压在自己的脸颊上。她这样举了一会儿，然后放开手让康纳自己继续。他用手抚摸着她的脸颊，用手指擦干她的泪水，然后温柔地抚摸着她的脖子，她闭上了眼。她能感到他的手指头滑过自己的嘴唇，然后又拿开了。她睁开眼，握住了那只手，紧紧地扣住他的手指头。

"我现在**知道**这是你的手了，"她告诉他，"罗兰德绝不会这样抚摸我。"康纳露出微笑，莉莎仔细看了看胳膊上的那个鲨鱼文身。现在，这个文身已经不再让她感到害怕了，因为这条鲨鱼已经被一个男孩的灵魂驯服了。不，是一个男人的灵魂。

68. 莱夫

在离得不远、高度戒备的联邦拘留中心里，莱夫·杰达玳雅·克德被关押在一间特别的牢房里。这间牢房装有特别的防护墙，防爆铁门足足有三尺厚。房间内的温度一直稳定在八摄氏度，以保证莱夫的体温不会升得太高。不过，莱夫并不觉得冷——实际上，他觉得很热。他觉得热是因为他被包裹在一层又一层的防火隔绝毯中。他看起来像是个木乃伊，悬吊在半空中——但和木乃伊不同的是，他的手并没有交叉摆在胸前，而是各自被绑在一旁，以避免他将双手合在一起。在莱夫看来，他们并不知道该把他十字捆绑还是像木乃伊一样包裹起来，所以就把两者结合了一下。这样一来，他既不能拍手，也不会掉下去，更不会一不小心就引爆自己。如果出于什么原因他真的引爆了，那么这间牢房也完全禁得起爆炸。

他们已经给他输了四次液，他们不会告诉他在引爆液体完全排出体外之前，他还需要输液几次。他们什么都不会告诉他。那些来看他的联邦探员只对他说出的信息有兴趣。他们还给他找了一位视疯狂为好事的律师。莱夫一直告诉他自己并没有疯，虽然他自己也不太确定这一点。

牢房的门打开了，他以为审问的人又来了，但这一次来探访的却是别人。莱夫花了一小会儿才认出他——主要是因为他没有穿着以往那件牧师圣衣。他身穿牛仔裤和一件条纹系扣的衬衫。

"早上好，莱夫。"

"牧师丹？"

大门在他身后"砰"的一声关上了，但并没有发出任何回声。软质墙面吸收了声音。牧师丹由于寒冷而搓了搓自己的胳膊，他们真应该告诉他带件夹克才是。

"他们对你还好吗？"他问道。

"是的。"莱夫说，"作为引爆体的好处就是没人会打你。"

牧师丹应付般地笑了一下，然后气氛就变得尴尬起来。他逼着自己看着莱夫的眼睛："我听说他们只会让你这样卷着待几周，直到你脱离困境。"

莱夫并不确定他所说的困境是指什么。显然，他现在的生活是处在一个又一个黑暗的困境里。莱夫甚至不知道牧师丹为什么会来这里，或者他想要证明什么。见到他，莱夫应该感到高兴还是生气？正是这个男人，从他小时候起就不断地向他灌输十一奉献是神圣的这个想法，但也是他告诉莱夫要逃跑。牧师丹是来这里谴责他的吗？还是祝贺他？是莱夫的父母派他来这里，因为他现在的情况，他们无法亲自过来？或者也许，莱夫马上就要被处刑了，而牧师丹是来为他做最后的送行？

"你为什么不有话直说呢？"莱夫说。

"什么有话直说？"

"你来这里到底是为了什么。快点说，然后就可以走了。"

房间里没有椅子，于是牧师丹靠在了加垫的防爆墙上："他们和你说了多少外面发生的事情？"

"我只知道这房间里的事情，也就是没什么消息。"

牧师丹叹了口气，揉了揉双眼，仔细地思考了一下该如何开口："首先，你认识一个叫赛若斯·芬奇的男孩吗？"

这个名字让莱夫恐慌了起来。莱夫知道他们会反复核查他的背景。拍手族的结局就是这样——他们的整个人生都会成为贴在墙上的纸页以供人核查，而他们生命中认识的人都会成为嫌犯。当然，这一切通常会在拍手族去往另一个世界之后发生。

"赛芬和这件事没有任何关系！"莱夫说，"一点关系都没有，他们不能把他拉进来！"

"冷静，他没事。只是他来到这里，四处呼吁——因为他认识你，人们听进了他的话。"

"因为我而呼吁？"

"因为分解。"牧师丹说着，终于向莱夫走近了一些，"快乐杰克收获营里发生的事情，让很多人都关注起这件事来，人们本来一直对分解人的事情假装视而不见。但现在，华盛顿那里开始有人游行抗议分解，赛若斯甚至在国会做了证词。"

莱夫想象着赛芬站在国会议员的面前，用棕种人特有的喜剧语气和他们臭侃的模样。这让莱夫露出了微笑，这是这么久以来他第一次露出微笑。

"有人说，他们甚至可能把法定的成人年龄从十八岁改为十七岁。这样就会拯救一大群要被分解的人。"

"这挺好的。"莱夫说。

牧师丹把手伸进口袋，拿出了一张折叠的纸："我本来不想给你看这个的，但我想你应该看一看，你应该知道事情发展到了什么样子。"

这是一本杂志的封面。

莱夫在上面。

不仅仅在上面，莱夫**就是**封面人物。这是他在七年级时打棒球的照片——他手上戴着棒球手套，正冲着镜头微笑。大标题写着：**为什么，莱夫？为什么？** 独自待在这间屋子里的这段时间，他一直不断地回忆着自己的行为，但他从未想过外界也在做同样的事情。他并不想要别人的注意，但现在，他显然成了众人的谈资。

"几乎每本杂志的封面都是你。"

他不需要知道这些。他希望牧师丹没有把封面藏在口袋里。"那又怎样，"莱夫说，假装自己一点也不在意，"拍手族总是会上新闻。"

"他们的**行为**会上新闻——他们造成的破坏——但没有人在意拍手族到底是谁。对公众来说，所有的拍手族都是一样的。但你和其他人不同，莱夫。你是那个没有拍手的拍手族。"

"我本想做的。"

"如果你想做，你就会做了。但相反，你跑进了废墟，救出了四个人。"

"三个。"

"三个，但如果可以的话，你还会跑进去救出更多。其他那些十一奉献品，他们都退缩了。他们保护着自己珍贵的身体。但你领导了救援行动，因为你，还有不少'无可救药'也跟着你进去救出了一些人。"

莱夫记得这些。即使在大部分人拥挤着跑出大门时，还有几十个分解人和他一起，回到废墟里去救人。牧师丹说得对，莱夫本会继续救人，但他忽然想起，如果自己不小心做了什么不该做的，他可能就会自爆，然后把剁肉场剩余的部分炸倒。于是他回到红毯路上，与莉莎和康纳坐在一起，直到救护车把他们带走。然后他站在混乱人群的中央，向众人坦白自己是拍手族。他向那些愿意听他说话的人一遍又一遍地坦白着，直到最终一位警官逮捕了他。那位警官因为害怕引爆，甚至都不敢给莱夫戴上手铐，但一切还算顺利，他也并不想反抗什么。

"你所做的，莱夫——让人们很是困惑，没有人知道你到底是个怪物还是英雄。"

莱夫思考了一下："还有第三种选择吗？"

牧师丹并没有回答他，也许他也不知道答案。"我相信一切事出必有因。你被绑架，你成为拍手族，你拒绝拍手……"他瞥了一眼自己手中的杂志封面，"全部是变成这样的原因。过去几年里，分解人只是没人想要的无名孩子们，但你却为分解人添加了一个身份。"

"他们能把我的脸放在别人身上吗？"

牧师丹又笑了一下，这一次他并没有像刚才那样勉强。他像看小孩子一样看着莱夫，而不是像看怪物那样。哪怕只是一瞬间，这让莱夫觉得自己变回了一个普通的十三岁小孩。这种感觉很奇怪，因为即使在以前的日子里，他也从未过上普通孩子的生活。十一奉献品从来都不是普通的孩子。

"那么，现在会怎么样？"莱夫问道。

"从我理解的角度看，他们会在几周内清理掉你体内最危险的物质。你还是会有些不稳定，但不会像之前那样了。你可以随意拍手，也不会爆炸，但我不建议你做任何有肢体接触的体育运动。"

"然后他们会分解我？"

牧师丹摇了摇头："他们不会分解拍手族，你体内的物质永远不会彻底排出。我已经和你的律师谈过了，他认为他们会和你做笔交易——毕竟，你确实帮助他们找到了最初指使你的那些人。那些人利用了你，他们罪有应得，但法庭可能会视你为受害者。"

"我知道自己在做什么。"莱夫告诉他。

"那告诉我，你为什么这么做。"

莱夫张开嘴想说些什么，却无法将想法变成语言。愤怒、背叛，对全世界假装一切都很公平而暴怒。但这是真正的原因吗？这是正当的理由吗？

"你或许该为自己的行为负责，"牧师丹说，"但没有为外面真正的世界做好心理准备，这并不是你的错。这是**我的**错，也是所有把你抚养成十一奉献品的人的错。我们和那些将爆炸物注入你体内的人一样有罪。"他愧疚地转过了头，努力抑制着自己内心的愤怒，但莱夫能看出那不是针对他的愤怒。牧师丹做了个深呼吸，然后继续道："按照目前的情况看，你可能会在青年拘留营里关几年，然后在家里软禁几年。"

莱夫知道他应该对此松一口气，但这种感觉并没有涌上心头。他思考着"在家软禁"这个问题。"谁的家？"他问道。

他能看出牧师丹早已明白了这个问题字里行间的意思："你必须得明白，莱夫，你的父母并不是那种会轻易改变自己想法的人。"

"谁的家？"

牧师丹叹了口气："在你父母签署分解号令的时候，你就成为州立被监护人了。在收获营的事情发生后，州政府准备将你送回到你父母的监护下，但他们拒绝了。对不起。"

莱夫对此并不感到意外。他有些恐惧，但并不意外。想到他的父母，那种熟悉，能够让他发疯变成拍手族的感觉就又涌了上来。但现在，他发现绝望的感觉已经不再无穷无尽："所以我现在变成'沃德'了？"

"倒也不一定。你的哥哥马科斯正在申请成为监护人。如果得到了获准，那他就会继续照顾你。所以你还是'克德'家族的人……前提是，如果你想这样的话。"

莱夫默许般地点了点头，他回想着自己的十一奉献派对，那时候马科斯是唯一一为他辩护的人。莱夫那时并不明白这些："我的父母也与马科斯断绝了关系。"至少，他知道他会和真正的家人在一起了。

牧师丹整理了一下自己的衬衫，因为寒冷而打了个寒战。他今天看起来太不像他了。这是莱夫第一次看到他没有穿牧师的服装："你为什么穿成这个样子？"

他思考了一小会儿："我辞职了，离开了教堂。"

想到牧师丹已经不再是牧师了，莱夫有些震惊："你……你失去信仰了？"

"没有，"他说，"只是我自己的想法变了。我还是深信上帝，只不过，不再是那个宽恕人类十一奉献的上帝了。"

莱夫觉得自己被一阵突如其来的感情哽咽住了，那些在他们谈话时逐渐建立起来的感情，这几周里积攒的感情，全部一下涌了过来，就像声速爆发一样："我从来不知道这也是一种选择。"

莱夫的一生中只被允许相信一件事。那件事一直围绕着他，紧紧包裹着他，就像这间屋子的防爆围墙一样一直牵制着他。这是他人生中第一次感觉到自己灵魂的绷带开始松懈了。

"你觉得，也许我也能相信那个上帝吗？"

69. 分解人

得克萨斯州的西部有一片曼延的大农场。

用来建农场的钱来自早已被榨干的石油，石油被榨干了，但钱财留了下来，并成倍地增长着。现在，这里变成了一片庄园，就像广阔平原上的高尔夫球场一样，好似荒野中的绿洲。哈兰·邓飞就是在这里，一边惹着麻烦一边成长到了十六岁。他因为在敖德萨违纪而被捕了两次，但他的父亲，一位矮而强壮的海军上将，两次都帮他解了围。第三次的时候，他的父母做出了另一个决定。

今天是哈兰·邓飞二十六岁的生日。他们为他举办了一个派对，勉强可以算是派对。

哈兰的派对来了上百位客人。其中一位客人，是一个名叫扎克利的男孩子，虽然他的朋友都管他叫艾姆鼻。他已经在这里躺了一些日子，一直等待着这一天。他的身体里有哈兰的右肺。今天，他要把它还给哈兰。

与此同时，在西边六百英里之外，一架宽体飞机刚刚降落在一个飞机墓场里。飞机装满了货箱，每个箱子里都装着四个分解人。在箱子被打开时，一个十几岁的男孩钻了出来，不知道自己身在何处。有人用手电筒照着他的脸，在手电筒的光线移开后，他能看到打开箱子的并不是成年人，而是另一个孩子。他穿着卡其色的服装，冲他们微笑了一下，露出一排戴着牙套的整洁牙齿。"嘿，我的名字叫海登，我是你们的救援人员。"他宣布道，"大家都完好无缺地来到这里了吗？"

"我们没事，"那个年轻的分解人说，"我们这是在哪里？"

"炼狱，"海登说，"也被称为亚利桑那。"

那个年轻的分解人走出箱子，看起来对眼前的事情很是恐惧。他站在一群缓缓走出舱门的队伍里，尽管海登已经提醒过，他还是在走出舱门的时候撞到了头。在走下阶梯时，外面刺眼的阳光和扑面而来的热气向他涌了过来。他能看出这里并不是机场，可是这里到处都是飞机。

远处，一辆电瓶车向他们开了过来，扬起一阵红色的沙尘。在电瓶车开近后，人群安静了下来。车停下了，司机走了下来。他看起来表情严肃，脸上有不少疤痕。男人低声和海登说了些什么，然后开始冲着人群讲话。

这时候，那个年轻的分解人才发现他并不是个男人，而是个看起来跟他年龄相近的少年。也许是他脸上的伤疤让他看起来更年长一些——或者也许是他的气场。

"请允许我作为第一个欢迎你们来到墓场的人。"他说，"官方来说，我的名字叫艾维斯·罗伯特·木兰德……"他微笑道，"不过大家都管我叫康纳。"

海军上将再也没有回到墓场，他的身体不允许他再回来。相反，他现在正在得克萨斯州的家庭农场里，在几年前离开他的妻子的照看下生活着。虽然他的身体很虚弱，再也不能到处闲逛，但他并没有改变太多。"医生说我的心脏只有 25% 的部分还活着。"他告诉每一个问他的人，"这样就够了。"

让他坚持活下来的最重要的原因正是哈兰的这场生日派对。你可以说，那些关于"汉姆菲·邓飞"的可怕传说都是真的。最终，他身体的所有部位都被找到了，所有部位接受人都被聚集到了一起。但这里并没有外科医生，和谣言不同的是，他们从未计划将哈兰再一块块地拼凑起来。但邓飞夫妇**确实**是在把他们的儿子重新聚在一起，只不过是以他们唯一能做到的有意义的方式。

他现在就在这里，海军上将和他的妻子走进了他们的花园。他就在那些来客的声音中，在他们的说笑声中。那些年龄各不相同的男人和女人。每一个人都带着名字标签，但标签上并没有写姓名。今天，姓名并不重要。

右手正读着一个年轻男人衣领上的标签。他看起来还不到二十五岁。

"让我看看。"海军上将说。

男人伸出了他的手。海军上将仔细地看着，直到他发现了大拇指和食指之间的那个疤痕："哈兰九岁的时候，我带他出去钓鱼。他从钓钩上取下鳟鱼时划伤了自己的手。"

这时，他的身后传来一个声音，是另一个男人，看起来比第一个更年长一些。

"我记得！"他说。海军上将露出一个微笑。也许记忆在不断涌现，但他们就在这里——他们每一个人。

他瞥见那个坚称自己叫艾姆鼻的男孩，他正在花园的边缘独自乱转着，由于他终于用上了合适的哮喘药，他现在不再像以前那样气喘吁吁了。"你在这里做什么？"海军上将问道，"你应该去和别人聊聊。"

"我谁也不认识。"

"你认识的，"海军上将说，"只不过你还没意识到而已。"说完，他带着艾姆鼻走向人群。

与此同时，在飞机墓场里，康纳正站在刚刚落地的飞机外面向新人讲话。康纳很惊讶他们居然在听他说话，他很惊讶自己居然得到了他们的尊重，他对此还有些不适应。

"你们现在身在这里，是因为你们被贴上了分解人的标签，但你们成功地逃脱了出来，而且，多亏了众人的帮助，你们最终来到了这里。这里会是你们的家，直到你们长到十七岁，成为法定的成年人为止。这是好消息。坏消息是他们都知道这里的事情。他们知道我们在哪里，我们在做什么。他们让我们留在这里，是因为他们不觉得我们会造成威胁。"

然后，康纳露出一个微笑。

"嗯，我们会改变这一点。"

康纳一边说着，一边看着每一个人，确保他能记住这些人的模样，也确保他们每个人都感觉自己被认可。独一无二。很重要。

"你们中有些人已经经历了很多，现在只想熬过十七岁。"他告诉他们，"我完全理解。但我知道，你们中还有些人已经做好准备，要冒一切风险彻底终结分解人。"

"没错，"站在后方的一个孩子举起拳头，然后开始喊道，"快乐杰克！快乐杰克！"一些孩子加入了他，当大家意识到康纳并不想要这样，呼喊声很快就平静了下来。

"我们不会去引爆剁肉场，"他说，"我们不会做那些他们想象中暴力少年会做的事情。我们会在行动前先**思考**，这样就能让他们面对困境。我们会深入到各个收获营里，把全国的分解人都团结起来。我们会在巴士到达收获营之前救出上面的孩子。我们会发出自己的声音。我们要让别人听到我们的呼声。"这一次，人群再也抑制不住地呼喊起来，这一次，康纳没有阻止大家。这些少年曾被生活打败，但墓场里有一股力量，开始渐渐深入到他们每一个的心中。康纳记得这种感觉，他在第一次来到这里时就有这种感觉。

"我不知道在被分解后，我们的意识会发生什么。"康纳说，"我甚至不知道那些意识是从何开始的。但我确实知道……"他停顿了一下，确保每个人都在倾听，"我们有生命的权利！"

人群变得疯狂。

"我们有权利选择对自己的身体做什么！"

欢呼声达到沸腾顶点。

"我们应该活在一个两者皆有可能的世界里，而我们的工作就是要造出这样的世界。"

与此同时，邓飞农场里的气氛也变得愈加热闹。花园里人群的谈话声渐渐变得越来越高，越来越多的人开始熟络起来。艾姆鼻和一个拥有左肺的女孩讲述了他自己的经历。一个女人谈论着她从未看过的一部电影，而另一个男人则回忆起他从未谋面的朋友们。在海军上将和他妻子观看着这些人的时候，一件奇妙的事情发生了。

众人的对话渐渐融合在了一起！

就像水蒸气逐渐结晶，变为一片独特的雪花那样，众人的谈论声也慢慢融合成了一场对话。

"看那里！他从那面墙上掉了下来，在他……"

"……六岁的时候！没错，我记得！"

"他有几个月不得不带着手腕支架。"

"他的手腕在下雨的时候还是会疼。"

"他真不应该去爬那面墙。"

"我别无选择，我当时被一头公牛追赶。"

"我当时很害怕！"

"那块地里的鲜花……你能闻到吗？"

"它们让我想起了那个夏天……"

"……在我的哮喘病还不是很严重的时候……"

"……我觉得自己能做任何事。"

"任何事！"

"整个世界都在等着我！"

海军上将握着妻子的胳膊，两个人都不禁流下了泪水，那并不是悲伤的泪水，而是敬畏的泪水。如果他心脏剩余的部分就在这一刻停止，海军上将也会比这世上任何人都更加心满意足地死去。

他看着人群，微弱地说道："哈……哈兰？"

花园里的每个人都看着他。一个男人举起手，轻轻地摸了摸自己的嗓子，然后用哈兰·邓飞的声音说道："爸爸？"

海军上将的内心涌起复杂的情感，他甚至无法说话。他的妻子看了看眼前那个男人，又看了看他身旁的那些人，然后对围绕在身边的人群说道：

"欢迎回家。"

六百英里外，飞机墓场里，一个女孩正在曾是空军一号的飞机机翼下弹奏着钢琴。尽管坐在轮椅上，但她弹奏的音乐却充满了快乐的情感，她的演奏让新来的孩子们为之一振。在他们陆续走过时，她一边冲他们微笑着，一边继续演奏着，让他们明白这个装满无法飞行的飞机的墓场不仅仅是看上去那样简单。这里是每一个分解人的救赎之地，也是每一个参与核心地之战，并输掉战争的人——也就是所有人——他们的救赎之地。

康纳一边听着莉莎的音乐，一边看着墓场里上千个孩子欢迎着新人。太阳就要落山了，热气在一点点消失，余晖映照在墓场里的一排排飞机上，在坚硬的土地上留下一排排影子。康纳发自内心地笑了，即使这样的地方也能在特别的光辉中如此美丽。

康纳欣赏着这一切——音乐、说话声、沙漠和天空。他的眼前有一份工作正等着他，改变世界什么的，但一切已经开始悄然变化了，他现在需要做的就是保持住这个势头。况且，他已经不用独自去面对了。他有莉莎、海登和这里所有的分解人。康纳做了个深呼吸，将心中长久的压力一起释放了出来。终于，他的心中又升起了奢侈但美妙的希望。

出品／上海最世文化发展有限公司
官方网站／www.zuibook.com
平台支持／最次 ZUI Factor

明日分解··逃离收获营

ZUI Book
CAST

作者／[美]尼尔·舒斯特曼

译者／郭　静

出品人／郭敬明

项目总监／痕　痕

监　制／毛闽峰　赵　萌　李　娜

特约策划／卡　卡　曹伯丽

特约编辑／文　子　邱培娟

营销编辑／杨　帆　周怡文

封面设计／付诗意

版式设计／李　洁

图书在版编目（CIP）数据

明日分解：逃离收获营 /（美）尼尔·舒斯特曼
（Neal Shusterman）著；郭静译 .—长沙：湖南文艺
出版社，2018.8
　书名原文：Unwind
　ISBN 978-7-5404-8701-0

Ⅰ . ①明… Ⅱ . ①尼… ②郭… Ⅲ . ①长篇小说—美
国—现代 Ⅳ . ① I712.45

中国版本图书馆 CIP 数据核字（2018）第 091657 号

著作权合同登记号：18-2018-146
Copyright ©2007 by Neal Shusterman
This edition arranged with Simon & Schuster Children's Publishing Division.
through Bardon Chinese Media Agency.

上架建议：小说·科幻

MINGRI FENJIE: TAOLI SHOUHUOYING
明日分解：逃离收获营

作　　者：[美] 尼尔·舒斯特曼
译　　者：郭　静
出 版 人：曾赛丰
出 品 人：郭敬明
项目总监：痕　痕
责任编辑：薛　健　刘诗哲
监　　制：毛闽峰　赵　萌　李　娜
特约策划：卡　卡　曹伯丽
特约编辑：文　子　邱培娟
营销编辑：杨　帆　周怡文
封面设计：付诗意
版式设计：李　洁

出版发行：湖南文艺出版社
　　　　　（长沙市雨花区东二环一段 508 号　邮编：410014）
网　　址：www.hnwy.net
印　　刷：北京柏力行彩印有限公司
经　　销：新华书店
开　　本：875mm × 1230mm　1/32
字　　数：256 千字
印　　张：11
版　　次：2018 年 8 月第 1 版
印　　次：2018 年 8 月第 1 次印刷
书　　号：ISBN 978-7-5404-8701-0
定　　价：39.80 元

若有质量问题，请致电质量监督电话：010-59096394
团购电话：010-59320018